TRAVERSER LES MONTAGNES, ET VENIR NAÎTRE ICI

Marie Pavlenko

TRAVERSER LES MONTAGNES, ET VENIR NAÎTRE ICI

LES ESCALES

DOMAINE FRANÇAIS

Ce livre a bénéficié d'une bourse d'écriture du CNL.

92, avenue de France
75013 Paris – France
Courriel : contact@lesescales.fr

ISBN : 978-2-36569-807-8
Dépôt légal : août 2024
Imprimé en France

Couverture : Hokus Pokus Créations
Mise en pages : Nord Compo

« Plus jamais cette rue
plus jamais ce chemin
plus jamais cette ville
plus jamais cette maison[1] »

Agota Kristof

« Il suffit d'une étoile à portée de la main
pour conjurer le sort
Dormez enfants du jour vos paupières demain
reconnaîtront les morts[2] »

Claude Roy

1. Agota Kristof, « Plus jamais cette rue... », *Clous. Poèmes hongrois et français*, traduit du hongrois par Maria Maïlat, © Éditions Zoé, 2016.
2. Claude Roy, « Bestiaire des animaux que nous envoient les morts », *Poésies*, © Éditions Gallimard, 1970.

Les plafonniers sont froids. Le stylo-bille glisse sur la feuille blanche, seul bruit dans la pièce. Son index est sec, elle n'arrive pas à attraper le coin du papier, hésite, mouille son doigt d'un coup de langue.

Elle signe, trop de boucles, le résultat ne ressemble à rien.

Elle lève enfin la tête.

Le jeune couple lui sourit.

La notaire ramasse l'acte de vente, le glisse dans une pochette, la leur tend.

— Eh bien voilà, félicitations, vous êtes propriétaires !

Le couple hoche la tête, Astrid imagine leurs mains entrelacées sous la table.

Elle aussi est propriétaire. D'une maisonnette vue en photos. Un autre notaire a signé l'acte de vente par procuration, ce matin.

Elle part la rejoindre.

Maintenant.

Elle se lève, empoigne son énorme valise. Son téléphone vibre dans la poche de sa veste en lin. Elle s'efforce de rendre leur sourire aux petits jeunes, si jeunes – elle, mèches folles qui s'échappent de son chignon, lui, bermuda et barbe de trois jours.

— Je vous souhaite plein de bonnes choses !

« Choses » meurt au fond de sa gorge.

Elle serre la main de la notaire, s'éclipse. Silence embarrassé.

La valise est infernale, qu'est-ce qu'Astrid a bien pu fourrer à l'intérieur, l'ascenseur empeste le parfum, elle éternue dans son coude, le téléphone n'en finit pas de vibrer.

Vanessa est devant la porte cochère.

— Ah, je commençais à m'inquiéter ! s'exclame-t-elle avant de passer son bras sous celui d'Astrid. Vite, je suis en double file.

Astrid la laisse basculer la valise dans le coffre de la voiture. Elle s'installe devant, n'oublie pas de s'attacher, comment le pourrait-elle ?

> « Arrête, Astrid, on est en ville, ça ne craint rien, laisse-les sans ceinture, ce que tu peux flipper pour tout ! »
> « Mais... »
> « Oh, maman, fais pas ta coincée ! »
> Non, surtout pas.

— Ça s'est bien passé ? demande Vanessa.

— Comme la vente d'une maison dans laquelle tu as vécu quatorze ans et où sont nés tes deux enfants.

Astrid regarde droit devant elle, saisit du coin de l'œil le mouvement de tête de Vanessa, une poule cherchant un grain de maïs oublié par terre.

La voiture démarre, le clignotant est le seul bavard de l'habitacle.

La circulation est dense, les vélos slaloment entre les voitures, les bus. Le ciel n'a pas d'âme.

— À quelle heure est ton train ?

— Dans une heure.

— On n'est pas en retard.

Astrid ne reviendra plus à Paris, quitter les pare-chocs astiqués qui rayent les rues sombres, les restos, les terrasses, la maison de quatorze ans.

« Oh ! Chat, chat ! »
Elle sort des toilettes, la culotte sur les genoux.
« Hiiiiii, j'y crois pas, je suis enceinte ! »
« Merde. On va être parents et on peut même pas s'arsouiller pour fêter ça ! »
Baisers mouillés.

La pluie termine de brouiller la ville, s'abat sur les boulevards encombrés, une averse brutale qui lave la fenêtre mais pas la tête. Une rafale de vent retourne un parapluie sur le trottoir et Astrid a envie de rire parce qu'elle est comme ce parapluie. Exactement.

Là-bas, la gare.

Vanessa ne s'arrête pas devant l'entrée, Astrid se tourne vers elle.

— Je cherche une place.

— Pas la peine.

— Quand même !

— Vanessa...

— D'accord, laisse-moi faire le tour pour te déposer devant.

La pluie s'en va tremper d'autres toits.

Le mascara de Vanessa coule.

Astrid sort, récupère la valise dans le coffre. Une bourrasque lui fouette la figure. Le trottoir luisant reflète maintenant un ciel bleu indécent.

Vanessa la rejoint, bras ballants.

« Ma sœur est un bourrin. Redoutable avocate, fille brillante, mais il lui manque un peu de tendresse. En surface seulement, parce qu'à l'intérieur, c'est un pays de larmes et de sang. Sois sympa, OK ? »
« C'est à moi que tu parles ? Il m'arrive de ne pas être sympa ? »
Il l'embrasse pour la faire taire.

Astrid ne se souvient pas de sa première rencontre avec Vanessa, seulement de la supplique de Kamal.

— Merci de m'avoir accompagnée.

Un coup de klaxon, la voiture gêne.

Vanessa se jette à l'eau, serre Astrid dans ses bras musclés, se détache :

— Tu es sûre de toi ? Tu peux encore reculer, on peut toujours.

Astrid s'essaie encore à sourire.

Toujours n'existe plus.

Vanessa cherche un mouchoir dans sa poche, se tapote les yeux.

— Tu fais comment après ?

— Je prends un bus. Le notaire m'attendra au terminus. Il m'emmènera à la maison. Et oui, je te l'ai déjà dit, j'ai aussi récupéré la vieille bagnole du gars. Le camion de déménagement arrivera demain matin avec un jerrican d'essence.

— J'ai oublié à quel point tu es organisée.

— Je l'étais.

Un klaxon, encore. Vanessa tapote l'épaule de sa belle-sœur avec maladresse.

— Je file, j'ai une audience cette aprèm. Tu m'appelleras ?

— Pas tout de suite. J'ai besoin… Je t'écrirai. Des lettres avec des timbres.

Le vaste hall grouille. Les voix des voyageurs, accompagnateurs, haut-parleurs tissent un dôme immense, dense. Il se heurte à la verrière, aux panneaux d'affichage, dit la présence, le groupe, les liens. Son corps à elle n'existe pas, silhouette translucide dans laquelle l'haleine chaude du mois d'août s'engouffre comme dans une cour battue par les vents.

Le voyage va durer huit heures, elle n'a prévu aucun en-cas.

Elle n'aura pas faim.

Elle trouve son wagon, hisse son monstre-valise sur le marchepied, appareille pour l'étrange voyage.

Elle aurait dû le faire avec Kamal quand ils auraient été vieux.

Elle ferme les yeux pour ne pas parler à son voisin et attend.

La suite.

Le bout du chemin.

L'autocar tressaute dans la montée. Les routes en lacets s'assombrissent déjà.

Combien de fois Kamal est-il venu ici ? Trois fois ? Quatre, peut-être ? A-t-il regardé comme elle, fasciné, les conifères prenant d'assaut le flanc des montagnes, opiniâtre et hirsute essaim, le jaune douceâtre de l'herbe brûlée par le soleil et l'altitude, l'ombre des reliefs jetant ses grands draps noirs sur les contours acérés ? Est-il passé par cette route que ses yeux balaient, bordée de buissons piquants, de talus herbeux et escarpés ?

Impossible de se rappeler le nom des villages où il marchait, trois jours volés pour arpenter les sommets. Le nez rougi et la mine réjouie au retour.

> « Tu es sûre, ça ne t'embête pas ? »
> « Mais non ! Vas-y ! Tu me raconteras les randonnées dans ton Mercantour. Je partirai avec Soizic ou Betty quand il fera beau. On passera un week-end à la mer entre filles. »
> « Super idée ! »
> « C'est bien d'avoir des choses à se raconter. »

Le car s'arrête dans un cinquième village. Les maisons trapues sont taillées pour lutter contre la rudesse, elles s'étreignent. Les plus anciennes arborent des toits couverts de bardeaux de bois, les autres, des chapeaux de métal qui laisseront dégoutter la neige en hiver. Y aura-t-il des stalactites aux gouttières ? Astrid n'arrive pas à se souvenir du toit de la sienne : bois, métal ? Elle le saura bientôt.

« C'est quoi, chérie, une punition que tu t'infliges ? »
« Maman, je ne veux pas être désagréable, mais ce que je vis, tu n'en as aucune idée. Tant mieux pour toi. Seulement, tu pourrais décider de faire preuve d'un peu d'humilité. Tu ne sais rien. Je ne suis pas en train de te demander la permission. Je t'informe que je pars m'installer à la montagne. »
« Et ton boulot ? Comment tu vas vivre ? »
« Je n'en ai plus rien à foutre de mon cabinet, je n'ai pas le courage de soigner les gens, pas la force. »
« Astrid... »
Le silence entre elles s'étire, la douleur fulgurante que personne ne saisit, ne cerne.
« Pardon, ma chérie. Je m'inquiète. »
« Je ne peux pas souffrir plus, tu comprends ? »
Une inspiration pour dénouer sa gorge.
« Kamal avait un truc avec sa boîte, je vais toucher une minuscule pension. J'ai cédé ma patientèle à une copine kiné. Avec la vente de la baraque, j'achète la maisonnette. Il me restera des sous, ça fait de moi une putain de privilégiée. »
Sa voix amère.
« Mais si la maisonnette en question est une ruine ? »
« Ça m'occupera. »

Oui, elle s'occupera.

Peut-être même que dans quelques mois, elle pourra se remettre à lire.

Il y a une place ici, un café, un salon de thé, une pizzeria, un abreuvoir taillé dans un tronc d'arbre. Dans une courette, un arbre à papillons explose en bouquet désordonné ; les ailes dentelées des petits goinfres à trompe battent la mesure du temps, triangles jaunes, blancs, orange, noirs agrippés aux fleurs.

Les touristes sont encore nombreux en cette semaine du quinze août.

Qui sera-t-elle ? Ni une touriste, ni une habitante du coin. Un entre-deux. Entre le passé et le présent, entre la vie et la mort.

Elle observe les passagers qui récupèrent leurs bagages dans la soute. À part un ou deux originaux en gilet de peau de mouton, personne ne se démarque. C'est quoi un « montagnard » ?

Le car toussote, repart.

Les sommets exultent, les montagnes s'étirent vers le ciel, remettent en place leurs grandes jupes de pierre, posent sur le monde et la route, fine broderie dans les plis du tissu rocheux, un œil de vieille dame ayant tout vu.

Comme Astrid, la vieillesse en moins.

Le car s'est vidé. Ils ne sont plus que cinq sur les sièges droits. Astrid sourit. Brusquement, elle a hâte d'arriver, de découvrir la maisonnette.

Il était temps.

Lorsqu'elle descend au dernier arrêt, elle est fourbue. Les marches sont hautes, elle saute en bas, trente-sept ans, ses genoux encaissent le choc. L'air frais la cueille, un vent léger lui ébouriffe les cheveux, laisse courir quelques traînées pâles sur le ciel limpide. Quand elle inspire, sa gorge s'éveille. Le chauffeur est penché à l'intérieur de la soute, en tire l'énorme valise en bougonnant. Astrid l'attrape, repère aussitôt le notaire, imperméable au mois d'août, il s'approche.

— Madame Chamy-Marwan ?

Son nom à elle et son nom à lui, caresse sur sa peau, murmure du passé.

— Éric Deleuze, notaire. Vous avez fait bon voyage ?

Astrid serre la main moite.

— Oui, merci.

— Je suis juste là, dit-il en montrant sa voiture rutilante.

Astrid le laisse charger la valise dans le coffre et s'installe, cœur battant.

Elle déteste monter en voiture avec des inconnus.

Deleuze, petite cinquantaine, cheveux gris mais fournis, la peau irritée par un eczéma coriace, démarre le moteur avant d'éteindre la radio.

— Il nous faut une bonne trentaine de minutes.

Elle peut le faire, être aimable pendant trente minutes, ne pas hurler « moins vite ! » pendant trente minutes.

Il conduit bien. Sans brusquerie. La route s'étrécit, la montagne se referme. Un torrent s'ébroue sur la droite, Astrid l'aperçoit à intervalles réguliers, sa chevelure d'écume dévale les galets, rebondit et s'enroule.

Il y a un an, Astrid l'aurait entendu rire.

Le hameau est en fond de vallée, 1 900 mètres d'altitude, au milieu des forêts, des alpages, des pâtures, des parois de granit.

— Treize maisons dont la moitié en résidence secondaire. En hiver, il n'y a pas grand monde…

Éric Deleuze bégaie, il l'a déjà prévenue au téléphone. Il était courtois, n'a posé aucune question personnelle. Un peu de repos.

Bâtons de marche fixés aux sacs, des randonneurs longent le bas-côté, s'égaillent sur les pentes herbues, convergent vers les refuges ou les chambres d'hôtes, partent camper à la belle étoile.

La Tinée ? La vallée du Var ? La Roya ? Elle a fouillé l'ordinateur de Kamal, se rapprocher de lui, coûte que coûte, faire effraction dans ses souvenirs. Rien qu'un indice, une direction. Où était-il allé ? Insupportable immersion : sa spontanéité dans les mails, son empreinte vivante sur l'écran, comme s'il allait ouvrir la porte en coup de vent et lancer son manteau sur le fauteuil de l'entrée. Elle avait renoncé, tapé « maison à vendre, Mercantour », avait ajouté « isolée ».

C'est le silence qui l'a poussée à chercher, ce silence retors, entité immense et solide, boursouflée même, alors qu'en réalité, il n'y a que du vide partout. Se lever sans l'odeur du café ou du chocolat, sans le parfum des clémentines épluchées la veille qui s'attarde à la cuisine, l'eau qui coule dans la salle de bains, une chasse d'eau qui explose, des pas précipités, Tom est en retard au collège, en sixième, on ne rigole plus, Jibril a fait trois gouttes de pipi dans son slip et sa maîtresse est si jolie, qu'est-ce qu'elle dirait si elle savait.

La lenteur des réveils, après. Astrid sommeille dans la vase d'un marécage, lit bourbeux, puis la conscience balbutiante chasse les fragments de la nuit, petites miettes insouciantes, reprend forme, et soudain, le silence, partout, qui foudroie et dit l'absence, la vérité blanche.

Les bruits de la vie sont dehors. Plus à l'intérieur.

— On y est, c'est là-bas, indique Éric Deleuze d'un coup de menton.

Astrid a envie de pleurer. De joie, d'horreur. Sa nouvelle vie, mais peut-elle appeler ça une vie ?

« Tu n'as même pas regardé où c'était sur Internet ? »
« Non, ça ne m'est pas venu à l'idée. »
« Tu veux que je le fasse pour toi, ma chérie ? »
« Non, merci papa. Je crois que je n'en ai pas envie. »

Comment expliquer, partager ? Elle ne veut plus attendre, plus jamais attendre chez elle.

> « Mais qu'est-ce qu'ils fabriquent, ils en mettent du temps… »

Se confronter au monde sans arrière-pensées ou le moins possible. Prendre ce qui arrive, sans expectative. Astrid n'attend plus rien.

Le « fond de la vallée » est un cul-de-sac. Astrid va se carrer là, dos aux versants rocailleux, admirer l'horizon sinusoïdal, les lavis verts, gris, pâles, bleu foncé, les tableaux changeants que seul le sauvage offre avec tant de brutalité et de délicatesse.

Éric Deleuze ralentit, tourne à droite, s'engage sur un vieux pont mince qui enjambe le torrent. Le chemin n'est pas goudronné, les caillasses font tanguer la voiture. Ils passent un, deux chalets cossus, bois flambant neuf, rambardes sculptées parfaites.

— Des Niçois qui ont fait construire pour leurs vacances, précise le notaire.

Astrid attrape un toit derrière des pins. La route cahote. Sur la gauche, un chemin mène à une imposante bâtisse de pierre grise. Une silhouette en coupe-vent rouge et violet en pousse la porte.

— Le refuge. Il ferme mi-septembre. Et derrière, là-bas, un couple d'agriculteurs, leurs vaches et le potager.

Astrid entrevoit des pans de robes rousses, des cornes pointues à l'orée de la forêt. D'autres maisons, feuillus, conifères. Des oiseaux ondulent d'un arbre à l'autre, un chien jappe. Deux virages encore, et le bout du chemin.

La maison est petite, le toit de métal usé, les murs épais, de la bonne pierre qui tient tête à l'hiver. La cheminée est muette. Les volets en bois sont ouverts, les fenêtres la jaugent avant de l'accueillir dans le ventre charnu de la bicoque.

Éric Deleuze coupe le moteur, sourit, tend la main sur la gauche, face à la maison.

— Toute cette pente, le petit verger, le pré sont à vous. Monsieur Antraune était autosuffisant comme on dit de nos jours. Il avait deux vaches, des poules, et un beau potager. Son voisin a récupéré les bêtes. Je ne suis pas sûr qu'il reste grand-chose du potager...

Astrid découvre les feuilles calmes du soir d'été, un tas de fumier affaissé, un carré dévasté par les herbes folles. Le vent est tombé. Le notaire baisse la vitre de la voiture, sort son bras.

— Vous voyez les poteaux de clôture, en contrebas ? Un peu déglingués ?

Au bout du pré, Astrid saisit l'éclat d'un ruisseau, fil charbonneux dans le crépuscule, et derrière, la clôture. Elle hoche la tête.

— Ils marquent la fin de votre propriété. Le terrain est pentu mais la terre est riche, vous avez de la place.

Pas le temps de se demander à quoi servira la place, Éric Deleuze ouvre sa portière. Astrid l'imite, la poignée cède sous ses doigts, son pied se pose, sortir, se hisser. Petit automate à figure de papier mâché, rouages cliquetants à l'intérieur.

L'air a un goût de cascade. Le soleil est caché depuis longtemps par les sommets et le froid s'abat sur eux. Le sol est semé de petits cailloux qui impriment leur forme sous les chaussures. La valise rechigne à avancer, Astrid ne réussit pas à la faire rouler et tire dessus par à-coups pathétiques. Avec une mimique, Éric Deleuze s'approche mais elle secoue la tête.

Derrière la maison, en enfilade, une grange presque aussi grande. Deleuze suit le regard d'Astrid.

— Il reste du bois pour cet hiver.

— Super.

— Il y a aussi le poulailler, des outils, des bricoles. Deux jerricans d'essence, des vieilles raquettes.

— Des raquettes ?

— Il peut tomber plusieurs mètres de neige en hiver. Dans ce cas, vous laisserez votre voiture sur le parking.

Deleuze étudie le visage perdu.

— Juste avant de s'engager sur le chemin principal, à droite de la départementale, l'espèce de petite place avant le pont ?

— D'accord.

Ils avancent vers la maison courtaude.

— Ce parking est la dernière limite du déneigement. Ensuite, la route menant au col est fermée. Mieux vaut avoir des raquettes pour rentrer chez vous ou aller voir vos voisins.

Astrid acquiesce. Elle n'a jamais utilisé de raquettes de sa vie.

— L'hiver, en vous comptant, il y aura quatre familles ici. Sauf pendant les vacances, bien sûr.

Le mot « famille », maudit, banni, la poignarde. Elle panique un instant, ne rien laisser transparaître, elle est une plaque de marbre, de celles qui ornent les tombes, impassible.

— Enfin, je dis « famille » mais la moitié vivent seuls.

Astrid est une plaque de marbre et vit seule, elle aussi, une plaque où rien ni personne ne peut s'encastrer. Elle inspire une goulée d'air.

Dans le prolongement de la grange, elle aperçoit un morceau de toit branlant et l'arrière d'une voiture blanche.

Deleuze glisse la clef dans la serrure de la maison. Une clef simple. Aucun verrou.

Astrid est surprise parce qu'elle s'attendait à une odeur désagréable de cave ou de renfermé. La maison sent le feu de bois, le propre. Il y fait sombre.

— Comme je vous l'ai dit, une femme de ménage est passée.

— Merci infiniment. D'avoir fait ça, enfin... vous voyez.

Il appuie sur l'interrupteur.

— Je ne vous cache pas que votre démarche n'est pas commune.

Astrid passe le vestibule sans répondre. Il est étroit, les murs ne sont plus vraiment blancs, la partie basse est couverte de lattes de bois décati. Par terre, le parquet a perdu son vernis, si tant est qu'il en ait été couvert un jour. Au bout, un escalier fatigué mène à l'étage. Sur la droite, une porte fermée par un bouton blanc qu'Éric Deleuze tourne pour laisser entrer Astrid.

— La salle à manger, avec sa cheminée.

Ladite cheminée, munie d'un banc de pierre, mange un tiers du mur. Un passe-plat en forme de demi-lune communique avec ce qui doit être la cuisine. Des traces au mur, il devait y avoir une armoire. Le plafond est en bois, poutres vénérables. Astrid ressort.

En face, le « salon », salle jumelle, le passe-plat en moins.

Le vide sort ses grandes mains étrangleuses.

> À voix basse parce que l'agent immobilier n'est pas loin :
> « Tu te vois élever tes enfants ici ? »
> « Oui, j'adore la courette. Et toi ? »
> « Je t'adore. »
> « T'es bête. »
> Le resto après la signature de la vente. Ils avaient mangé un truc pas bon, malades à crever.
> Tom dans son couffin, écarlate, le calme avant la tempête, se tortillant dans son body jaune.
> Le tapis d'éveil coloré qui sonnait, bipait, sa pieuvre en feutre, son premier rire.

Le « salon » est un parallélépipède exsangue, ils en ressortent.

Au bout du vestibule, la porte de la cuisine. Un évier, deux placards branlants, une Butagaz. Des toilettes à gauche. Le carrelage marron est rayé par endroits. Sans miettes.

> La tête des déménageurs quand ils avaient vu les bouquins.
> « On va vous aider, on sait qu'on en a beaucoup... »
> « Ah ouais, parce que là ! »

— Le poêle fonctionne, précise Éric Deleuze.

Elle en a donné tant, des livres. Trié leurs vêtements, leurs jouets.

Personne ne devrait avoir à trier les jouets de ses enfants.

— Qu'en pensez-vous ?

Elle s'est débarrassée des dinosaures, des petits pantalons, a gardé les figurines de pandas, une paire de tongs de Jibril datant de ses cinq ans, trois bodies, une peluche, les cartes Pokémon de Tom.

— On visite l'étage ?

La chambre et ses couleurs éclatantes, camions de pompiers, fauteuil en mousse, fusées, se dissolvent dans la cuisine fade.

L'escalier a une voix grave. Il tourne et aboutit à un palier obscur. L'interrupteur bourdonne, une ampoule nue ouvre son œil anémique. La salle de bains est antique, les toilettes infestées de tartre. Deux chambres avec cheminées. Le papier peint se décolle. Tant mieux, il est hideux.

Qu'est-ce qu'elle va faire d'une deuxième chambre ?

Le silence la capture. Adossée au chambranle de la porte d'entrée, Astrid regarde les étoiles. Elle s'est enveloppée dans le duvet de montagne de Kamal. Elle ne l'a pas lavé, des fois qu'il aurait gardé son odeur.

Il ne sent rien.

La soupe lyophilisée réchauffe ses mains. Elle en a emporté trois sachets, une casserole, du pain.

Elle a gonflé le matelas, s'est installée dans la salle à manger.

Les phares d'une voiture scintillent au loin. Un chien aboie. Le ciel est cisaillé par la masse noire des sommets.

Astrid se tient à la lisière. Le dedans est chez elle, ne l'est pas encore.

Elle fera une liste, de la peinture pour les murs, du vernis pour le plancher, un outil pour décoller l'affreux papier peint.

Demain.

Elle sirote une gorgée de soupe en évitant de s'ébouillanter. La vapeur lui souffle au visage.

Elle attend longtemps avant de se résigner à rentrer.

Astrid n'a pas fermé la porte à clef, comme Deleuze le lui avait pourtant conseillé (« c'est très calme ici mais il y a des randonneurs, des migrants parfois… »). Elle a laissé la clef dans la serrure, sans tourner.

Elle s'est lavé les dents dans l'évier de la cuisine, s'est emmitouflée dans le duvet et installée devant l'âtre éteint. La cheminée dessine un grand trou noir dans le mur, l'entrée d'une grotte, passage secret vers un autre monde. Astrid aimerait imaginer un monde dans lequel elle les retrouverait. Elle n'y arrive pas.

Le parquet est muet. Ce foutu silence l'écrase, il a enflé, il est différent : manque le soupir lointain de la ville, la rumeur grondante des voitures, intégrée, oubliée.

Un jappement déchire la quiétude du dehors.

Un aboiement différent lui répond, plus grave.

Quelques échanges.

Puis le Grand Silence se réinstalle sur la nuit comme un chat se roule en boule sur un lit.

Un froid glacial surgit du sol, transperce le matelas gonflable, attaque la peau fatiguée d'Astrid.

La maison longtemps assoupie s'étire. Elle aussi doit s'habituer à sa nouvelle habitante, ses pas, son chahut triste. Des craquements.

Astrid se retourne en vain, le duvet fait des étincelles dans l'obscurité, elle se cogne les coudes et les fesses sur le sol, le matelas est trop fin.

« Vous êtes sûre que vous ne voulez pas de somnifères ? »
Le médecin a de bons yeux cernés sous les lunettes.
Je ne veux pas être abrutie et avoir mal dans six, dix mois, que la douleur ressuscitée m'embroche et me fracasse. Je veux avoir mal maintenant, qu'ils soient là, agrippés, ne pas les perdre.
Elle aurait aimé répondre quelque chose dans ce goût-là mais chuchote :
« Non, merci. »

Elle tournicote plusieurs heures. La moulinette mémorielle s'anime, Astrid essaie de s'enfuir, cherche à se rappeler le soleil et les rires, s'étrangle. Elle saute hors du duvet, court libérer les volets. La nuit s'engouffre avec son cortège d'odeurs, terre humide, forêt proche.

Astrid frissonne.

Une chouette hulule.

Pas de compote sonore mais des voix. Le territoire, l'espace, le vivant, le chaud.

Astrid regarde le ciel criblé d'étoiles, perçoit plus qu'elle ne voit la présence des montagnes. Elle est arrivée dans un pays immense. En bordure de monde. La maison est son abri. Tout près, l'audace de fourrures trottantes, sens aux aguets, plumes lissées. Frôlements, oreilles dressées. Bruissement des arbres. Fumets, marques, truffes humides, pupilles dilatées.

Et elle.

Sa respiration se perd dans le ciel noir.

Astrid reste à la fenêtre, écoute.

Quand ses jambes ne la portent plus, elle rampe jusqu'au matelas et s'endort.

Les déménageurs ont entré les meubles, porté le lit à l'étage, le matelas, la machine à laver. Les cartons s'empilent dans le salon et la cuisine. Reliques et reliquats de sa vie. Qui a été une vie.

Astrid a eu la flemme de prendre la voiture, un peu peur aussi.

Elle déballe, termine le pain durci dans un bouillon de légumes en cube, rince le bol dans l'évier – bruit de faïence creuse lorsqu'elle le pose sur les rainures de l'égouttoir.

Les fenêtres sont grandes ouvertes, des insectes entrent, se cognent, titubent, ressortent. Astrid range les casseroles dans le vaisselier qui lui rappelle son ancienne cuisine mais elle n'allait pas jeter tous les meubles. Elle l'envisage comme si elle ne l'avait jamais vu, y arrive presque parce qu'il paraît plus élancé. Le plafond bas, sans doute.

Petit à petit. Mollo. Pas à pas. Les conseils creux de son entourage, ça va revenir, l'appétit, le cœur qui bat mais pas comme un glas, sois patiente.

Astrid se familiarise avec les sons du dehors, elle écoute les oiseaux dans le pré, un meuglement, des cloches graves, d'étranges sifflements aigus. Les rayons du soleil sculptent les murets, les mottes de terre, les rochers.

Petit à petit. Mollo. Pas à pas. Pourquoi pas. Le craquement du parquet est inédit, l'apprivoiser. Sa maison. Sa maison. Sa raison.

Elle aplanit les cartons vides, les amoncelle devant la porte d'entrée avant de retourner s'affairer. Elle transpire, boit l'eau au robinet.

> Elle aurait dû y aller. Elle ne serait pas là à emballer ses affaires sans les leurs, elle ne serait pas là tout court. Elle hait le conditionnel, le temps des remords et des regrets, cet ailleurs impossible qui nargue de sa petite voix : et si, et si…

Maintenant, le soleil s'en est allé aveugler d'autres yeux. Le ciel se défait chaque minute de son bleu victorieux et s'éteint.

Astrid décide d'acheter un plafonnier, l'ampoule nue crie la vacuité. Elle a l'impression de vivre dans une cave, tout est moche.

Sous la lumière chagrine, elle trouve une éponge sèche et recroquevillée, sort une bassine rangée une heure plus tôt, la remplit d'eau tiède, de savon, l'odeur de chez eux.

> « Mamaaaan ! T'as lavé mon survêtement bleu ? »
> « Et pourquoi ce serait pas papa qui aurait lavé ton survêtement bleu ? »
> « Parce qu'il ne sait même pas que j'en ai un ? »
> « Range ton assiette au lave-vaisselle pour compenser l'ignorance paternelle et on verra pour ton survêtement. »
> « C'est pas grave, tu sais, si je l'ai pas, je ferai le cours de handball en slip. Je te laisserai expliquer la situation à ma prof de sport. »
> « Tom, tu mériterais de montrer ton slip à toute ta classe ! »

Elle commence à frotter, le plan de travail riquiqui, la table, le vaisselier, chaque planche, elle s'agenouille, récure les carreaux un par un, dans les coins, astique les joints.

Elle s'arrête en nage, s'assoit sur une chaise.

« Je peux avoir un coussin ? Mon menton traîne dans la soupe ! »
Fou rire, les yeux de Kamal pleurent.

Dans sa main, l'éponge refroidit.
Le carton est tout proche.
Astrid ne remarque pas l'éponge tombée par terre.
Elle a marqué le carton d'une croix rouge, énorme. Le feutre était vidé de son encre quand elle a eu terminé. Une heure, peut-être deux à colorier sa croix. Ce midi, elle a montré sa place aux déménageurs, celui-ci, posez-le là-bas, à l'écart, s'il vous plaît.
Les autres, c'était pour faire semblant. Elle aurait pu venir avec un seul carton.
Elle s'approche.
Il est large, trois couches de scotch marron le scellent.
Astrid n'a pas encore dépaqueté les couverts. Elle fait demi-tour, prend le couteau suisse de Kamal dans son sac à main, déploie une lame, l'enfonce dans la rainure devinée sous le scotch. La pointe perce le plastique et Astrid tire sur la longueur. Les libère.
Elle ouvre les deux pans du carton.
La paire de tongs, les bodies. Les cartes Pokémon.
Une photo de Kamal dans un cadre bleu, il avait six ans.
Le carnet de correspondance de Tom, sa vie sans elle, sa vie de grand. Trois figurines colorées. Un dé rouge.
À chaque fois qu'elle sort un objet, elle le pose sur la table, les aligne sur un rang, deux rangs. Brusquement, elle ramasse le tout, le jette dans le carton qu'elle saisit et monte l'escalier qui l'accueille de sa voix de hibou.
D'un coup de hanche, elle ouvre la porte de sa chambre et dépose le carton dans l'angle, près de la tête du lit.
Elle s'assoit par terre, juste à côté, dos au mur, le regarde à travers ses yeux brouillardeux.

Une sonnerie la fait sursauter.

Sa sonnerie, la sonnerie de la maisonnette.

Elle l'a essayée ce matin, le bouton blanc est dur, le timbre grêle et agressif.

Elle se redresse comme le chevreuil au craquement d'une branche.

Le monde extérieur surgit et la bouscule.

Avant aussi, elle pestait, maman tu peux venir voir il m'a volé mon jouet il veut pas fermer la porte de la salle de bains il m'a piqué mon robot il veut pas me rendre ma figurine, pas une minute tranquille, la vie qui palpite et tourbillonne, pas une minute tranquille, putain, je te jure, aucun répit, faites des gosses qu'y disaient.

La sonnerie de nouveau.

Astrid n'a pas encore fermé les volets. Sa silhouette se reflète dans le carreau de la fenêtre. Elle s'approche et ouvre les battants d'un coup.

Se penche.

Le visage relevé vers elle est celui d'une inconnue.

— Bonsoir ! dit-elle avec un grand sourire. Je suis votre voisine !

Astrid referme la fenêtre et descend l'escalier à pas pesants.

La femme est une montagnarde. Astrid ne connaît pas de « montagnard » mais à la seconde, elle sait que le mot s'incarne devant elle. Visage émacié, sillonné, pommettes colorées, silhouette énergique, un tronc noueux qui croît dans la pierraille.

Elle doit avoir environ soixante ans, les cheveux poivre et sel. Ses mains sont abîmées, les ongles sales.

— Bonsoir, je suis Ida !

Elle a l'accent du coin, celui qui ressemble aux à-pics pierreux.

— Oui ?

Les yeux d'Ida se plissent.

Astrid ne bouge pas.

— J'habite là-bas.

La femme-arbre tend le bras dans un geste vague vers la forêt et Astrid remarque son panier. Lourd. Le torchon propre posé dessus.

— Astrid, lance-t-elle en offrant sa main.

Ida la serre.

— Je ne vous propose pas d'entrer, je suis en train de défaire mes cartons.

Ida remet en place une mèche de son carré gris.

— Je me doute bien, surtout que la bâtisse n'est pas de première fraîcheur. Je connaissais bien le vieux Raymond. Un ours, mais gentil.

Astrid hoche la tête.

— Vos déménageurs étaient perdus ce matin, je leur ai indiqué la maison.

— Ah, ils ne m'ont pas dit.

La chouette hulule au loin.

— C'est plutôt rare les femmes seules, dans le coin. Voilà. Je sais que vous venez de loin.

Astrid fronce les sourcils malgré elle.

— Vous vous habituerez. Ici, on cancane, comme dans tous les hameaux, petits villages... sourit Ida.

Astrid essaie de sourire à son tour, n'excelle pas.

— Je vous ai apporté des babioles de mon potager, histoire que vous vous sentiez un peu chez vous. Vous me ramènerez la vaisselle et le torchon quand vous aurez terminé ?

— Bien sûr.

— Ma maison est la deuxième à droite quand vous remontez. Au croisement, suivez le panneau « Poterie ».

Astrid remercie, prend le panier qui lui tire sur le bras. Ida fait trois pas en arrière.

— Alors à bientôt ?

— Oui, merci !

Un dernier signe de la main et la femme se tourne pour gravir le chemin d'un pas franc.

> « C'est qui ? »
>
> « Mais qu'est-ce que vous êtes curieux ! C'est la voisine. »
>
> « Qu'est-ce qu'elle veut ? »
>
> « Laquelle, de voisine, madame Burger ? »
>
> « Madame Brubacker ! Non, l'autre. Julie. »
>
> « Oh, trop dommage ! »
>
> « Pourquoi ? »
>
> « Nous on veut voir madame Burger. »
>
> « Brubacker ! »

« Tu crois qu'elle mange des pâtes ? »
« Non, que des burgers. »
« La chance... »

La nuit avale Ida toute crue.

Astrid est un bouchon de liège. Les grosses bouées rouges ou jaunes qui se dandinaient au rythme langoureux des vagues ont disparu. Elle monte et descend dans un lent va-et-vient, incapable de plonger pour s'abîmer dans l'eau noire, en exhumer les trésors enfouis, tout au fond, coquillages brillants aux reflets nacrés, roses, bleus, verts. Elle redoute de s'immerger parce qu'alors, elle les voit, cadavres gonflés et difformes qui se débattent dans les profondeurs, elle a beau leur tendre la main, elle ne les sauvera plus.

La nuit est devenue son ennemie personnelle, l'eau sombre l'assaille, l'engloutit, sans parler du cortège de rêves plus vrais que vrais mais qu'est-ce qu'ils fabriquent, ils en mettent du temps, il est déjà vingt-deux heures et personne ne répond à mes messages, vite, remonter à la surface.

Astrid observe le couteau suisse, le pain auquel il manque un morceau, les miettes sur la table sans nappe, le sachet de tisane en tulle fin, le bocal de compote, les blettes, la laitue, le chou-rave dont elle a coupé un morceau, son goût étrange de pomme salée, la confiture de framboises.

Il est trois heures du matin.

Elle laisse tout en plan et se résout à aller s'allonger à côté du carton.

Le papier peint gît sur le parquet en vieux rubans fanés. Astrid a dû rouler longtemps pour louer cette décolleuse dont elle ne connaissait pas l'existence. Elle a été prudente, surtout dans les virages, s'est fait doubler, klaxonner. N'est pas montagnarde.

La voiture est une étrangère elle aussi, fumet de vieux tabac et de crottin. Pas de familiarité. Tant mieux. L'Étrangère.

Astrid a mis un peu de temps à comprendre comment fonctionnait la décolleuse. Elle a quatre jours pour venir à bout des fleurs qui languissent sous leurs taches. Elle a aussi acheté un radiateur d'appoint pour la salle de bains, fait des courses ; elle ne s'habituera jamais à son panier.

> « On peut acheter de la pâte à tartiner ? Steupléééé maman ! »
> « Non, la confiture, c'est mieux. »
> « Dans quel pays ? »
> « Le nôtre. »
> « C'est pas vrai, toi et papa vous préférez le fromage. Alors ? »

Sur le chemin du retour, elle a noté l'emplacement du parking, remarqué deux sentiers de randonnée fléchés.

Les ampoules sont toujours nues au plafond.

Astrid est levée depuis 6 heures, elle a mal aux bras, au dos. Il est 10 h 30. Elle contemple les lambeaux loqueteux de tapisserie sur le parquet morose. La maison boite, Astrid est sa prisonnière et déteste ce recroquevillement à l'intérieur d'elle-même, comme si un lutin maléfique tirait sur des fils invisibles dans son ventre et la forçait à se rétracter.

Elle pose l'engin, le débranche, enfile une polaire, met une gourde dans son petit sac à dos.

> « Ouah, il est trop beau, maman ! »
> « C'est celui-là que tu voulais ? »
> « Oui, exactement cette couleur, merci ! »
> « Bon anniversaire, mon petit Tom. Grand Tom, pardon ! »

Elle emporte la fin du pain d'Ida et un morceau de fromage enroulés dans un torchon, s'engage sur la route cahoteuse avant de bifurquer vers le premier chemin.

Elle est vite essoufflée, rate d'abord les marmottes qui la surveillent. Astrid identifie enfin les étranges sifflements qui ponctuent ses journées depuis son arrivée.

> « Elles font un ramdam d'enfer. Dès qu'elles voient un truc louche, pffff ! »
> Kamal, lavé et rasé, les cheveux qui gouttent encore, imite la marmotte à l'affût avec ses grandes dents, debout, pattes de devant pendantes. Astrid rit et boit une gorgée de vin, elle est heureuse de le retrouver ; les enfants sont rivés à leur père, mage revenu d'une contrée mystérieuse dans son habit de poussière.
> « Mais quand un aigle les survole, alors là, elles crient une fois, une seule, et elles courent se cacher dans leur trou. »
> « Les aigles mangent les marmottes ?! »

« Oui, les aigles sont très très grands, et très forts. Ils peuvent même manger des bébés chamois. »
« Ils pourraient me manger ? »
Le menton de Jibril tremblote d'effroi.
« Non, les Jibril ne sont pas comestibles pour les aigles. »
« Et les Tom ? »
« Faut voir, tu as fait tes devoirs ? »

Astrid n'avait jamais vu de marmottes. Leur épaisse fourrure mordorée ondule quand elles se mettent à courir. Il y a des adultes et des petits.

La pente, douce au départ, serpente au milieu d'une herbe courte et roussie, de pierres polies couvertes de lichen comme des maladies de peau. Au détour des virages apparaissent les flancs moussus des versants opposés, les sommets lointains, pointus et chauves, ronds et doux, les bosquets aux faux airs de buissons ; une voiture blanche glisse sans bruit sur un flanc escarpé.

Astrid avance avec facilité, perd son hameau des yeux. Puis sans crier gare, le sentier s'enfonce sous le couvert de conifères, et de plat, il passe à l'oblique. Astrid marche longtemps, haletant, avant de surgir du calme de la forêt. Devant elle s'ouvre un pâturage désert tenu par une tribu de marmottes et le ciel s'agrandit.

Elle s'arrête et reprend sa respiration. Son cœur cogne et soulève son T-shirt à coups réguliers, les muscles de ses jambes sont chauds, éveillés. Elle attrape la gourde, boit deux gorgées fraîches, la range, goûte le clapotis rassurant à l'intérieur du métal.

Soudain, à quelques mètres, une marmotte surgit de sous un rocher dodu. Elle se dresse sur ses pattes arrière, observe Astrid immobile, la jauge d'un œil circonspect, les longues incisives jaunes entrouvertes comme pour mieux réfléchir.

Ils auraient dû aller crapahuter en montagne pour la première fois cet été. Tom et Jibril auraient vu des marmottes, eux aussi. Dégage, conditionnel, va emmerder d'autres gens, des qui supputent pour rien, elle aurait dû tourner à droite, elle aurait gagné cinq minutes, il aurait dû prendre des haricots verts, les frites, ça fait grossir. Parce qu'Astrid, elle, aurait dû voir ses enfants grandir, et ça, le conditionnel, de quel droit tu le permets ?

Astrid essuie son front trempé et sèche sa paume sur son pantalon de survêtement.

Elle repart. La marmotte s'est réfugiée dans son terrier.

Les cailloux du sentier crissent sous ses chaussures de montagne neuves, baptême sans partage.

Elle ne vit que pour elle, désormais.

Astrid suit le sentier terreux, un petit panneau de bois avec une pointe en flèche indique une balade de trois heures. Astrid est en nage mais continue, croise des randonneurs, seuls, en groupe, ils disent « bonjour ». Elle répond et la première fois, sa voix qui n'a pas servi depuis la veille grésille.

Elle a mal aux talons, transpire dans le dos. Son corps entier charrie l'eau dont ses yeux ne veulent pas. Il évacue le monstre qui a pris toute la place, sa chair s'efforce de l'expulser, ou au moins, de le faire rapetisser.

Sois sage ô ma douleur, elle comprend maintenant, oui, tranquille, tranquille. Il n'y a que ça qu'elle arrive à lire. De la poésie, des éclats de lumière qui résonnent comme de gros gongs frappés en elle.

Il faut qu'elle trouve une librairie.

Astrid traverse un nouveau pan de forêt.

Le silence est plein d'yeux.

Lorsqu'elle parvient à une crête dégagée qui relie deux mamelons graniteux, elle s'arrête. Sommets à perte de vue, mer minérale, camaïeux verts, jaunes et gris, motifs géométriques imprimés dans la roche. Le hameau est niché tout en bas. Astrid a marché, un pied après l'autre. Et maintenant, sa maison est une miniature de poupée cramponnée à la paroi.

Elle voudrait leur dire le vent sur son visage humide de sueur, la puissance des contreforts, des à-pics, le vertige, les escarpements que le vent ravine, la calme immensité, éternelle, elle voudrait raconter le ciel plus proche, l'air au goût d'eau, le lit des ruisseaux empierrés.

Ils ne sauront jamais.

Un groupe d'oiseaux noirs la survole et lance de drôles de cris comme des tirs de pistolets laser.

« Pourquoi » est la question la plus idiote, la plus cruelle du monde.

Une brise folle s'élève et enlace les arbres qui commencent à chalouper. Ce qu'elle prenait pour des rochers sombres sur une pente pierreuse en face d'elle se déplace. Chamois ? Bouquetins ?

Le soleil a commencé sa descente.

Avant de l'imiter, Astrid se laisse tomber dans l'herbe rêche, effraie une brassée de criquets qui s'enfuient en gerbe, mange le pain et le fromage.

Elle s'allonge.

Et enfin – enfin, dans l'odeur de la terre brûlée par le soleil, elle se met à pleurer.

La femme au long cou leur a indiqué une bifurcation sur la gauche, juste après un panneau en forme de flèche. Il leur faudrait quitter le chemin principal pour s'engager sur ce sentier, le sentier des contrebandiers, a-t-elle précisé. Un itinéraire caché, ancien, les deux femmes n'y croiseraient personne à cette époque de l'année. Elle avait beaucoup de plis dans son long cou et ressemblait un peu à une tortue humaine, une tortue souriante. Elle parlait bien l'anglais, mieux que la plupart des Italiens que Soraya avait rencontrés jusque-là. Elle n'arrive pas à se souvenir de son prénom, Magdaliquelquechose. Soraya n'a pas l'habitude, ce genre de prénoms n'existe pas chez elle.

Les vacanciers étaient partis. Le village était vide, beau, en pierre grise, même les toits. Il était enchâssé au fond d'un cirque, comme un secret bien gardé. Elles avaient suivi une étroite route poudreuse pour y parvenir. Aucune voiture. Personne. C'était comme découvrir une terre inconnue, un lieu absent des cartes. Comme un décor de film aussi, avec les maisons robustes, leurs petites fenêtres proprettes à rideaux brodés, les volets sculptés, la fontaine centenaire qui glougloute et les pentes abruptes, sauvages, autour.

Elles étaient tombées sur ce village par hasard, juste après leur nuit dans une grange abandonnée, plus bas dans la vallée. Ce bâtiment-là aussi, elles l'avaient trouvé par hasard. Avant, peut-être Soraya y aurait-elle vu la main de Dieu, son destin tracé, l'élan divin qui guide malgré les doutes et les douleurs, qui sait où elle va.

Plus maintenant.

Soraya préfère le hasard. Il est capricieux mais innocent, une créature puissante dansant sous le clair de lune. Il fait des moulinets, lance ses poings devant lui dans un drôle de ballet nocturne, s'amuse sans penser à mal. Et tant pis pour les pauvres gens qu'il tamponne sur son chemin : ils s'écroulent la faute à pas de chance. Cette façon d'envisager la situation lui paraît moins injuste, moins culpabilisante aussi. Mais elle garde ses idées pour elle. Elle ne les partage avec personne, même pas avec Ibtissam.

La grange était tapie en contrebas de la route, abritée par de grands arbres. La nuit était tombée depuis longtemps. Soraya a entendu des voix et Ibtissam a décidé d'aller explorer l'endroit. Elle a disparu sous le couvert des feuilles, et un instant, seule, Soraya a eu une attaque de panique. Elle a attendu cinq minutes, puis Ibtissam a sifflé trois coups, lèvres rentrées et langue bizarrement arrangée. Soraya est descendue en roulant à tâtons sur les caillasses, allongée dos à la pente. Les montagnes étaient déjà hautes, elle devinait leur masse noire, la roche qui affleure par endroits, grise et vieille.

En montagne, il y a des grottes, des cachettes, des passages. Avant, c'était le territoire des contrebandiers. Partout dans le monde, la montagne est un refuge.

Soraya et Ibtissam pouvaient s'en sortir.

Dans la grange en ruines, il y avait cinq hommes et une famille avec deux filles d'environ quinze ou seize ans, aux cheveux joliment tressés. Soraya s'est calée dans un coin sombre, loin du feu qui crépitait dans un bidon rouillé. Les filles l'ont quand même repérée bien sûr, elles l'observaient et parlaient derrière leur main-paravent. « Ne fais pas attention à elles », a dit Ibtissam, et elle a tendu à sa nièce un bout de pain dur. À part elles, personne ne venait de Syrie. Le groupe entier partait vers une vallée française, La Roya. Ils serraient leurs téléphones dans leurs mains gelées et échangeaient des conseils, *best road, best road.*

Alors Ibtissam a décidé qu'elles en prendraient une autre, de route. Pourquoi ? Parce que si tout le monde se concentre sur le même endroit, tu peux être sûre que la police nous y attendra, et on ne veut plus voir la police, n'est-ce pas, *habibti* ?

La gorge de Soraya s'est coincée, elle a fait oui, incapable d'articuler un son.

Elle n'a pas pu s'empêcher d'observer les hommes. Leurs contours vibraient à la lueur des flammes. Elle a scruté leurs visages. Avant, elle ne le faisait pas, ou juste pour savoir qui sont les gens, ce que leur corps raconte. Maintenant, elle veut entrebâiller leurs pupilles, en creuser l'intérieur pour atteindre ce qui se cache derrière. Elle les juge, les jauge. Sont-ils indifférents ? Bienveillants ? Paternalistes ? Peut-elle déceler l'étincelle maléfique qui luit au fond de leurs prunelles noires, le regard qui la considère comme une femme, à prendre, à enlever, à humilier, à asservir ? L'œil parle. Soraya l'écoute.

Elle a entendu les filles glousser, a fait comme si elles n'existaient pas, comme si rien de tout cela n'existait. Comme si elle était en Syrie, avec Zyad, Rachid, Mu'taz, Sherine, avec son père et sa mère : le lendemain, elle se lèverait pour aller au lycée, grognerait parce que le réveil sonne encore trop tôt. Ibtissam toussait beaucoup mais promettait que ce n'était rien, *'omri*, tiens, finis ma soupe. Elles terminaient leurs derniers sachets lyophilisés. Une vieille dame les leur avait donnés la semaine précédente, avec deux pommes.

Bien avant le lever du soleil, le groupe s'était mis en route. Au sortir de la grange, les filles se donnaient la main et les hommes avançaient en silence, certains en sandales, d'autres en chaussures trouées. Elles les avaient entendus se frayer un passage dans la grande prairie peuplée d'imposants rocs ronds et rugueux. Elles, sont parties dans ce que le professeur de mathématiques de Soraya appelait une « diagonale opposée ».

Rien qu'elles deux.

Depuis quelques jours, elles ne marchent plus de nuit. Quelle merveille de voir la lumière du jour, de sentir le soleil sur la peau.

Elles ont traversé des pâtures, franchi des clôtures électriques derrière lesquelles des vaches les regardaient. Les vaches sont belles ici. Elles ont les mêmes yeux doux qu'à la maison, des yeux tristes sous leurs longs cils noirs, pleins de compréhension pour les pauvres petits êtres que sont les humains.

Elles faisaient très attention à ne pas longer ou croiser les axes fréquentés. Ibtissam s'aidait de la boussole de son téléphone pour déterminer la route. Puis elles ont trouvé le chemin caillouteux sans voiture, et le village de cinéma en pierre grise, au bout.

Il était éteint, excepté une énorme maison. Un refuge. Elles en avaient vu plusieurs dans les Alpes italiennes, mais elles n'étaient jamais entrées. Il y avait toujours du passage, des gens avec des sacs à dos et des vestes colorées.

Elles se sont prudemment approchées. Le refuge était fermé, mais Magdaliquelquechose était restée pour ranger, protéger, mettre de l'ordre pour l'hiver. Elle recousait des draps sur le pas de la porte, n'a posé aucune question. Elle leur a offert des pâtes au fromage, leur a montré des lits superposés au premier étage.

Chacune son sac de couchage.

Soraya a pu se laver.

Elle se souvient de chaque étape où elle a pu se laver et dormir au chaud. Chaque étape depuis treize mois.

Le lendemain matin, Magdaliquelquechose les a réveillées tôt. Elles ont bu du thé, mangé du pain, et même du beurre et de la confiture. Elle a tendu à Soraya une paire de baskets et des chaussettes. Soraya a rangé ses claquettes usées dans son sac et enfilé les baskets. Elles étaient presque à sa taille.

Elle leur a conseillé de se hâter : il faisait beau, mais en montagne, surtout à cette époque de l'année, le temps pouvait changer d'un coup. Il fallait atteindre l'autre côté avant les premières neiges. Elle disait comme ça, « l'autre côté ». Elle leur a souhaité *good luck* avant de rentrer avec son long cou dans le refuge vide et silencieux, une tortue dans sa carapace.

Elles marchent depuis cinq heures. Soraya est contente d'avoir les baskets : des plantes épineuses débordent sur le chemin. Elle a déjà enlevé plusieurs échardes coincées dans ses chaussettes.

Ibtissam tousse toujours. Parfois, elle s'arrête pour reprendre sa respiration. Sa gorge siffle.

— Attends-moi, *habibti*, comment fais-tu pour courir comme un chevreau avec ton ventre ?

Ibtissam n'est pas dans le corps de Soraya, son corps rigide, avec son cœur qui sonne et tonne, et ce ventre énorme qui fait ressortir le nombril. Il ne peut pas être le sien, trop gros, étranger. Soraya a perdu son nombril.

Elles n'en finissent pas de gravir la pente, les cuisses de Soraya brûlent, ses reins lui font un mal de chien. Brusquement, une ombre court sur l'herbe jaune et la roche, rapide, large. Au-dessus d'elles, un grand rapace plane, Soraya peut apercevoir ses yeux. Ses ailes sont immenses, un cerf-volant, le monde est son terrain de jeu. Il cercle, indolent, se hisse sans effort, sa tête bouge à peine et la ronde s'élargit, hypnotique, ses plumes caressent l'air comme les doigts épousent l'eau lorsque l'on se baigne, une étreinte légère, évidente, il se fond dans le ciel bleu glacé, s'y épanouit, et tandis que Soraya reprend son souffle, la respiration lourde, lui s'évade, monte encore, puis file tout droit, comme s'il avait enfin trouvé ce qu'il cherchait. Soraya le suit du regard jusqu'à ce qu'il ne soit plus qu'un point. Il disparaît. Il n'a aucun mal à franchir les sommets. Il ne connaît pas les frontières, va où bon lui semble, porté par le vent et les courants chauds.

Soraya, elle, rampe depuis si longtemps.

Elle avait perdu le sentier mais à force de tourner en rond, elle a retrouvé sa trace. Elle attend Ibtissam à l'orée d'une forêt. Soraya ne veut pas la distancer. L'écart entre elles s'allonge. Elle colle un masque enjoué sur sa figure, lui fait de grands signes.

D'étranges bêtes, comme d'énormes souris, les observent de nouveau à l'entrée de leurs terriers. Elles sont grasses et leur fourrure gigote quand elles courent. Elles sont peureuses, s'enfuient lorsqu'on approche trop près. Il n'existe pas d'animaux de ce genre en Syrie. Et Soraya n'en a vu que dans ces montagnes. Pourtant, elle a traversé d'autres montagnes.

Ibtissam se hisse à sa hauteur, elle halète, un chien en été. Elle appuie son bras à un tronc d'arbre avant de cracher une série de quintes sèches qui lui donnent un haut-le-cœur.

— Tu es malade...

Elle secoue la tête.

— Ce n'est rien, *'omri*. Il faut qu'on arrive en France. Tu accouches là-bas, tu deviens Française et je me fais soigner.

Ses lèvres ont une couleur bizarre, un peu violacée, sa figure est pâle. Mais que faire, à part semblant de rien ? Soraya hoche la tête.

— Tu veux t'asseoir un peu ? propose-t-elle.

— La femme du refuge m'a donné des fruits secs. On déjeune ?

Ibtissam se laisse tomber sur un coin de mousse, sort un paquet de papier aluminium et le déplie avec soin. À l'intérieur, des noix, des raisins secs, des noisettes, des figues, et du pain.

Un festin.

Ibtissam a les mêmes yeux verts que le père de Soraya, en amande, avec les mêmes drôles de sourcils en forme de chapeau pointu qui lui donnent un regard triste. Mais elle rit beaucoup. Enfin, elle riait. D'après papa, elle était la joie de la famille quand ils étaient enfants. Celle qui riait à tout bout de champ, un feu d'artifice explosant à intervalles réguliers. Il l'appelait « la lumière de la maison ».

Maintenant, les seuls sons qui sortent de sa gorge sont ce sifflement de mauvais augure et sa toux.

Soraya dormirait bien adossée au tronc sur lequel elle s'appuie. Pourtant, elle se lève et tend la main à Ibtissam. Sa tante ferme les yeux, soupire, s'agrippe à elle.

Avant, Ibtissam avait des fesses charnues, un ventre. Ses joues étaient dodues et Soraya se souvient de ses doigts boudinés quand elle malaxait la pâte à pain. Ses mains souples faisaient *clac, clac, clac*. Avant. C'est fou comme ce petit mot de rien suscite un déluge de chagrin quand il surgit dans la tête.

Avant, c'était simple, avant.

Avant, elle avait une maison.

Avant, elle était innocente et ne connaissait pas sa chance.

Avant, quand elle se disputait avec ses amies, Soraya croyait que c'était la fin du monde. Son univers ? Ses copains, ses cours, ses lectures, ses rêves, sa musique, les discussions enflammées au téléphone et les vacances chez son oncle et sa tante, où on engloutissait des glaces à l'eau, buvait du thé à la menthe et regardait de vieux films égyptiens en noir et blanc en essayant d'imiter les danseuses du ventre. Avant foisonnait d'avenir, de choix et d'espoirs tenus ou déçus, mais d'espoirs quand même.

Aujourd'hui, Ibtissam est maigre et son pantalon tient grâce une cordelette volée dans un jardin où pendaient des jupes bigarrées qui faisaient drôlement envie à Soraya.

Elles repartent sur le sentier des contrebandiers, que d'après Magdaliquelquechose, il n'y a pas si longtemps, des hommes arpentaient avec leurs ânes et leur précieuse marchandise.

L'avantage du gros ventre tout gonflé, c'est que Soraya ne mange pas beaucoup. Elle a l'impression que son estomac est compressé de l'intérieur, elle est vite rassasiée. C'est à ça qu'elle pense en marchant, et aussi à ce qui va se passer quand celui qui gigote et pousse à l'intérieur sera sorti. Elle le donnera à Ibtissam. Sa tante a toujours voulu avoir des enfants ; ne pas être mère a été le drame de sa vie. Enfin, de sa vie d'avant. Oui, elle le lui donnera. Ou elle le jettera dans une poubelle. Le mieux serait qu'il ne respire pas, qu'il soit mort à la naissance. Elle n'aurait pas à choisir, à se souvenir. Ce serait terminé, un cauchemar qui se dissout au réveil comme un morceau de sucre dans le café.

Hélas, les bosses et remous à la surface de sa peau l'avertissent que pour l'instant, il vit tout au fond d'elle. Elle sait qu'il n'a rien demandé, mais ce n'est pas parce qu'il a germé dans son ventre qu'elle lui est redevable. Jamais Soraya n'aurait cru pouvoir formuler un jour des idées pareilles, surtout à propos d'un bébé. Sa mère a eu cinq enfants, Soraya a chéri ses trois frères et sa sœur, tous plus jeunes qu'elle. Elle a cru devenir folle quand Sherine est morte en Bulgarie, volée par le froid glacial de cette nuit où il pleuvait sans discontinuer. Sa mère hurlait, son père pleurait. Chère petite Sherine, je me rappelle tes boucles brunes qui se soulevaient à chaque foulée de maman, quand tu étais cramponnée à son dos. Personne ne devrait avoir à vivre ça. Aucune femme ne devrait avoir un bébé dans le ventre sans l'avoir voulu non plus.

Soraya n'a pas de nouvelles de ses parents et de ses frères depuis le mois de février. Aujourd'hui est le 30 septembre. Elle ne les a pas vus depuis janvier. Les passeurs obligent souvent les gens à jeter leurs cartes SIM quand ils franchissent une frontière, ils ont peur d'être repérés. Ses parents ont-ils avancé depuis la dernière étape en Bulgarie ? Sont-ils toujours vivants ? Elle hait les passeurs, leurs bouches vomissent des mensonges, ils appartiennent au monde des djinns, fourbes, menteurs, avides. Rien ne serait arrivé si les passeurs avaient tenu leurs promesses.

Elle caresse la photo cousue dans la doublure de son blouson, celle où elle est assise sur les genoux de maman, avec papa, et Zyad tout bébé. Les autres n'étaient pas encore nés. Elle devait avoir cinq ans, le photographe lui faisait peur. Il avait un grand menton terrifiant.

À côté de la photo, sa mère a aussi caché son acte de naissance.

Si Sherine n'était pas morte, Soraya serait restée en Bulgarie. Elle serait encore une adolescente de dix-sept ans avec sa famille. Sale, crottée, enfermée dans un camp peut-être, mal fagotée sûrement, malheureuse oui, mais innocente. Elle ne saurait pas sa chance.

Ibtissam est si loin qu'elle ne la voit plus. Soraya ralentit. Elle a atteint une étendue plate. L'herbe y est épaisse, un ruisseau chante au pied de grands conifères, des résineux s'étendent de l'autre côté du plateau, dorés ceux-là, Soraya ne savait même pas que c'était possible. Au loin, les pics et les sommets touchent le ciel, les derniers arbres s'accrochent sur les pentes abruptes, plus haut, encore plus haut.

Tout est si calme, si paisible. Elle ferme les yeux et inspire. L'air est sucré. Elle imagine qu'elle vit ici, c'est sa terre, elle est heureuse, se promène avec sa tante, elles vont pique-niquer sur un gros rocher gris. Il manque le sable, d'accord, mais sinon… elle peut les convoquer : papa, maman, elle joue au frisbee avec Amin et Noura après les cours, boit un jus de mûres dans un square sous le soleil brûlant. Ensemble, ils parlent de l'école, de ce qu'ils feront plus tard, aller à la fac, être institutrice comme ses parents, est-ce qu'ils auront une femme, un mari, comment elle ou il sera, ou pas, ils seront libres. Ils iront à New York et traverseront Central Park en buvant des *latte* dans des mugs en carton. L'odeur d'Alep sature les narines de Soraya, le souk, les potins, les rires, les marchands de tapis, de babioles, les cafés où son père les emmenait manger une pâtisserie et boire un thé à la menthe, les parties d'échecs sur le trottoir, sa mère qui marchande une cafetière dans une échoppe empoussiérée.

Ne pas penser à la guerre, aux rues cendreuses, aux maisons écroulées, aux trous dans les murs des immeubles, aux troncs d'arbres éclatés par les Kalach, les cris qui préviennent de l'arrivée d'obus, vite, vite, courir, se recroqueviller, ils leur tirent dessus, ils essaient de tuer leur peuple, les corps par terre, coupés en deux parfois, le sang partout qui coule et sèche, et le jour où leur voisin a débarqué en larmes : « Ils te cherchent, Muntassar, ils arrivent, pars vite avec ta femme et tes enfants, Dieu te garde, mon ami ! » Ibtissam était chez eux, vêtue de noir, son mari avait disparu depuis trois mois, aucune nouvelle bien sûr, il était mort, tout le monde le savait, son désespoir, ses hurlements : « je reste, je l'attends ! Il va rentrer ! », et le père de Soraya qui la secoue et lui dit « Ibtissam, ma sœur, ressaisis-toi ! On s'en va et tu pars avec nous ! » Sa mère s'agitait déjà : « Les enfants, prenez un sac avec ce que vous voulez emporter, rien de trop lourd, quelques affaires de rechange, Soraya, aide-les, rien de trop lourd surtout ! »

Ici, tout cela paraît impossible.

Pourtant, Soraya ne l'a pas rêvé.

Elle repère une cabane en bois, là-bas. Peut-être un endroit où dorment les moutons l'été, ou les bergers, ou les deux. Elle attend sa tante, l'entend tousser avant de la voir. Ibtissam est livide. Soraya s'approche.

— Je crois que j'ai trouvé un abri pour dormir.

Ibtissam consulte son téléphone, acquiesce. Elles marchent depuis dix heures. Soraya est épuisée. Ibtissam force l'ouverture avec le couteau volé à un homme en Bosnie. Sa courageuse tante. Elle a arraché la croix pendue à son cou après l'Albanie. Elle était si en colère. Ses cheveux noirs sont devenus blancs, aussi.

La cabane est sombre, il y a un tas de foin dans un coin. Ça pue mais elles pourront dormir au sec. Soraya pose son sac à l'intérieur et retourne au ruisseau. Elle a du mal à se baisser avec son énorme ventre, l'a maudit, le maudit toujours. L'eau est glacée mais Soraya lui est reconnaissante de couler sur sa nuque et de laver son visage. Elle a un goût délicieux.

Sa mère était si heureuse quand elle était enceinte. Elle n'était jamais malade, s'agitait jusqu'au dernier jour, à peine les pieds gonflés. Elle cousait des robes, des pantalons. Soraya s'endormait au son de la machine vrombissant dans la nuit.

Elle termine de se débarbouiller, rentre vite parce qu'Ibtissam tousse fort.

— Je dormirai assise cette nuit, dit-elle.

— D'accord.

Soraya prend du foin et en glisse derrière le dos de sa tante, confectionnant un petit dossier. Puis elles se partagent le reste du pain. Soraya s'allonge tout près d'Ibtissam, et s'endort aussitôt malgré les coups dans son ventre.

Le papier peint est enlevé.

La décolleuse rendue.

De la peinture blanche trône dans l'entrée.

Le panier d'Ida est vide.

Astrid est descendue jusqu'à la clôture, s'est assise à côté du ruisseau.

Elle est restée longtemps, a aperçu la fourrure rousse d'un renard dans le flou des buissons.

Le potager est un champ de bataille. Elle a tiré sur ce qu'elle trouvait. A renoncé.

La grange sent le foin et l'humidité, Astrid y a déniché une vieille fourche, des seaux, des outils encroûtés de terre, une échelle antique, des bûches, des boîtes en métal, en bois, encore une ampoule nue.

Le vent froid se lève dès que le soleil fuit derrière les pics et les dénivelés.

Pour l'instant, Astrid n'a vu que du ciel bleu griffé de nuages blancs.

Il y a moins de randonneurs.

À quoi ressemblera l'hiver ?

Ne pas penser à la rentrée qui vient d'avoir lieu, à l'école sans Jibril, au collège sans Tom, leurs copains qui se poursuivent, courent, grandissent, la cour qui chahute, les profs fatigués. Ne pas penser à eux dans leurs boîtes absurdes.

Ici, pas d'école, pas de cartable.
Pas de potager.
Le panier est vide et Astrid a lavé les jolis bols.
Il est temps de les rendre à Ida.

Il est encore tôt quand Astrid se décide à suivre le panneau « Poterie ». Elle a enfilé un long manteau de laine à carreaux noirs et blancs. De la vapeur s'échappe de sa bouche. Le soleil est toujours à l'abri des montagnes. Le ciel, à peine doré.

« Jaune plus rouge ? »
« Orange ! »
« Rouge plus bleu ? »
« Violet ! »
« Bleu plus jaune ? »
« Vert ! »

Le ciel devrait être vert.

Quelques marcheurs sortent du gîte d'étape, leur lourd sac sur le dos. Ils sont bronzés, rouges parfois. Ils parlent allemand, français, italien.

Astrid a froid dans son gilet ajouré, serre les pans du manteau. Elle s'engage d'un pas vif sur le chemin. Au bout d'une trentaine de mètres, un sentier bifurque vers la droite en direction de la maison de l'agriculteur. Les vaches sont déjà au pré, une femme est courbée en deux dans ce qui ressemble à un potager. Astrid continue tout droit.

La maison d'Ida est un chalet de taille moyenne face au chemin. Il doit être ancien car le rez-de-chaussée est bâti en pierre, et l'étage, en bois bruni par la pluie. Un filet de fumée s'échappe de la cheminée. Contre son flanc gauche, une extension annonce « Poterie » en grosses lettres peintes en bleu. Les portes sont fermées, volets clos. Astrid remarque une cloche à côté de l'entrée. Elle tire sur la ficelle.

Ida apparaît.

— Tiens !

Elle s'efface et fait signe à Astrid de franchir le seuil.

— Un café ?

Astrid ne sait pas si elle en a envie. Elle pénètre dans la pièce principale munie d'une imposante cheminée, d'une table pour six, d'un lit ancien faisant office de canapé, et d'un coin cuisine encombré par un buffet frôlant le plafond. Au fond, un escalier comme la diagonale d'un Z. Une chaise à bascule et un fauteuil en bois sont installés face au feu. Ida les désigne d'un coup de menton.

Astrid pose le panier sur la table, choisit le fauteuil. Un coussin en velours rose délavé en adoucit l'assise.

Le feu est hypnotique, vigoureux.

— Tu ferais mieux d'enlever ton manteau, tu vas mourir de chaud dans trois minutes.

Astrid remarque à peine le surgissement du tutoiement.

Elle obéit, suspend son manteau au fauteuil, accepte le mug fumant qu'Ida lui tend.

Les questions vont arriver. Elle le sait. Elle ne pourra pas les éviter pour l'éternité.

— Sucre ?

Ce n'est pas celle qu'elle attendait.

Elle décline.

Ida s'installe dans son rocking-chair et impulse un balancement lancinant à la chaise. Sa tasse ne déborde pas.

Un silence ouaté s'installe, interrompu par les bûches éructant des salves d'étincelles. Un mouvement attire l'attention d'Astrid : un chat descend l'escalier avec une élégance paresseuse.

— Je te présente Robinson.

Le chat s'étire et saute sur le lit où il se pelotonne.

— Comme tu peux le constater, il est très actif.

Astrid sourit. Goûte le café. Ida la surveille du coin de l'œil.

— Tu connais la montagne ?

— Non.

Astrid peut mentir pour éluder, mais pas sur ce point-là.

— Tu es déjà venue à la montagne en hiver ?

— Dans une station de ski.

Ida tend sa tasse à Astrid qui la prend. La montagnarde attrape le tison, remue les bûches, récupère sa tasse avant de continuer à se balancer comme un bouleau dans la bise. Astrid découvre que son hôtesse est en pyjama et robe de chambre.

— Tu as un congélateur ? demande Ida.

— Un frigo avec un compartiment.

— Si tu peux, achète un congélo. Et fais des réserves de bocaux, de conserves.

Elle n'a cessé de regarder le feu et se tourne enfin vers Astrid :

— Raymond entreposait ses provisions sous l'escalier. C'est une bonne place.

Astrid attend la suite.

— Il est trop tard pour cette année, mais si tu t'occupes du potager, tu pourras faire tes propres conserves.

— Pourquoi tu me dis ça ?

— Parce que l'hiver est rude, ici. Il arrive tôt.

Ida lisse son carré gris.

— Bien sûr, il y a le réchauffement. Il s'amollit un peu, notre hiver. Ma grand-mère vivait dans une vallée voisine. Elle restait chez elle toute l'année.

Le feu répand sa chaleur animale sur le visage et le ventre d'Astrid. Elle enlève son gilet.

— Le facteur lui apportait son courrier une fois par semaine en ski de rando. Elle, elle creusait des tunnels pour sortir de chez elle.

— Des tunnels ?

— Oui, deux. Un à l'horizontale pour sortir par la porte, et un à la verticale pour sortir à l'air libre. Une année, elle a dû creuser huit mètres de neige pour pouvoir mettre le nez dehors.

— Huit mètres ?!

Le café tangue dangereusement dans la tasse d'Astrid.

— Huit mètres, mais c'est possible ? reprend-elle.

— Beaucoup de choses sont possibles chez nous, s'amuse Ida.

Astrid vide une partie de la tasse.

— Le notaire m'a dit qu'il fallait circuler en raquettes, parfois.

— Pas parfois. L'hiver. Il arrive que la neige tombe si brutalement que les cerfs, trop lourds, s'y noient.

Les flammes rougeoyantes se déhanchent dans l'âtre. Le chat fait sa toilette.

Comment tu vas, quoi de neuf, qui êtes-vous, Astrid ne pose jamais de question. Ce matin, elle a enfilé son costume d'être humain, mais dessous, il n'y a que des muscles qui bougent par réflexe et un désert barbouillé de carcasses noircies.

Une bûche crépite et la jette hors d'elle.

— Et en potager, tu t'y connais ? demande Ida.

— Non.

— Tu aurais envie de t'y connaître ?

— Je n'ai envie de rien.

Il est trop tard pour regretter les mots.

Ida se tait.

Les flammes dévorent les bûches qui ont été arbres, les grignotent, les rabotent, se repaissent de la chair morte.

— Tu dors bien ?

La question cueille Astrid ; elle dévisage Ida.

— Pas trop.

— C'est l'altitude. Il faut s'habituer.

Elle doit avoir raison car les nuits sont pires depuis qu'elle est arrivée.

Astrid se lève, avance pour poser sa tasse dans l'évier, s'interrompt en apercevant les luminaires au-dessus de la table, quatre cloches noires, intérieur doré. Elle est à contretemps, son tempo maintenant, claudiquer dans le réel, la robe de chambre au bout de dix minutes, les suspensions au bout de vingt.

— Elles sont belles, dit-elle.

— C'est moi qui les ai faites. Tu veux voir mon atelier ? Remets ton manteau, il fait frisquet.

Ida serre la ceinture de sa robe de chambre. Elle longe la façade, ouvre les portes vitrées de l'extension « Poterie », chasse la pénombre d'un clic d'interrupteur. Les étagères croulent sous les bols, tasses, bouteilles, plats de toutes formes, verts, gris, blancs, bleus, mouchetés, chamottés, noirs. L'air embaume, saturé du parfum de géraniums postés aux quatre coins de l'atelier. Des outils, des sacs, un évier, de larges seaux blancs, des engins non identifiés. Ida s'approche et les lui montre :

— Mon tour et mon four.

— C'est ton vrai métier ? Tu en vis ?

— Oui, je suis potière, céramiste, ce que tu veux.

Astrid comprend mieux les jolis bols du panier. Ida en saisit un noir à portée de main :

— Regarde, ce sont mes derniers essais. Je ne suis pas satisfaite de l'émail, je vais réessayer aujourd'hui.

— C'est quoi l'émail ?

— Un liquide qui vitrifie la pièce quand on la cuit, un mélange à base de cendre, d'oxydes, et d'autres choses.

Astrid acquiesce et frissonne.

— Je t'achèterais bien des suspensions.

— Je n'en ai pas. Mais je peux t'en faire. Il faut que tu me dises combien tu en veux, les couleurs, dimensions, etc.

— D'accord.

— Rentrons, il fait un froid de loup.

Quand Astrid repart, elle a bu trois cafés.

On est mardi.

Ida viendra dimanche l'aider à désherber le potager.

Vanessa,

je ne sais pas quand tu recevras cette lettre car je ne sais pas quand je la posterai. Je dois prendre la voiture et rouler plusieurs kilomètres pour trouver une boîte aux lettres.
Je n'ai pas Internet, peu de connexion. Je capte dans mon pré (j'ai un pré, et un ruisseau) près du tas de fumier (j'ai un tas de fumier).
Pardonne-moi de ne pas te donner mon adresse.
Je ne dors pas bien. Il paraît que c'est l'altitude.
Cette nuit, je me suis souvenue d'un article lu il y a quelques années. Connais-tu le microchimérisme ? Il s'agit d'un échange de cellules entre la mère et son fœtus. Il est surtout documenté lorsque la mère a des garçons – dans ce cas, l'intrusion est plus facile à déceler avec les chromosomes Y. La mère donne des cellules à son enfant, mais le fœtus contamine aussi sa mère. L'ADN du fœtus peut se nicher partout, dans la moelle osseuse, dans les tissus, se balader dans le sang, et parfois, rester des dizaines d'années. Des chercheurs en ont découvert cinquante ans après l'accouchement d'une femme. Le microchimérisme est encore mal connu.

Tom et Jibril sont morts, Vanessa. Et je n'arrête pas de penser que peut-être, dans mon corps, des morceaux d'eux survivent. Je porte leur passage au monde, je les emmène avec moi, à chaque pas.
J'espère que tu vas bien.
Je t'embrasse,
Astrid

Astrid a déniché un vieil escabeau dans la grange.

Elle s'attelle d'abord à sa chambre. Un drap lancé sur le lit et le carton, un autre au sol, grossièrement scotché. Elle y passe deux jours, gorger le rouleau de peinture, l'appuyer sur la grille, essorer juste un peu, le mur maculé, tirer sur la peinture, la dilater, submerger les taches. Elle n'avait jamais peint avant, ne pose qu'une couche. Tant pis pour les marques, aucune importance.

La nuit, malgré l'odeur désagréable et entêtante, elle dort trois heures.

Dans la salle à manger, Astrid n'ose pas faire de feu dans la grande cheminée, à cause des émanations chimiques. C'est ce qu'elle a préféré chez Ida. Le feu. Le corps amolli, la peau brûlante, les flammes échevelées qui s'échinent comme si elles avaient leur volonté propre, impénétrable. Astrid n'a jamais eu de cheminée, sauf une fois ou deux peut-être, dans des maisons de location, il y a longtemps.

La cheminée éteinte est triste.

La pièce est plus grande que la chambre.

Lorsqu'elle se met au lit, Astrid est fourbue, les cervicales douloureuses.

Elle se réveille au bout de quatre heures.

Le lendemain, volets fermés, elle le devine, dans l'air flotte une mélancolie qui n'est pas la sienne.

Le paysage est transfiguré. Pâturages, arbres, rochers et prairies ont fondu dans les nuages, la brume les enrobe, procession de fantômes. L'air solide dépose d'infimes gouttelettes sur le visage. Le souffle d'Astrid se mêle aux langues de nébulosité, elle sourit à la montagne cotonneuse, frissonne dans sa chemise de nuit.

Elle laisse la fenêtre grande ouverte, enfile un gilet, descend à pas feutrés.

Courir à la grange, dents qui claquent, pousser la porte de bois vermoulu, ressusciter l'ampoule nue, attraper deux grosses bûches, y ajouter des bûchettes, repartir en trottant.

Astrid lance son bois dans la salle à manger revigorée par la couche de peinture. Bras ballants, elle observe la cheminée morte.

Elle n'a jamais allumé de feu. Kamal s'en occupait. Les rares fois où il avait dû en faire, elle avait aimé le voir penché pour souffler, archaïque, passeur de nuit des temps, s'agenouiller, raviver les braises.

Elle retourne à la grange. Farfouille. Derrière les bûches, elle exhume quelques feuilles d'un journal jauni, remplit ses poches de poignées de foin qui traîne, repart.

Elle froisse le journal en boulettes, les pose dans l'âtre, ajoute le foin, trois fines bûches.

Elle n'a pas d'allumettes.

Astrid contemple la grande bouche édentée.

Elle se fait un café, s'habille. Sans prendre la peine de fermer, elle court démarrer l'Étrangère.

Lorsqu'elle revient, il est plus de midi. Elle a passé commande de bûches, rapporte des filets de bûchettes, des journaux, des allumettes, des bougies, des allume-feu à la laine de bois, une paire de chenets, un pare-feu, un serviteur avec pince, tison, pelle, balayette, une paire de bottes en caoutchouc.

Descendre dans la vallée équivaut à tremper son orteil dans un bain brûlant. Heureuse d'en être sortie le plus vite possible. La vallée, ses camions, ses zones commerciales ne lui manquent pas. Paris ne lui manque pas. Betty et Soizic ne lui manquent pas. Peut-être est-elle en train de les oublier. Les seuls qu'elle ne veut pas oublier, ce sont eux. Elle les grave en elle, les garde.

Astrid mêle allume-feu et pages de journaux vissées en papillotes, construit une hutte aplatie avec de fines bûchettes sèches, cale deux bûches plus imposantes dessus, jette deux allumettes.

La flamme s'élève, enivrée, se tord, échoue à s'accrocher à la bûche et s'étiole jusqu'à disparaître. Quelques fils incandescents courent sur le papier qui termine de se consumer, un brin de fumée prend le relais.

Astrid recommence trois fois.

La quatrième, elle souffle doucement. Accroupie dans la salle à manger glacée, elle encourage le feu à naître, l'implore. La flamme jaune s'épanouit, calcine un allume-feu, un second, attaque le papier entortillé, s'allonge. Harponne la bûche.

Astrid se laisse tomber par terre. La chaleur se déploie.

Elle va commander une chaise à bascule.

Les flammes, leur danse millénaire, leurs étincelles pétaradantes.

Astrid mange un peu.

Elle devrait peindre la cuisine, renonce.

Elle enfile la polaire de Kamal, son anorak de randonnée.

Elle remonte la route cahoteuse, dépasse le gîte d'étape, pénètre dans le monde engourdi, le panorama mité par les effiloches de nuages. Les pierres humides crissent. Astrid choisit le deuxième sentier. Il démarre derrière l'imposant bâtiment du refuge, zigzague entre les maisons et longe le chalet d'Ida.

Parfois, le brouillard se dilate. Il laisse apparaître la silhouette d'un arbre, un pan de prairie morne. Puis il se rétracte et l'œil peine à distinguer à trois mètres. Le sentier, lui, sinue entre les bosquets, presque chantant, décrit un virage et s'enfonce dans la forêt.

Protégée par les conifères et le paysage cotonneux, Astrid marche. La montagne a accouché d'un cocon assourdi qui l'emmaillote et la protège. Elle aime le calme, le parapluie du feuillage.

Soudain, un bruit attire son attention sur la droite. Un grand cerf s'enfuit en bonds lourds et gracieux. L'impact de ses sabots sur le sol résonne un instant dans le sternum d'Astrid.

Elle s'arrête pour le regarder disparaître, l'écoute s'éloigner.

Repart.

Des tintinnabulements de cloches lui parviennent par intermittence, comme si la brume laissait filer le son plus loin, plus vite. La forêt l'encercle, le ciel s'est rabattu comme une fermeture éclair au-dessus de sa tête.

Astrid a trouvé un ailleurs. Les ombres, les reliefs jouent à cache-cache. Elle continue de grimper, bercée par le rythme de ses pas. La pente s'affirme.

Astrid ouvre son blouson, surprise par le contraste entre son corps qui chauffe et le froid qui rougit son nez. On est en septembre. Si le début de l'automne arbore ce visage mouillé, celui de l'hiver sera sévère. Elle repense aux raquettes, absentes de la grange.

Astrid poursuit son ascension, elle accueille la transpiration entre ses omoplates, prend conscience de ses chevilles qui roulent. Elle respire fort, elle respire, dernière de sa famille à respirer, elle a droit au monde, hérésie. Elle guette les formes dans la brume, le granit poli par les millénaires, les troncs droits ou penchés, déracinés, lignes floues qui racontent l'agonie, la fin dans une curieuse indifférence. Personne ne se soucie de la mort des arbres.

Brusquement, elle se fige.

Elle n'est sûre de rien, alors elle écoute.

Des pas derrière elle. Réguliers, binaires. Ceux d'un être humain.

Les randonneurs s'aventurent-ils dans la purée de pois ?

Astrid avise un rocher rond sous un résineux, au bord du sentier. Elle s'y assoit.

Bientôt, une silhouette vague se dessine dans la blancheur. Un homme. Il avance d'un pas lent et sûr, n'a pas de sac à dos mais un fusil à l'épaule. La silhouette se précise, lève le nez, tressaille. L'homme ralentit. Il doit avoir la quarantaine, une barbe grisonnante de quelques jours, des yeux enfoncés sous d'étranges sourcils trop fins. Il est mal à l'aise et Astrid veut savoir pourquoi.

Il se hisse à sa hauteur, hésite, se campe sur ses pieds :

— B'jour.

Il est trop près, oblige Astrid à se tordre les cervicales.

— Tout va bien ? demande-t-il.

— Je vous demande pardon ?

— Je m'appelle Ange. Je suis votre voisin.

Astrid ne le quitte pas des yeux. Ceux de l'homme papillonnent et dévient à chaque parole.

— Je vous ai vue passer.

Astrid ne bouge pas.

— C'est dangereux de se promener dans le brouillard.

Astrid soutient le regard enfoncé.

— On ne sait jamais ce qui peut se passer, il pourrait y avoir de l'orage, la foudre, des loups. C'est dangereux de se promener dans le brouillard, répète-t-il.

— Je vais très bien, merci.

Astrid aimerait lui hurler d'aller se faire foutre, de se mêler de ses oignons, mais elle est seule sous les arbres.

Il hoche la tête.

— Vous rentrez alors ?

— Non.

Il l'observe, perdu.

— C'est dangereux de se prom…

Elle se lève d'un coup et le dépasse.

— Bonne journée, lance-t-elle.

Astrid marche vite, crève de se retourner pour vérifier qu'il décampe, ne le fait pas, a hâte d'atteindre le prochain virage, ralentit quand elle l'a passé.

Dans la poche de son blouson, elle serre le couteau suisse de Kamal.

Lorsque Soraya se réveille, l'air n'a plus la même odeur. Il sent le métal froid. Elle expire et de la vapeur s'échappe de ses narines. Ses mains sont si gelées qu'elle n'arrive plus à remuer les doigts. Elle les frotte jusqu'à ce qu'ils lui obéissent un peu.

Ibtissam est déjà debout et tousse sans répit. Sa respiration lui demande d'énormes efforts. Soraya se mord l'intérieur de la joue pour ne pas pleurer.

— On va y arriver, dit sa tante en sentant son regard sur elle. La frontière n'est plus très loin. Bientôt, nous serons en France et nos soucis seront terminés, *habibti*, ne t'inquiète pas.

Soraya s'inquiète, elle s'inquiète pour sa tante, pour elle, pour ses parents, pour le présent, le futur. Seulement, Ibtissam a raison, mieux vaut se taire, sinon le courage prend ses petites jambes à son cou et s'enfuit pour toujours.

Soraya s'extirpe du foin, enlève les brins accrochés à ses cheveux, époussette son blouson, mastique lentement la poignée de noix qui lui reste.

Elle sort.

Le monde est blanc.

À la place des prairies, du ruisseau, du vert sombre ou du doré des arbres, d'énormes flocons se déversent du ciel et bouchent la vue en tourbillonnant. Soraya a toujours cru que la neige arrivait en décembre, sur un grand traîneau tiré par des rennes, rempli de sapins et de guirlandes lumineuses multicolores.

Ibtissam la prend par l'épaule et la serre contre elle sur le pas de la porte esquintée.

— On se croirait dans un film ! sourit-elle de ses lèvres violettes.

Les cernes noirs sous ses yeux effraient Soraya.

Oui, la neige est différente. À la maison, elle tombe en poudre fine, un nuage de sucre glace qui enfarine le monde. La terre reste visible dessous, quelques brins d'herbe sont cristallisés par le froid mais les couleurs affadies persistent. La couche de neige n'est pas assez épaisse.

Ici, elle s'abat comme les missiles d'Assad, les flocons font la moitié d'une main, Soraya ne savait même pas que c'était possible. Il a neigé un peu en Turquie, mais ensuite, en Bulgarie, en Albanie, partout, il n'y avait que de la pluie glacée qui creusait la boue et imbibait les vêtements jusqu'à la peau, ou de la neige fondue et collante. Ensuite, le printemps les a renvoyés au royaume du froid d'un doigt impérieux. Ou alors, elles ont traversé des contrées enneigées et Soraya ne s'en souvient pas. C'est possible. Elle a oublié des pans entiers de leur voyage après l'Albanie.

— Tu te rappelles par où continuait le sentier ? murmure sa tante.

— Non.

Ibtissam la lâche et tape ses paumes l'une contre l'autre. Elle attrape son téléphone. Sa main tendue en avant indique la direction.

— Allez ! Ce soir, nous serons en France !

Soraya essaie de faire abstraction de sa respiration pénible, crépitement de l'huile sur le feu. Elle descend les marches de la cabane. La neige s'est tellement accumulée que son pied la traverse d'un coup et elle s'enfonce en chavirant. Elle se dégage et commence à marcher en levant les genoux dans de grandes enjambées pataudes. Son ventre la gêne.

En quelques minutes, ses baskets sont trempées.
Ibtissam, elle, est toujours en claquettes.

Elles marchent depuis deux heures. La neige s'écoule en flot continu, comme si le ciel retenait ses larmes depuis des siècles et les évacuait enfin, gros de chagrin. Désormais, à chaque foulée, Soraya se coince jusqu'au genou, jusqu'à la cuisse, et parfois, dans des creux aplanis par la ouate en trompe-l'œil, jusqu'à l'aine. Elle grelotte, frigorifiée. Ses orteils semblent avoir disparu, ses pieds transformés en blocs durs et rigides.

Le vent mauvais lutte contre elles, il souffle, acharné, et par moments, il les flagelle en rafales saccadées. Soraya plisse les yeux pour que la neige ne s'y écrase pas.

Ibtissam claque des dents derrière elle et sort souvent son téléphone pour vérifier le chemin. Soraya s'oblige à bouger les doigts, elle a peur qu'ils tombent. Dans la grange, ils ont dit que ça arrivait : certains traversent la frontière et restent bloqués dans la neige. Ils sont amputés d'un pied, d'orteils, comme s'ils n'étaient pas déjà tous amputés, de famille, de liberté, d'avenir.

Elle a supplié Ibtissam de rebrousser chemin, de retourner à la cabane pour s'abriter. Sa tante lui a fait signe de continuer d'une main agacée, *yallah, yallah* ! Elle a raison. La neige à cette altitude risque de s'installer pour l'hiver.

Tout à coup, au milieu des bourrasques qui les fouettent et des flocons qui brûlent les joues comme des aiguilles, un cri. Ibtissam s'est écroulée. Soraya utilise ses propres traces pour faire demi-tour, elle voudrait courir mais elle est empotée, met un temps fou à rejoindre sa tante haletante.

Le vent hurle à ses oreilles.

Ibtissam étouffe dans la neige.

Sa gorge siffle à chaque inspiration, chaque expiration, ses lèvres sont bleues, son teint verdâtre au milieu de tout ce blanc, le ciel, le sol, les flocons, et sa veste trop légère, ses cheveux, ses sourcils, ses pommettes, déjà couverts d'une couche de dentelle immaculée.

Soraya l'attrape, la tire pour la soulever mais son ventre la gêne.

— Lève-toi ! Viens !

Le corps lourd vissé dans le sol s'avachit. Soraya éclate en sanglots, ses larmes se transforment en cristaux de glace. Elle s'effondre à côté d'Ibtissam. De ses doigts tremblants, elle caresse son visage pour enlever les flocons qui n'y fondent plus.

— Je n'ai plus beaucoup de batterie, *habibti*. Prends mon téléphone, regarde la boussole. Tu dois aller à l'ouest, d'accord ? L'ouest.

Les mains ankylosées de Soraya ont du mal à attraper le portable, réussissent à le glisser d'un geste machinal dans une poche de son blouson. Elle dévisage sa tante.

— Tu es forte, *ya 'omri*, tu vas y arriver.

— Lève-toi, tata ! Lève-toi, s'il te plaît !

Les flocons forment désormais une couche pleine et solide sur ses vêtements et sa chevelure grise. Soraya ne sent plus ses genoux, ses pieds entravés par la neige.

Ibtissam cherche à parler encore. Son cou se tend et appelle l'oxygène. Sa voix rauque est à peine audible :

— J'aurais dû mieux te protéger, *habibti*, je n'ai pas su, pardonne-moi.

— Ne dis pas ça !

Ibtissam fait non, bouche ouverte, un poisson en train d'agoniser sur la jetée du port. Ses yeux implorants disent son impuissance, ses regrets, sa colère. Mais que peuvent les femmes au pays des hommes tout-puissants ? Elle s'arque, le corps crispé, au tour de Soraya d'être impuissante, horrifiée, elle l'appelle, Ibtissam, je t'en supplie, ne me laisse pas, elle pleure, Ibtissam se raidit, yeux exorbités, veines du cou gonflées, elle tend la main et cherche sa nièce, Soraya l'attrape, la serre de toutes ses forces mais sa tante ne la voit plus, ses yeux ne la voient plus, ils partent.

Soraya a toujours la main de sa tante dans la sienne, elle reste suspendue à la bouche immobile, elle attend le mouvement, le souffle, elle l'attend mais le corps dans la neige se relâche doucement comme un ballon crevé.

Soraya dévisage sa tante, hébétée, tapote sa joue, la secoue, la tire. La tête brinquebale d'un côté et de l'autre, inerte. Aucune vapeur ne sort de la bouche ou des narines. Les yeux toujours ouverts font peur alors Soraya les ferme.

Les rafales font claquer son blouson.

Le vent rugit sur l'étendue cotonneuse, il amoncelle des flocons sur les jambes, le ventre, les paupières d'Ibtissam. Il dépose sur elle son linceul givré et Soraya lui est presque reconnaissante de cette délicatesse.

Elle voudrait s'allonger elle aussi, mourir sur le plateau où elle a cru habiter, faire cesser cette course folle vers un avenir dont personne ne sait s'il vaut la peine de vivre, la peine d'endurer tant de souffrance, de perte, de deuil de soi et des autres, mais que dirait sa mère si elle la voyait recroquevillée, tremblant de froid, après ce qu'elle a traversé ? Que penserait son père, alors que son cœur bat encore comme un oiseau blessé dans sa petite cage osseuse ?

Soraya dépose un baiser sur les paupières d'Ibtissam, la lâche.

À quatre pattes, elle gratte la neige à la façon d'un animal, creuse du bout de ses mains bleues, s'enfonce dans le blanc. Après un long moment, elle distingue la terre en dessous. Elle l'attaque mais le sol est gelé, si dur. Soraya pleure encore et ses yeux lui font mal. Ses doigts aussi ; ils saignent.

Elle se redresse.

Ibtissam n'est plus là.

À l'endroit où son corps s'est endormi, il y a une forme moelleuse. Quelques bosses sous la neige. Le vent et les flocons l'ont enveloppée sous une couverture qui s'épaissit à chaque seconde.

Soraya prend appui sur le sol, se lève avec difficulté. Elle sèche ses cils et récite un poème que son père aime beaucoup.

« À cette source elle a bu.
Elle est morte – et la source n'a pas tari.
À ce miel elle a goûté.
Elle est morte – et le miel est resté aussi doux.
Sur ce rosier elle s'est penchée.
Elle est morte – et le rosier fleurit toujours.
Mais mon cœur, elle l'avait pris entre ses mains.
Elle est morte – et mon cœur repose dans sa tombe[1]. »

Les mots s'éparpillent dans la bise glacée.

Soraya dit au revoir à sa tante qui ne l'appellera plus *habibti.*

Elle quitte cet endroit de malheur.

1. Ghazel persan, anonyme.

Ida n'est plus en robe de chambre. Elle se tient devant la porte, sous la bruine collante, le cheveu frisottant.

— Il n'y a pas de mauvais temps pour le potager !

Le jour s'est frayé un chemin à travers de gros cumulus qui dégringolent des cimes. Astrid était persuadée qu'Ida ne viendrait pas. Une brise sournoise s'insinue entre les mailles de son gilet.

Mais Ida est là.

— Entre...

La montagnarde ne se fait pas prier, tapote ses bottes contre le sol et les retire avant de franchir le seuil. Elle les pose près de son panier rempli d'outils. Ses énormes chaussettes en laine multicolore laissent des empreintes humides sur le parquet.

— Joli feu ! sourit-elle en passant devant la salle à manger.

— Installe-toi, j'arrive.

Astrid a deux vraies pièces désormais, deux pièces peintes et rangées. Elle apporte le café, admire le feu qui ronronne, animal grésillant lové dans la cheminée, s'assoit à côté d'Ida sur le canapé.

— J'ai commandé une chaise à bascule.

Ida éclate de rire et ses paupières gobent ses yeux :

— Toute personne digne de ce nom devrait avoir une chaise à bascule devant sa cheminée, assène-t-elle. Et de multiples plaids. N'oublie pas les plaids.

La présence d'Ida est un oxymore, il démange Astrid sans savoir de quel côté pencher, bienvenue, dérangeante, joyeuse, intruse dans son antre. Astrid est une ornière, fossé fantomal entre deux mondes. Une bûche noircie s'écroule dans une nuée d'étincelles.

— Avant-hier, c'est la première fois que je faisais du feu. De ma vie.

— Tu t'en sors bien. Et le congélateur ?

— Bientôt.

— J'ai biscuité tes suspensions.

— Tu as quoi ?

— J'ai engobé et cuit tes luminaires. Je les émaille, les cuis une deuxième fois, et ils seront à toi.

Un miaulement les interrompt.

— Oh flûte, Robinson m'a suivie.

— Le chat ?

— Oui, il doit être devant la porte. Il est mignon mais c'est un pot de colle.

« Pourquoi ? »
« Parce que c'est trop compliqué ! On en fera quoi, de ce chat, quand on partira en vacances ? Qui nettoiera sa litière ? »
« Moi ! »
« Jibril, je suis désolée mais on n'aura pas de chat. »
La grosse tête de Jibril tombe, lourde de chagrin.
Ses petits sourcils froncés le lendemain midi.
« Mon cœur, pourquoi tu manges avec ta main gauche ? »
« C'est mieux. »
« Qu'est-ce que tu as dans la main droite ? »
« Rien. »
« Il a quelque chose, maman, je le vois ! »
« Ça suffit, Tom ! Jibril, ouvre ta main. »
« Non. »

« Jibril... » dit Kamal de sa grosse voix.
Jibril se mordille la lèvre d'un air sérieux.
« Si je l'ouvre, elle va s'envoler. »
« Qui ça ? »
« Ma coccinelle. On n'aura pas de chat, j'ai le droit d'avoir une coccinelle, non ? »
Astrid croise le regard de Kamal.
Mollo.
Elle se penche vers Jibril.
« Mon Joujou, elle est là depuis combien de temps ta coccinelle ? »
« Tout à l'heure. Avant de manger. »
« Je crois qu'il vaut mieux ouvrir ta main. »
Ses pupilles noires, ses longs cils de grand bébé.
Il attend.
Doit renoncer.
C'est difficile.
La main s'ouvre et il découvre le spectacle.
« Oh ! Mais non ! Maman, elle est toute morte ! »
Sanglots, hoquets. Câlins. Son corps rond secoué et pressé contre Astrid.

Elle se lève.
— Je m'habille, j'arrive.

Abritée sous plusieurs couches de vêtements, Astrid a enfilé ses bottes en caoutchouc. Ida porte des gants de jardinage et lui en a tendu une paire. Robinson marche sur leurs talons de son pas élégant détaché des contraintes matérielles. Seule sa queue dépasse des herbes folles qui frottent contre les bottes d'Astrid. Elle aime le chuintement du végétal qui ploie sous ses semelles.

— Tu as une belle parcelle, tu sais. Romain, l'agriculteur, a voulu la racheter mais le vieux Raymond ne voulait pas qu'on démantibule « son domaine ».

— Tant mieux.
— Tu vas en faire quoi ?
— Rien.
— Romain risque de te demander de le faucher, ou quelque chose comme ça.
— Ça ne me dérange pas.
— Voyons, voyons... marmonne Ida lorsqu'elles parviennent au potager.

D'épaisses planches neutralisent la pente, terrassement parfait, délimitent des zones distinctes. Un mur végétal pousse sur deux côtés perpendiculaires, certains plants ont perdu leurs feuilles. Ida inspecte les différents carrés.

— On est très en altitude, ici, faire pousser le moindre truc relève du casse-tête. Les mulots ont tout bouffé, mais ce n'est que partie remise.

Astrid est debout. Ida est déjà pliée en deux, la tête au-dessus du fouillis jaune et vert.

— La haie, c'est du framboisier, elle coupe le vent. Raymond a repiqué des pieds trouvés en montagne. Les oiseaux t'en ont volé, mais ils donnent encore.

Ida cueille une framboise et la tend à Astrid. Le petit fruit acide revendique sa sauvagerie.

— Prends une binette dans le panier.

Ida continue à déraciner ce qui lui tombe sous la main. Elle tend son gant noir de terre vers une herbe :

— Tu connais le plantain ? On va l'enlever mais regarde bien. On l'appelle l'herbe aux cinq coutures. Si tu te fais piquer par un insecte, une ortie, tu frottes du plantain dessus en faisant sortir le suc, et la douleur disparaît. Il est comestible aussi. Un vrai copain.

Elle se tourne vers Astrid qui murmure devant le panier :

— La binette ?
— L'espèce de rectangle en métal. Je n'ai pas pris ceux avec manche long, donc il faut se courber. Si tu décides

de t'occuper de ton potager, tu t'en achèteras, c'est moins fatigant.

Astrid attrape l'outil. Ses bottes s'enfoncent dans la terre meuble.

— Nous allons biner : tape dans la terre et retourne-la. On l'aère. Et les « mauvaises herbes » sont déracinées.

Astrid observe ses doigts emprisonnés dans les gants. Elle frappe la terre et l'odeur du sol fertile explose.

— Voilà, tu tires, tu retournes. Tu la remues. Elle est comme nous, la terre, elle a besoin de respirer.

Astrid s'installe dos à Ida, enfonce, fouille, observe les mottes, malmène la terre grasse, découvre son parfum d'être vivant.

Les nuages pleuvent des sommets, s'affaissent, fatigués d'avoir franchi tant de route peut-être, se laissent tomber sur les mélèzes. Car ce sont des mélèzes et ils perdent leurs aiguilles. Astrid s'étonnait qu'un grand « sapin » jaunisse de l'autre côté, sur la pente. Un grand et magnifique « sapin » pourtant, il est malade ? Ida a ri. Les mélèzes ne casseront pas cet hiver. Débarrassés de leurs aiguilles, ils ne craindront ni le poids de la neige, ni le froid. Les mélèzes sont les sages des versants rocailleux et des pentes abruptes. Ils se dépouillent du superflu tels des ascètes. Avant, il y aura la coulée dorée. Elle commence maintenant, en septembre. La montagne enfile son peignoir d'or et le soleil en est jaloux.

Astrid abat sa binette, écoute sa respiration, le *tchac* qui fend la terre. Elle a hâte que la forêt ait revêtu son habit de déclin flamboyant. Une hâte, simple, anodine. Une hâte, l'air de rien.

C'est tout ce qu'elle demande.

Les volets resteront fermés.

Le manque et la solitude se donnent la main, entrés en catimini, chut, pas de bruit, ils dansent dans la pénombre de la chambre. Leurs silhouettes dégingandées s'enfièvrent, se poussent, tourbillonnent, s'enlacent pour mieux valser, Astrid ne peut ni ouvrir ni fermer les yeux, le manque et la solitude se trémoussent, sautent jusqu'au plafond, palpitent dans leurs habits de noirceur. Astrid a dit non merci c'est gentil, mais si elle avait dit d'accord, docteur, donnez-moi ces antidépresseurs, elle pourrait se lever, quitter la chambre, elle marcherait jusqu'à la salle de bains, farfouillerait dans sa trousse de toilette, en sortirait le petit tube blanc aux faux airs innocents, l'ouvrirait, verserait tous les comprimés oblongs dans sa paume, les fourrerait dans sa bouche, les noierait dans l'eau du robinet, irait se recoucher. Le manque et la solitude paraderaient quelques instants encore, puis ils s'endormiraient pour toujours en chien de fusil devant la cheminée.

Encore toi, Conditionnel.

Va-t'en, va danser avec eux.

Quand Astrid se lève, elle ne sait plus quel jour on est mais la chambre est lavée de ses ombres.

Il reste des cartons à déballer, de la peinture à étaler. Le costume d'humain la démange. Dehors, le ciel est bleu. Des gouttes de rosée sont accrochées partout comme une multitude de petits yeux curieux.

Le rez-de-chaussée est glacé.

Elle se prépare un café, jette un coup d'œil au poêle à bois, lui trouve des airs de reproche, l'haleine froide. Elle y fait une flambée.

Ida lui a indiqué le nom du village où se trouve la librairie. Le car y est passé. Il y a combien de temps, un mois peut-être ? Un mois de ciel lavande et de nuages duveteux ou écroulés, un mois à dormir à côté du carton.

Les journées collent aux chaussures, surtout l'après-midi, quand le soleil disparaît et que le froid rampe comme un serpent pour engloutir le fond de la vallée. Elles durent, se prélassent. Il n'en reste rien. Astrid a beau chercher, chaque soir, elle ne sait pas où le jour s'est évaporé.

Lorsqu'elle a bu son café, mangé un morceau de pain décongelé, elle enfile un jean, range les pans de sa chemise de nuit à l'intérieur, et part démarrer l'Étrangère.

Sur la route, le chauffage tousse. Astrid conduit avec des gants sales dégotés sous le siège passager.

La place du village s'ouvre sur une vallée, l'horizon fait le gros dos, l'azur se déplie à perte de vue. Astrid a repéré une épicerie au coin d'une ruelle, des piments pendent en guirlande dans la vitrine, à côté de paniers de fruits et de bocaux de confiture. Il y a un café aussi, où quelques personnes boivent en terrasse engoncées dans leurs doudounes, les oreilles protégées par un bonnet.

La librairie se niche dans une rue adjacente. Astrid y entre sans désir.

Les tables sont larges, les livres colorés, la lumière douce. Un bar aux teintes pastel sert des pâtisseries crémeuses et du thé. Une femme s'affaire derrière la caisse, lunettes repoussées sur son nez en forme d'entonnoir. Il n'y a qu'un client, un homme concentré, il épluche des yeux le rayon polars. Astrid déambule, lit les titres. Elle aperçoit le coin jeunesse avec ses explosions de rouge, de jaune, de bleu, ses fanions et ses ours, rebrousse chemin ahurie en s'efforçant de respirer calmement. S'arrête.

L'étagère est marquée de l'écriteau « Poésie » calligraphié à la main.

L'homme des polars règle une pile de poches aux couvertures sombres.

Astrid ne connaît rien à la poésie. Elle en a lu à l'école, Maurice Carême, d'autres au lycée, du beau, mais classique. Elle a feuilleté quelques recueils défraîchis lorsqu'elle a tout emballé dans le Grand Silence. Ceux de Kamal. Baudelaire et son spleen, Hugo... Ils résonnaient parfois d'un écho familier alors elle les a gardés. Ils sont dans les cartons.

Elle tend la main, attrape le premier volume dont le titre lui parle. *À la lisière du temps*, Claude Roy est un inconnu, elle tombe sur ce passage :

« Cette année-là
le ciel devenait bleu pour un rien
le soleil jamais ne demandait l'heure

et nous avions tous les jours rendez-vous à quatre heures
avec une mésange noire extrêmement légère »

Engloutie en cinq vers, Astrid continue jusqu'aux trois dernières lignes :

« Cette année-là
la terre te voulait du bien

C'est vieux   tout ça[1] »

Astrid referme le recueil, cherche d'autres Claude Roy, ajoute *Poésies* au premier, les serre dans sa main. Elle fait brutalement demi-tour et s'approche de la caisse.

La libraire l'accueille par un sourire et prend les deux volumes. Ils bipent. Elle enfonce ses lunettes sur l'entonnoir.

— Vous lisez l'anglais ?

Astrid l'observe un peu trop longtemps avant de bégayer :

— Assez mal.

— Dommage ! Si vous aimez la poésie, j'ai reçu des Louise Glück. Elle n'est pas traduite en français.

— C'est bien ?

— Beau. C'est beau.

— D'accord, j'en prends un.

La libraire part fureter dans les rayons. Astrid regarde les cartes sur les présentoirs, les crayons, les feutres, les stylos, les ouvrages miniatures, les carnets monochromes ou à motifs. Elle en choisit un petit, fin, sur lequel des fleurs s'entrelacent sur fond fuchsia. La libraire revient triomphante.

— *The Seven Ages* ou *The Wild Iris* ?

— Les deux.

1. Claude Roy, « Les temps légers », *À la lisière du temps*, © Éditions Gallimard, 1984.

Astrid ressort avec son sac en papier kraft. C'est presque comme si elle avait un amant, elle secoue la tête, débile, non mais quand même, comme si dans ses doigts, l'anse du sac nouait une promesse, celle d'un ailleurs, d'une divagation partagée, d'une rencontre en sous-marin dans un endroit secret où personne ne la sait, la mer comme une peau d'animal qui respire et protège.

Elle remonte la rue, bifurque, entre dans l'épicerie. Une odeur de bois et de sucre flotte dans l'air. Elle achète un sac de pâtes de fruits, du raisin, un pot de miel local. Rien de nécessaire. Une fois dehors, elle regrette, y a-t-elle droit, alors qu'ils sont recroquevillés dans la terre froide, que leurs papilles ont séché, pourri, que leur estomac...

Pas ici, pas maintenant.

Vite, rentrer, sa maison esseulée l'attend et si elle tarde, le poêle va encore faire la gueule.

Astrid repart dans son Étrangère qui commence à mal porter son sobriquet.

Le sac de livres repose sur le siège passager, il frissonne dans les virages.

Lorsqu'elle revient de la librairie, le ciel s'est obscurci. D'épais nuages gris escamotent les sommets alentour. Astrid devrait peindre, n'en a pas le courage.

Elle nourrit le poêle, fait un feu dans la cheminée, s'installe sur le canapé, part arpenter les chemins chimériques de Claude Roy. Elle dit avec lui :

« Quelquefois j'étais là   et parfois nulle part
Je ne savais plus où   Je dormais sans dormir
présent les yeux fermés   absent les yeux ouverts
j'habitais en sursis dans l'entre chien et loup[1] »

Astrid lit et relit les mots d'un autre qui la raconte, l'inconnu qui desserre le nœud coulant sur sa gorge. Elle ne veut rien savoir de lui, pourquoi, quand il a écrit. Elle s'en moque.

Elle essaie Louise Glück, comprend un vers sur trois, s'en moque aussi. Elle articule dans le silence de la maison et perçoit des éclairs de couleur, des fleurs, des prairies. Ça lui suffit.

1. Claude Roy, « Chien et loup », *À la lisière du temps*, © Éditions Gallimard, 1984.

Astrid peint la cuisine. Elle a scotché sa bâche au sol, couvert le buffet et la table. Elle se tord le cou sur l'escabeau. Le Grand Silence naît aussi de l'oubli. Elle n'a pas écouté de musique depuis dix mois. Gaie ou triste. Rien. Les murs de la maison ne vibrent pas.

Elle pose son rouleau, fouille son sac à main, trouve son téléphone.

Elle ne l'a pas allumé depuis son arrivée, le branche, reprend le rouleau.

Elle est ici depuis plus d'un mois. Elle va faire installer une connexion Internet.

Elle retourne à la librairie avant de connaître Claude Roy par cœur. Elle rentre avec Andrée Chedid, Sylvia Plath, Marina Tsvétaïéva, Emily Dickinson.

Astrid peint la salle de bains, le couloir. Le palier de l'étage. Le deuxième salon.

Et la deuxième chambre.

L'Inutile. La Surnuméraire.

Elle est percluse de douleurs mais en sept jours, la maison est terminée. Blanche. Elle lui appartient un peu plus.

Il lui vient des pensées comme sept jours, elle est dieu en son domaine, et parfois, elle sourit.

Elle a réceptionné le congélateur, vitrifié plusieurs kilos de fruits et légumes dans ses entrailles, ajouté un générateur, des bouteilles de gaz. Si les routes sont coupées, si l'électricité capote, elle survivra. Ironie.

Avant de dormir, éclairée par le cercle jaunâtre de la lampe de chevet, Astrid lit des poèmes au carton.

Le petit carnet à motifs acheté à la librairie est pour Ida. Astrid ne l'a pas vue depuis un moment. Le froid lui fait l'effet d'un couteau effilé sur ses pommettes. Le gîte d'étape est fermé, volets clos. Il hiberne jusqu'au printemps.

Les mélèzes ont pris possession des versants et gambadent le long des reliefs dans leurs robes de soleil, sans prêter attention au ciel lourd.

Ida n'est pas là.

Astrid dépose le carnet dans sa boîte aux lettres, aperçoit du coin de l'œil la silhouette d'Ange. Il se tient droit, appuyé sur une pelle ou une fourche. Il l'observe.

Astrid se dépêche de rebrousser chemin.

Elle a commencé à lire ses messages, Vanessa la supplie de lui donner son adresse, Betty la traite de tous les noms, Soizic multiplie les émojis larmoyants, ses parents, et même une ancienne collègue. Trop, d'un coup. Elle ne répond pas.

Le téléphone est la terre sacrée de Kamal, relique de ses cœurs, « OK », « J'arrive, je prends du pain ? ». Sanctuaire partagé avec Tom, un premier et seul téléphone à la rentrée, privilège de collégien.

> « Je peut resté joué un peu avec Axel ? »
> « D'accord mais en rentrant tu révises tes conjugaisons. »
> « Oké. »

Rien d'autre ne devrait s'y inscrire, plus jamais.

Le sommeil est parti folâtrer avec les mélèzes de bronze.

Astrid est dans son lit, pieds et mains gelés. Elle chuchote des poèmes au carton. Alors qu'elle termine de murmurer Marina Tsvétaïéva :

« Les cours d'eau à rebours inclinent – à fuir
Et moi je veux sur ta poitrine – dormir[2]. »

elle s'interrompt sans lire la date sous le poème.

Elle arrête de respirer, se redresse, petite corde dont les brins soudain tendus sont prêts à rompre, elle écoute, incertaine. Elle attend.

Le cri explose de nouveau dans l'immense ciel de nuit, doux et rauque, un chant magique, incantation millénaire qui a bercé l'humanité, il se heurte aux versants abrupts, démultiplié par l'écho qui le lance et le relance avec précaution. Comme un joyau, il fend la montagne jusqu'à elle.

Incrédule, Astrid éclate en sanglots, et même alors, dans le bruit de ses larmes, de sa gorge étranglée, magnifiques et sauvages, elle les entend encore.

Des loups.

Ils s'appellent, se répondent, ils racontent une histoire, le groupe, la famille, les sentes partagées, la meute qui veille.

C'était son plus grand rêve.

Kamal en aurait chialé.

Astrid éteint la lumière et file ouvrir grand la fenêtre et les volets.

Dehors, il n'y a que l'ombre dense.

Les loups hurlent encore et sans réfléchir, Astrid pose les mains sur l'appui de fenêtre et se joint au chœur lointain. Cou tendu, yeux fermés, elle hurle dans la nuit, elle hurle pour Kamal, elle hurle pour Tom et pour Jibril, son clan, sa meute, et elle croit que les loups vont se taire, indignés

2. Marina Tsvétaïéva, « Dans les ténèbres tout s'élance – nomade », *Insomnie et autres poèmes*, © Éditions Gallimard, 2011.

par cette voix étrangère, mais non, ils redoublent leurs cris, lui répondent, nous savons les liens, la perte, le deuil, nous te comprenons, nous partageons le même sang, rouge et chaud, nous sommes tes frères, et Astrid tombe à genoux sur le parquet froid où elle reste longtemps.

Lorsque le silence est revenu, elle regagne son lit et se blottit sous la couette.

Et moi je veux sur ta poitrine – dormir.

Soraya n'a jamais retrouvé le sentier, elle a avancé au hasard en se repérant sur le téléphone d'Ibtissam. Elle a gravi des pentes et traversé une forêt obscure. La neige était moins entassée sous le couvert des vieux sapins, marcher était plus simple. C'est là que son ventre a commencé à lui faire mal. Une douleur inhabituelle, mais rien d'extraordinaire. Après la forêt, elle a replongé dans la blancheur tournicotante.

Elle l'affronte encore. Le vent furieux est déchaîné, les flocons virevoltent et l'assaillent. Elle leur résiste, penchée en avant, pose un pied après l'autre, abrutie, un, deux, ne songe à rien ou alors au corps d'Ibtissam là-haut, enseveli sous la neige, invisible maintenant. Un, deux. Le trouvera-t-on au printemps ? Sera-t-il dévoré par des bêtes sauvages ? Un, deux. Ibtissam a-t-elle retrouvé sa sœur ? Mourir sans sépulture… Mais que faire avec ses ongles cassants ? Et elle, où sera-t-elle au printemps ? Qui sera-t-elle ? Un pied après l'autre, un pied après l'autre, c'est son mantra. Jusqu'où ? Elle monte, descend des versants au hasard dans le Grand Blanc Éternel.

Ses jambes sont raides, chaque pas lui coûte. Tout est couleur de lait autour d'elle, le ciel et la terre sont unis.

Tout à coup, sa plante de pied glisse vers l'avant, elle perd l'équilibre et se retrouve par terre. Elle doit s'y reprendre plusieurs fois avant de réussir à sortir le téléphone de sa poche. Le froid l'a éteint.

Ses forces la quittent, Soraya pose la tête sur ses genoux. Son corps transi grelotte en continu. Soudain, une douleur fulgurante explose dehors, dedans, partout, comme si deux grandes mains invisibles la déchiraient et lui broyaient le ventre, le dos, Soraya est en feu, un cri s'échappe de sa gorge, encore un, et puis plus rien.

Les mains se sont évaporées.

Elle relève la tête, sonnée.

Le monde est si blanc. À croire qu'il n'y a jamais rien eu d'autre, herbe, sable, arbres, rivières, soleil, rien que des flocons qui mitraillent et la voix du vent fâché comme un vieil ours, depuis la nuit des temps. La Terre n'a plus d'âge, le passé est blanc. Le futur est blanc. Le présent est une rengaine crue et tournoyante, volutes de flocons impétueux qui bouillonnent en sifflant.

Soraya ne voit pas à dix mètres, ne sait même pas si elle va dans la bonne direction. Sans téléphone, elle ne le saura jamais.

Soraya demande pardon à sa mère, à son père, pardon à sa tante, morte pour rien, car oui, elle est morte là-bas et Soraya, va faire pareil. Elle pourrait être un fantôme déjà, avoir commencé à s'effacer sans le savoir, se fondre dans le Grand Blanc Éternel.

— Je n'aurais pas dû partir, pourquoi nous séparer, papa…

Un coup sur son épaule, sa tête se lève, réflexe, il y a quelqu'un.

Devant elle.

Dans le Grand Blanc Éternel.

Il y a quelqu'un.

Une femme en habits rouge et bleu, les cheveux sous un bonnet, qui se penche et l'attrape, mais pour quoi faire ? Son âme est en train de se sauver, il ne faudrait pas la brusquer.

La femme dit quelque chose, elle a l'air en colère, se rapproche encore, la soulève et Soraya l'aide, s'appuie sur le sol. Elle tient debout. La femme l'observe, les jambes de Soraya lâchent. Alors la femme l'enlace comme sa tante ce matin, ce matin lorsqu'elle était encore en vie, mais ce n'est pas Ibtissam car ses sourcils n'ont pas l'air tristes, ils sont mécontents et elle la secoue et Soraya sent vaguement une main qui frappe sa joue comme maman quand, petite, elle avait renversé le précieux pot de confiture de prunes offert par un élève de papa.

Soraya voudrait lui dire qu'elle essaie mais ses dents claquent trop fort.

La femme s'agite, sort une bouteille de son sac, la tend à Soraya puis la lui colle aux lèvres. Une gorgée de thé l'ébouillante. Soraya revit, voudrait prendre le thermos mais ses mains ne lui obéissent plus, elles sont peut-être tombées dans la neige, a-t-elle encore des mains ? Une autre gorgée, brûlante, chasse le froid entré jusqu'à son cœur.

La femme en rouge et bleu enfonce un morceau de gâteau dans sa bouche qui réussit à mâcher. Un jour différent, Soraya pourrait sourire.

La femme se déshabille. Elle fait passer son col en polaire, imprégné de sa chaleur, autour du cou glacé et humide de Soraya, fourre les mains violettes dans des gants, la tête trempée sous un bonnet. Sa vie irradie vers celle de Soraya. La femme en rouge et bleu glisse un bras derrière le dos, attrape le fin blouson élimé et entraîne Soraya dans la pente. Mais a-t-elle vraiment envie de continuer ? Soraya a sommeil, chaque pas lui coûte, et voici que la femme s'arrête de nouveau et la force à s'asseoir dans le froid. Soraya ne comprend plus rien. Elle aperçoit enfin les drôles d'objets que la femme porte aux pieds. La femme les enlève, y noue les baskets détrempées à l'aide de lanières, oblige Soraya à se remettre en route.

Elle ne s'enfonce plus.

Soraya marche à la surface de la neige, flotte, résiste à l'attraction, et se laisse guider par la femme qui a bien voulu apparaître à l'endroit où elle croyait mourir.

Leur voyage n'a pas de fin. Les mains invisibles sont de retour, plus méchantes que jamais. La mère de Soraya retenait ses cris lorsque la délivrance approchait. Est-ce le moment ? Soraya va-t-elle accoucher dans la neige ?

La femme en rouge et bleu peine sans ses objets aux pieds, elle respire bruyamment. Elle s'enfonce dans la neige, s'en dégage et s'enfonce encore mais elle continue de soutenir Soraya. Leur cadence est lente ; elles se débattent plus qu'elles ne marchent. Heureusement, elles ne font que descendre.

La femme frotte le dos de Soraya lorsque les mains essaient de lui crever le ventre.

Difficile de s'appuyer sur ses pieds, Soraya a l'impression qu'ils se sont métamorphosés en blocs uniformes, des parpaings. Idem pour ses mains, elles ont l'air mortes.

La femme en rouge et bleu s'arrête de nouveau, lui redonne du thé. Ses cils et sourcils sont couverts de flocons. Soraya boit le thé brûlant. Sa chaleur est comme un miracle. Elle voudrait sourire mais se plie en deux, les mains invisibles la fracassent.

La femme range le thermos et elles continuent leur descente dans le vent et les flocons déchaînés.

Soraya ne remarque les maisons que lorsqu'elles sont toutes proches. Une poignée d'habitations éparpillées dans un creux, cernées par les parois de la montagne. Un panache de fumée s'élève de quelques unes et se dissout dans les tourbillons de neige.

La femme tend son bras vers l'une d'elles.
Soraya a vaincu le Grand Blanc Éternel.

La maison est vieille, fière.
Devant la porte en bois, la femme en rouge et bleu s'accroupit et lui délie les pieds. Elles entrent et Soraya est saisie par la douceur de l'atmosphère. La femme la transporte jusqu'à un canapé, la porte à moitié, disparaît.
Lorsqu'elle revient, Soraya ouvre les yeux. Il y a un feu dans une vraie cheminée, comme au refuge. Elle tremble, une marionnette. Elle sent à peine les doigts légers de la femme qui ôte ses vêtements glacés. Elle a honte de son corps répugnant, de son ventre difforme, voudrait la supplier d'arrêter mais les mains invisibles la saisissent encore et l'étouffent, la clouant sur place.

Soraya a dû s'assoupir. Elle est allongée sous un épais plaid en laine. Pourtant, elle ne se réchauffe pas. La femme en rouge et bleu la dévisage avec une autre, plus vieille. Elles discutent et Soraya ne comprend rien, ses oreilles bourdonnent, elle a mal, si mal quand les grandes mains l'écrasent. Brusquement, son corps se réduit à un ventre, la conscience repliée sur elle-même. Elle a peur de ce qui va arriver, peur encore, peur toujours, elle va accoucher et sa mère n'est pas là. Sa tante n'est pas là. Mais ces deux femmes ont l'air de lui vouloir du bien, ou du moins, pas de mal.

Elle est installée par terre, maintenant, sur le plaid. La cheminée est une grande bouche de chaleur et de lumière. Sous elle, le sol commence à tiédir. Soraya tremble moins.
La femme en rouge et bleu s'appelle Astrid. Elle a frotté ses bras, ses jambes, son dos avec une huile, l'a couverte

avec un gros duvet et dit son nom. L'autre surveille. Soraya n'accouchera pas seule dans la montagne, sur la neige, à côté du cadavre d'Ibtissam.

Le rythme des mains invisibles s'accélère, foudroie Soraya en continu. Elle comprend les cris des femmes au bord de la délivrance, désormais. Elle reste à l'intérieur quand les mains appuient et labourent, en apnée, recroquevillée, elle n'existe un instant qu'à l'état de douleur, et puis les mains la lâchent et Soraya remonte à la surface à la façon des dauphins jaillissant des profondeurs.

Cette douleur est terrible, mais Soraya a connu pire.

Elle a connu l'Albanie.

Alors elle ne se laisse pas briser, elle enlace la douleur, et même broyée, l'écoute fredonner sa chanson de liberté, une mélodie qui chuchote : il va sortir, te quitter, celui qui t'habite ne sera bientôt plus là, tu vas reprendre possession de ton corps, il sera tien et seulement tien, tu n'auras plus à le partager. Douce mélodie. D'ailleurs, quand Soraya voit sa peau durcie, son ventre de travers, elle n'a aucun doute : il n'en sortira pas vivant.

La vieille a voulu soulever le duvet mais Soraya la devance. Elle transpire, étouffe. La vieille se penche sur son entrejambe, Soraya essaie de se détacher, cette femme est là pour l'aider mais Soraya a envie de lui hurler de reculer, de se mêler de ses affaires, de quel droit s'approche-t-elle ainsi ?

Le moment est arrivé.

Astrid se lève, s'approche, pose un avant-bras sur le haut du ventre gonflé, lui parle. Lorsque les mains invisibles reviennent et la saisissent, Soraya prend une grande inspiration, et pousse de toutes ses forces pour expulser l'abominable intrus.

— *NO !*

Astrid s'est approchée avec un sourire, a tendu l'intrus à Soraya mais Soraya hurle. Elle ne veut pas de ce petit être écarlate vagissant qui a survécu aux mains invisibles, à la Bosnie, à la Croatie, à la Slovénie, au froid, à la soif, à la faim. Elle ne veut même pas le voir, savoir à quoi il ressemble. Elle a le temps de comprendre que c'est une fille mais repousse Astrid, elle s'en fiche, pour elle, c'est une *chose* et elle ne changera jamais d'avis.

Soraya voudrait se lever mais la vieille lui fait signe de patienter. Elle se cache de nouveau sous le duvet, essaie de ne penser à rien, d'intégrer son nouveau ventre, son ventre vide.

Soraya est libre.

Enfin la vieille lui sourit et lève un pouce. Elle ramasse quelque chose et Soraya aperçoit des serviettes lourdes et tachées de sang. Elle détourne le regard.

Les flammes frétillent toujours dans la cheminée. Elles ont vu la chair de Soraya s'ouvrir et continuent de remuer comme les danseuses égyptiennes dans les vieux films qu'elle aimait tant regarder avec sa mère. Maman. Elle aussi, est maman. Soraya déteste ce mot. A-t-elle le droit de le refuser ? Oui. Elle prend ce droit, elle reprend son corps. On le lui a volé sans lui demander la permission, elle ne la demandera à personne.

Astrid apparaît, elle a dû donner la *chose* à la vieille. Elle tend à Soraya une chemise de nuit, des sous-vêtements, Soraya s'habille, le tissu propre sur sa peau, léger comme un rire d'été, elle se recroqueville sur le côté, sous le duvet, face à la cheminée qui veille sur elle.

Elle s'accroche au souvenir d'Ibtissam, sa tante, à son corps froid au milieu des tourbillons de flocons, elle tâte son gros ventre mou. Elle aurait dû lui offrir la *chose*. Soraya aimerait réfléchir, faire le point, pleurer, penser, s'absorber en elle-même pour mesurer ce qui vient de se passer mais elle entend les pas furtifs d'Astrid qui quitte la pièce et s'endort.

Les flammes ont disparu. Des braises rougeoyantes les remplacent, qui diffusent une chaleur douillette et clignotent dans l'âtre. La pièce n'est éclairée que par la lueur des bûches finissant de se consumer.

Soraya a dormi longtemps, sans bouger, sur le plaid à même le sol. Tout son côté gauche lui fait mal. Elle sait aussitôt où elle est, repense à la neige, à Ibtissam, vérifie ses orteils. Ils sont là. De la bonne couleur brune qu'elle leur connaît. Ils répondent quand elle les agite. Ses doigts aussi. Son nez aussi. Le Grand Blanc Éternel ne les a pas emportés. La maison est silencieuse. Soraya tend l'oreille ; il lui semble entendre une voix quelque part.

Il fait nuit, la fenêtre laisse entrevoir la masse noire du monde. Soraya est au chaud. Quand devra-t-elle repartir ? Pour où ? Elle se redresse, le plafond entre en collision avec le sol, tournis, elle s'appuie au mur et prend une longue inspiration. Son corps entier est douloureux. Son estomac gronde. Elle avance vers la porte en longeant la pièce, appuyée au mur, comme les rats, tourne la poignée de porcelaine ronde et blanche. Le couloir est sombre lui aussi, mais un rai de lumière perce sous une porte à droite. Soraya s'y dirige à tâtons, ouvre avec précaution.

Sous une ampoule nue qui l'aveugle un instant, Astrid est assise devant une longue table. Soraya approche d'un pas maladroit :

— *Is this France ? France ?*

Astrid lui fait signe de se taire et tend un doigt vers un carton posé sur la table. Soraya remarque des biberons, des boîtes de lait. Elle se penche et recule aussitôt. Dans le carton, il y a la *chose*. Elle s'effondre sur une chaise.

Astrid ne parle pas bien anglais. Soraya, elle, a appris le français depuis la classe de septième, c'est la deuxième langue la plus commune en Syrie. Elle a quitté le lycée au milieu de sa scolarité. L'établissement a été détruit à coups de bazooka. Elle était bonne élève, sauf en français. Son père parle français. Il le lit. Il était désespéré par son niveau. Mais seul l'anglais l'intéressait. Elle parle donc anglais.

Astrid bafouille, fait des fautes, mais Soraya comprend l'essentiel :

— *Tu as faim ?*

— *Je meurs de faim. Je suis en France ?*

Astrid répond oui, tu es arrivée en France, se lève, met le feu sous une casserole. Elle est très mince, presque maigre. Un peu voûtée aussi. Pourtant, elle est jeune, à peu près l'âge de la mère de Soraya, pas plus de quarante ans. Ses cheveux bruns sont attachés en chignon derrière sa tête, un chignon sauvage comme un buisson qui pique.

— *Depuis combien de temps tu n'as pas mangé ?* demande-t-elle.

— *Une journée. Mais j'ai peu mangé depuis deux jours.*

Astrid secoue la tête.

— *Ida m'a dit que tu devais manger liquide. En petites quantités. Pour ne pas être malade.*

— *Ida ? La vieille ?*

Astrid sourit.

— *Oui, la vieille.*

Elle verse de la soupe fumante dans un bol et le pose devant Soraya.

— *Je te donnerai quelque chose de plus consistant demain.*

Soraya hoche la tête, attrape la cuillère et commence à manger. Malgré les recommandations d'Astrid, elle avale vite la soupe, la sent se frayer un chemin jusqu'à son estomac, y descendre comme un spéléologue au fond d'une grotte.

Un petit bruit de succion émane du carton. Soraya l'ignore. Astrid s'est rassise et la dévisage.

— *Tu as de la famille en France ?*

— *Non.*

Soraya attend la suite, la salve qui ne manquera pas d'arriver, pourquoi la France, tu ne préfères pas l'Allemagne ? La Grande-Bretagne ? Tout le monde lui posait la question sur le chemin. Non, Soraya visait la France, le pays des droits de l'homme. D'après son père, elle y serait accueillie car c'est ce qui était juste, alors « essaie de te rappeler de tes cours de français quand tu arriveras là-bas, *'omri* ». Elle continue de lui obéir alors qu'elle ne sait même pas s'il est encore en vie, préférerait aller en Grande-Bretagne. Elle n'y a pas de famille non plus, mais au moins, elle parle la langue. Et elle aimerait voir un bus rouge à deux étages ailleurs que dans *Harry Potter* ou *Love Actually.*

Soraya a terminé le bol, le récure à grands coups de cuillère. Elle a encore faim.

Un glapissement d'animal sort du carton. Elle s'éloigne. Astrid se penche sur le carton, y pose la main, trifouille, vérifie que tout va bien. Elle se rassoit et fait signe à Soraya de la rejoindre. Elle fait non, s'est écartée jusqu'à la porte de la cuisine.

— *Tu veux bien dormir dans le canapé ? Je n'ai rien d'autre à te proposer pour l'instant.*

Soraya remplit les trous dans ces paroles. Ce n'est pas exactement ce que dit Astrid mais c'est le sens des mots, son intention. Si elle savait. Soraya marche depuis treize mois. Elle a tellement besoin de se reposer.

— *Oui, merci.*

Astrid hésite et murmure enfin :

— *Tu ne veux pas la regarder ?*

— *Non.*

— *Tu veux lui donner un nom ?*

Soraya pourrait l'appeler Ibtissam ou Sherine, mais alors, elle serait liée à elle, la *chose* appartiendrait à son histoire. Elle veut l'effacer de sa vie.

— *Non.*

Astrid se lève, lui indique où se trouvent les toilettes, lui fait signe de la suivre. Elle a tout prévu, installe un drap sur le canapé, tend à Soraya un oreiller propre, désigne le duvet.

Soraya s'allonge, Astrid la dévisage. Pas méchamment. Elle ne comprend pas. Tant pis, Soraya ne lui demande pas de comprendre.

Soraya a envie de savoir ce qui va se passer, où elle va aller, comment devenir Française, mais elle sombre encore, hypnotisée par les flammes ressuscitées sous les mains d'Astrid.

« ÈVE-DES-MONTAGNES. Cette jeune femme
dont la vie insécable avait l'exacte dimension
du cœur de notre nuit[1]. »

René Char

Le temps s'est encore refroidi et souffle son haleine nordique dans le moindre interstice. Il ne fait pas encore jour. À l'aide d'un vieux manche à balai, Astrid furète dans le conduit de cheminée de sa chambre. De la suie se décolle par poignées et dégringole en fine poussière quand elle racle les coins. Sinon, tout a l'air en ordre.

Elle avait aimé la précision de l'annonce : « Pas de radiateurs, cheminées et poêle. »

La veille, son chargement de bois est arrivé, dans un camion qui rebondissait en grinçant au sortir des fondrières. Elle a rentré les bûches dans la grange, suante. Ida est venue lui donner un coup de main vers quatorze heures, au débotté, caparaçonnée dans une grande cape jaune. Une pluie coriace commençait à se déverser en avalant les contreforts de granit. Ida l'a encouragée à terminer vite « sinon le bois sera mouillé et va fumer ».

1. René Char, « Feuillets d'Hypnos » (n° 143), *Fureur et mystère*, © Éditions Gallimard, 1948.

Le bocal de pois chiche a refusé de s'ouvrir. Elle l'aurait tendu à Kamal, il lui aurait rendu avec un baiser, couvercle défait. « Mets-le devant le poêle » a conseillé Ida. Une heure après, le bocal cédait.

La besogne du bois achevée, Ida lui a emprunté un survêtement et a fait sécher le sien sur un dossier de chaise, devant la cheminée. Elles ont bu un thé avant d'installer les suspensions dans la salle à manger. Ida avait apporté sa perceuse, des outils. Quand Ida est repartie dans la nuit, Astrid s'est promis de retrouver perceuse et outils dans les cartons.

Il est tôt, il fait encore sombre. Astrid descend chercher des bûches dans la grange. Le chemin est boueux, la brouette y adhère avec un bruit spongieux. Des flaques stagnent entre les cailloux et s'illuminent brutalement dans la lumière de la lampe frontale. Astrid remplit la brouette de bois et fait chavirer son contenu dans l'entrée de la maison. Lorsqu'elle ressort, l'eau a cédé la place à des flocons : des tranches de coton valsent et se balancent mollement, lancées comme une immense poignée de confettis éclairant la nuit. Astrid range la brouette dans la grange. Où sont ces fichues raquettes ? Elle retourne les restes de foin, les caisses vides, les cartons encore entreposés, finit par retirer de derrière un tas de bois deux ovales en plastique rouge munis de lanières pour coincer des chaussures.

Astrid les emporte, les pose dans l'entrée, entreprend de monter les bûches dans sa chambre en tas bien ordonné.

Quatre heures plus tard, la couche de neige dépasse trente centimètres. Astrid hésite mais commence à connaître les sentiers, surtout le premier, loin d'Ange. Elle a envie d'essayer les raquettes. Elle s'équipe, remplit un thermos de thé brûlant, emporte des biscuits, une pomme, se penche sur les raquettes, les retourne, les étudie, éprouve quelques difficultés à faire coulisser les lanières à la bonne taille, finit par s'harnacher.

La neige crisse sous ses pas maladroits. Astrid est d'abord empotée, une cane à qui on aurait lié les pattes, mais très vite, elle prend de l'assurance. Le paysage transfiguré la transporte, raboté, alangui par le voile blanc, la Terre a revêtu sa robe de communiante et des festons de glace ornent le coin des gouttières. Astrid se retourne pour contempler sa maison aux murs centenaires, ses volets trapus sur lesquels la neige se dépose sans bruit. Le toit se tapit sous une couverture moelleuse.

Astrid peine d'abord à s'orienter mais finit par repérer le sentier, son tracé résiste malgré la poudreuse, et elle grimpe la pente en écoutant ses raquettes écraser la couche fraîche et souple. Elle espère que la neige ne cassera pas les mélèzes, les frondeurs n'ont pas eu le temps de se déshabiller entièrement. Astrid est assaillie par l'armada de projectiles duveteux qui convergent en bataillons serrés. Ils apparaissent sans discontinuer dans le blanc laiteux du ciel. Elle baisse la tête, plisse les yeux, enivrée de mouvement et de tourbillons.

Lorsqu'elle se réfugie sous le couvert des arbres, les flocons sont tamisés, les rafales moins virulentes. Par endroits, la terre du sentier racle les crampons des raquettes. Astrid marche d'un bon pas, son cœur caracole, elle attaque la pente qui se raidit.

Elle s'arrête, se frotte les mains pour chasser le froid, enlève son bonnet afin de mieux écouter. Les loups rôdent, roulés en boule, la fourrure saupoudrée de neige peut-être, mais ce ne sont pas eux qu'elle guette. Lorsque ses oreilles rugissent de douleur, elle les enferme sous la laine du bonnet et se remet en route.

Personne ne l'a suivie.

Elle atteint la crête entre les deux mamelons, celle qui l'a libérée lors de sa première balade. Elle aimerait admirer les reliefs dans leurs habits précieux, les sommets grignotés par le ciel effondré, mais la neige tombe si dru qu'on ne voit pas à dix mètres. Aucun arbre ne la protège dans cette prairie furieuse.

Elle décide de continuer. Elle aperçoit un panneau, le sentier redescend. Elle se penche en arrière pour mieux enfoncer ses talons dans le sol. Les raquettes ploient et Astrid glisse dans la pente immaculée comme si elle s'envolait. Puis de nouveau le chemin se redresse. Elle le gravit en haletant, poings serrés.

Vivante.

Son souffle est court, de petits jets de vapeur s'échappent de sa bouche entrouverte.

Kamal devait être si heureux, dans les montagnes.

Elle croit reconnaître sa propre voix au milieu de la bise et des vrilles floconneuses mais Astrid ne pleure pas, or entre deux bourrasques, elle saisit un hoquet brisé. Immobile, elle redouble d'attention malgré le hululement du vent à ses oreilles. Une lamentation. Sur sa droite, plus haut.

Astrid plante sa raquette au-dessus du chemin. Les crochets s'y arriment, elle se hisse sur le flanc vierge, trouve son équilibre, avance vers le sommet en levant bien les genoux. La montée est ardue, la couche de neige a doublé. La voix s'affermit et un instant Astrid imagine une louve, une biche, un animal blessé, mais au fond, elle sait.

Elle parvient enfin à ce qui doit être un énorme rocher enseveli, le contourne.

Par terre, dans le blanc polaire, une forme humaine est recroquevillée sous un manteau de neige. Astrid court avec maladresse sur ses raquettes et touche la forme. Aucun sursaut. Le visage qui se lève vers elle est celui d'une toute jeune femme. Ses cils couverts de glace soulignent d'immenses yeux noirs. Ses lèvres sont violettes, elle claque des dents et sa voix rauque s'est tue.

Astrid passe ses mains sous ses aisselles et tente de la soulever mais la fille prostrée retombe lourdement.

— Allez, bougez ! balbutie Astrid.

Elle l'attrape, la hisse de toutes ses forces. La jeune femme bascule en avant, s'appuie sur ses mains bleues, se redresse, chancelle. La neige coule de son maigre blouson, un blouson de printemps, pas doublé.

Astrid découvre son ventre rond.

Elle doit avoir seize ans, dix-sept peut-être. Soudain, elle se plie en deux et pousse un cri enroué.

Astrid n'en croit pas ses yeux, pas ses oreilles, que fait cette fille si jeune dans la montagne, sous la neige, avec son petit sac à dos en coton à moitié vide, alors qu'elle est au bord d'accoucher ? La fille collapse à nouveau, Astrid la rattrape *in extremis*, la secoue brutalement lorsque les yeux noirs papillonnent en laissant voir du blanc sous les cils givrés. Elle la gifle, lui crie de l'écouter, hé ho, ça va pas non, réveillez-vous, les premiers mots qui sortent.

Astrid défait son sac, tire son thermos, force la fille à boire le thé brûlant, à manger un biscuit. Elle enlève ses gants, son col en polaire, son bonnet, les lui enfile, passe un bras autour d'elle et l'entraîne vers le sentier. La fille se laisse faire mais s'enfonce jusqu'aux genoux dans la neige charnue. Astrid remarque ses baskets trempées.

Elle la fait se rasseoir, enlève ses raquettes, les lui sangle aux pieds.

Elle la soulève encore, la fille l'aide cette fois, s'accroche à elle.

Pantelantes, elles se lancent dans la pente.

« Par effraction
et dans les meurtrissures

TU VIENS[1] »

Andrée Chedid

Elles marchent lentement. Astrid a peur de ne pas arriver à temps. Toutes les demi-heures, la fille s'arrête, se courbe en deux, gémit entre ses dents qui claquent. Au début, Astrid s'éloigne, mais quand elles ont enfin dépassé la crête, que la forêt de résineux s'annonce au loin, elle frotte sa main contre le blouson, au niveau des reins, chauffe sans savoir si le geste soulage.

On est si seule lorsqu'on accouche. La fille se redresse, elles repartent. Astrid est en nage à force de s'extirper de la neige à chaque pas.

La marche est plus aisée sous les arbres, Astrid oblige la fille à reboire du thé, le thermos s'agite dans les longs doigts

1. Andrée Chedid, « Prendre corps », *Cavernes et soleils*, © Flammarion, 2004.

glacés, la fille en renverse la moitié. Elle pleure, murmure des mots dans une langue âpre, de l'arabe sans doute.

Elle s'arrête toutes les vingt minutes, maintenant.

« C'est très calme ici mais il y a des randonneurs, des migrants, parfois... » a dit Deleuze.

Bien sûr.

Passée par les montagnes, les sommets avec son gros ventre, du haut de ses seize ou dix-sept ans.

Seule.

À l'approche du hameau, Astrid la serre plus fort, pose un doigt sur sa bouche, l'encourage à avancer, encore une contraction et elles atteignent la maison qui les attend de son œil calme liseré d'eye-liner pâle.

Astrid fait valser les raquettes, ouvre la porte avec fracas, soutient la fille jusqu'au canapé, l'aide à s'allonger, court raviver le feu. Elle s'élance vers sa chambre en faisant trembler l'escalier, attrape des vêtements, redescend, déshabille avec délicatesse la jeune femme. Elle découvre sa peau mate distendue, la raie brune qui court sous son nombril, sa maigreur. La fille se laisse faire, les paumes de mains sur les yeux, elle tremble. Astrid s'efforce d'avoir des gestes doux, lui enfile une nuisette, un gros pull en laine, des chaussettes, elle frotte ses pieds, ses mains, la couvre avec un plaid, dit « je reviens » sans savoir si la fille comprend.

Elle a oublié les raquettes et peste en luttant contre la neige dont la beauté s'est évanouie, ennemie, obstacle à sa volonté. Astrid l'agonit tandis qu'elle remonte le chemin jusqu'à Ida. Elle frappe fort à la porte et sans attendre, fait irruption dans la salle à manger. Ida sursaute devant son feu.

— Qu'est-ce qui t'arrive ?!

Astrid est à bout de souffle, ne peut plus parler, poumons brûlants, jambes qui flageolent. Ida se lève d'un bond :

— Astrid !

— J'ai besoin... tu... bafouille-t-elle en montrant la direction de chez elle.

Les raquettes d'Ida sont appuyées contre le mur. Elle passe son anorak, sa polaire, se rue dehors.

— On ne peut pas la laisser là, assène Ida.

La jeune femme est pliée en deux de douleur, les lèvres toujours violettes.

— Qu'est-ce que tu veux dire ?

— On n'a pas le temps de l'emmener à l'hôpital, tu t'en rends compte ?

— Oui...

— Elle va accoucher dans ton salon.

Astrid acquiesce encore.

— Il faudrait la mettre devant de la cheminée, elle doit être en hypothermie. Sur une couverture, un truc qui peut être sali.

Astrid comprend enfin. Elle dépouille la fille du plaid qu'elle étend par terre, l'aide à s'allonger dessus, sur le sol, redescend avec le sac de couchage de Kamal dans lequel elle enrobe la fille.

— Frictionne-la comme si elle avait le choléra, je vais chercher du désinfectant.

Astrid s'active, frotte un mollet, l'autre mollet, s'arrête au moment des contractions. La fille suit ses mouvements, ses yeux sont moins brouillés.

— *I am Soraya*, murmure-t-elle d'une voix grave.

Astrid la dévisage.

— Astrid.

— *Thank you, Astrid.*

Les « R » roulent dans sa bouche qui tente de sourire, Astrid recommence à l'étriller jusqu'à la prochaine contraction. Ida revient avec de l'alcool à 90°, des serviettes, une bassine pleine d'eau, du savon, les lacets des baskets, une paire de ciseaux.

— Ils coupent bien ?
— Oui. Tu as déjà fait ça ? lui demande Astrid.
— Non. Toi ?
— Non.
Elle dit vrai, elle n'a jamais accouché personne, et puis c'est plus simple.
— On appelle les pompiers ? poursuit Astrid.

Poussez, allez madame, Kamal dépassé broie sa main, allez, courage, on y est presque, encore, c'est le moment, poussez, c'est un garçon, le corps s'expulse hors de son sexe, glisse entre ses jambes, le passage obligé, chienne, chatte, éléphante, baleine, le petit être rouge et mouillé sur son ventre, la couverture de survie dorée, leur première cachette, coucou-beuh, mon Tom.

— Si quelqu'un la signale, les flics la mettront dehors.
— Avec son bébé ?
— Tu sais ce qui se passe dans le coin ?
— Je croyais que c'était dans une autre vallée.
Soraya se rétracte.
— La majorité des passages se fait plus loin mais les flics sont sur les dents, une femme s'est noyée. Il faudrait la redresser. Je vais regarder, d'accord ?
Ida pose les mains sur les genoux de la fille et lui fait signe, se penche, soulève le duvet avec précaution.
Astrid revient avec des oreillers, démantibule le canapé, installe mieux Soraya.
— Rien à l'horizon, il faut patienter, lâche Ida.
Aucune n'évoque les risques. Toutes les deux y pensent. Le bébé mal embringué, une hémorragie… l'évènement le plus ancien et le plus meurtrier.
Soraya attrape la main d'Astrid et la serre.
Astrid s'assoit à côté d'elle et garde sa main dans la sienne.

Elles ont les joues écarlates. Le reflet des flammes transforme leurs visages, leurs yeux. Les contractions se sont rapprochées. Ida s'apprête à soulever le duvet quand Soraya l'enlève d'elle-même.

— *I'm too hot,* dit-elle avant de grimacer et de pousser un cri.

Son ventre se déforme, Ida s'incline en avant :

— Il y a du neuf !

Elle sourit à Soraya :

— Allez, on y va !

Astrid se redresse mais Soraya garde sa main, s'y accroche. Astrid embrasse la main de Soraya et l'oblige à lâcher pour poser son avant-bras à la base de l'utérus gonflé de vie.

Le ventre brun se durcit et Astrid lance :

— Vas-y, Soraya, pousse !

Elle appuie comme elle a vu les sages-femmes le faire sur son ventre à elle. Soraya attrape un pan de sa polaire et se contracte, le visage plissé sous l'effort, crache en expirant, rougit, ferme les yeux avant de retomber mollement.

— Je vois un bout de tête ! s'exclame Ida.

Sa voix est couverte par le cri de Soraya. Astrid appuie, sent la masse descendre, encourage.

La jeune fille reprend son souffle, les larmes dévalent ses joues, elle parle en arabe, le débit saccadé, mais une contraction surgit, vague puissante, incontrôlable, Soraya se referme, et pousse.

Ses cuisses sont maigres mais elle est musclée, vigoureuse. Elle pousse encore et en à peine vingt minutes, un corps couvert de glaires rejoint les mains tendues d'Ida. Astrid se précipite, la voix bêlante crie au monde son arrivée, je suis une fille, je suis une fille, je suis une toute petite fille, Astrid noue un lacet et ligature le cordon, le coupe avant de faire un nœud.

— C'est comme ça qu'on fait ?

— Je crois…

Astrid enlève sa polaire, en enveloppe le petit être chevrotant. Elle s'apprête à le tendre à sa mère mais celle-ci l'arrête d'une paume impérieuse et rugit :

— *NO !*

Astrid reste médusée.

— *Please, please, I don't want him.*

Astrid se tourne vers Ida.

— *Please… I'm begging you.*

Astrid se lève, s'éloigne, tourne le bébé face à elle, le colle contre son ventre.

« Sous sa gangue d'argile
la vie toujours s'explore
et se retaille Vie[1]. »

Andrée Chedid

Les flocons sont moins démesurés mais se jettent toujours du ciel.

Ida est partie dans sa voiture, un 4x4 aux pneus neige qui en ont vu d'autres. Il lui faudra une heure et demie pour atteindre la pharmacie de garde, je raconterai qu'on a fait tomber la boîte de lait, j'en profiterai pour faire une provision de biberons et de couches, t'inquiète pas, ils ne me connaissent pas, je me démerde.

Soraya dort en position fœtale devant la cheminée malgré les hurlements de sa fille. Astrid lui a enfilé une chemise de nuit propre. Le feu respire à côté d'elle comme un animal qui veille.

Astrid a jeté les serviettes à la poubelle.

Dans la cuisine, elle tente de calmer le bébé affamé.

---

1. Andrée Chedid, « Un autre sang », *Visage premier*, © Flammarion, 1972.

« Tu crois que c'est normal ? Pourquoi il hurle comme ça ? »
« Mais j'en sais rien, Astre, j'en sais rien. Il a faim, il a soif, il a des gaz, son aisselle gauche le démange, comment tu veux savoir ? »
Astrid est terrorisée, ne pas comprendre, mauvaise mère, mais elle éclate de rire. Kamal les enlace tous les deux.
« On va apprendre à le connaître, ne t'inquiète pas. C'est normal de tâtonner. »

Astrid ne tâtonne pas. Le nouveau-né emmailloté dans sa polaire crève de faim. Elles ont eu de la chance, la fille va bien, le bébé va bien ; elle imagine le pire, le petit corps épuisé qui renonce. Un cadavre bleui dans les bras. Du sang qui coule sur le parquet sans s'arrêter.

Elle chantonne sans y penser, s'entend soudain, l'était une p'tite poule blancheuh, soirées infernales, Kamal s'endormant sur le canapé, bavant sur son menton, et elle, le dos concassé à force de bercer Tom ou Jibril.

Il fait nuit depuis longtemps quand les phares bleutés d'Ida lacèrent l'obscurité. Le coffre claque et réveille Astrid affalée sur une chaise de la cuisine, le bébé épuisé sur sa poitrine, petite grenouille difforme, le peau à peau, c'est ce qu'il y a de mieux, ça sauve les prématurés, n'hésitez pas, avait souri l'infirmière. Aujourd'hui, sa peau est une étrangère. Mais la fillette respire.

— Super bien achalandée, cette pharmacie de garde, j'ai même un chauffe-biberon ! lance Ida les bras chargés de sacs. Le type m'a assuré qu'il y avait une notice mais ça ne doit pas être sorcier.

— Prends-la deux minutes…

Astrid tend l'enfant, branche l'engin, rince les biberons à l'eau brûlante, sort un torchon propre, le lait en poudre, les tétines. Alors que la toute petite voix hoquette de nouveau, les gestes se réenclenchent, automatismes hérités de longs mois de pratique. Le corps sachant charrie avec lui des tombereaux de souvenirs, de ceux enfouis qui l'ont modelée, leur ancienne cuisine dans la pâleur de la nuit, Kamal froissé, cheveux en bataille, pyjama enfilé à la hâte à l'envers, le parquet qui craque, la radio à voix basse tandis que la ville assoupie ronronne. Astrid secoue le biberon.

Le regard d'Ida pèse sur sa nuque.

Son secret.

Elle s'assoit, récupère le bébé, glisse la tétine dans la bouche tordue. Succion instinctive, poings serrés. Les yeux presque aveugles clignent, cherchent.

« Tu savais que les bébés sont bigleux ? »

« Kamal... »

« Je te jure ! Ils reniflent, écoutent, goûtent, mais la vue est un sens sous-développé. Sauf pour leur mère. »

« Comment ça ? »

« La distance sein/visage correspond au spectre visuel des nouveau-nés. Ils sont miros, à part quand ils sont pendus au nichon de môman. En tétant, ils distinguent la figure maternelle. Je suis un peu jaloux. »

Tom concentré, sa main rouge posée sur la peau blanche et distendue. Qui est-il ? Qui sera-t-il ? Les yeux s'entrouvrent, la croisent. Le nœud se tricote.

La cuisine est habitée. Le silence ébahi. Astrid ne connaît pas le visage blotti contre elle. Il s'impose, se brouille, se réarrange, elle vacille. Tenir bon.

Ida se laisse tomber sur une chaise.

— J'ai une copine gynéco.

Astrid se résout à lever la tête.

— Elle exerce à Nice mais je pense qu'elle viendrait.

Ida résiste – couchées, les questions, c'est moi qui commande. Astrid la lit mieux que Louise Glück.

— Et le bébé ?

— Aucune idée. À mon avis, la priorité est de savoir si la fille va bien.

— Elle s'appelle Soraya.

— Elle est tellement maigre...

Astrid rencontre les yeux tout neufs si neufs qui tètent goulûment.

— Oui, appelle ta copine. Soyons prudentes.

— Tu as besoin d'autre chose ?

— Je me débrouille, merci.

— Pour Soraya, à mon avis, elle n'a quasi rien mangé depuis plusieurs jours. Mieux vaut dîner d'un truc léger, que son corps se réhabitue.

— OK.

Ida se lève, embrasse les cheveux d'Astrid.

La maison fait patte de velours. Astrid observe les paupières fines, les cils légers, les cheveux noirs et denses. Elle a nourri ce petit être vivant pour la première fois de son existence. Elle étudie le nez miniature, les oreilles sculptées, se redresse lorsqu'elle comprend y chercher Tom et Jibril. Elle a déjà vécu ce moment. Jibril contre son sein, la constellation s'ajuste, une étoile supplémentaire, ressemblances, dissemblances, résonances. Faire connaissance avec une poupée chaude qui est quelqu'un, un inconnu doué de désirs, de besoins. Ne pas comparer, accueillir.

— Bonjour, petite fille, chuchote-t-elle dans la cuisine aux aguets.

Elle se lève doucement et fait glisser la fillette contre son épaule.

Allongé sur une serviette, le bébé continue de dormir. Astrid se dépêche, il fait froid dans la chambre. Elle a eu deux garçons, découvre le petit corps nu si différent, petit corps nu qui lui ressemble. Pour elle aussi, première fois. Tant mieux, arpenter une route inédite. La couche est grande mais elle tient.

Astrid examine les poings serrés, prêts pour la bataille de la vie, la poitrine frêle et le ventre qui se soulèvent. La peau rouge tout à l'heure tire sur le violet.

Et si elle n'était pas allée se promener ? Qu'elle était restée chez elle, trop de neige, elle essaiera les raquettes plus tard ?

La fillette sourit dans son sommeil.

Astrid contourne le lit. S'arrête un instant. Profanation. Effacement. Est-elle devenue fétichiste ? Comment ne pas l'être, s'agripper à ce qui a touché leur corps, leur vie, qui l'imprime ?

Elle ouvre le carton, farfouille, sort un des bodies de Jibril.

La dernière fois qu'elle l'a enfilé, c'était il y a huit ans, pour habiller son fils.

Elle attrape les chevilles, soulève les fesses, cale le body dessous, bien à plat ; les poings traversent les manches, fermer les boutons-pression.

Astrid récupère un carton vide dans la deuxième chambre, y étale un plaid plié, dépose le corps endormi à l'intérieur, referme le plaid.

Elle descend avec le nouveau carton, le pose sur la table, rince le biberon, commence à laver des légumes. Dans sa main maladroite, l'économe peine.

« J'ai trouvé une carotte avec des pieds ! »
Jibril tend fièrement la racine trifide.
« Incroyable ! On la prend ? »
« Mais on ne la mange pas… »
« Que veux-tu en faire ? »
« La garder ! »

« Elle va pourrir. Je propose de faire un plat très bon et on la mettra au-dessus comme une étoile sur un sapin. C'est toi qui la mangeras, d'accord ? »
« D'accord. »

Astrid n'a pas « fait un plat » depuis bientôt un an. Elle croque, casse, épluche.

Entre deux découpages de carottes, elle vérifie que la fillette respire.

Soraya a avalé sa soupe et s'est rendormie dans la chaleur des flammes.

Elle n'est pas désemparée par sa fille ou indifférente. Elle la hait. Soraya arrive de Syrie. La file de bourreaux doit être longue sur la route solitaire d'une jeune femme. Astrid aurait aimé la prendre dans ses bras, la rassurer, ça va aller, mais elle n'en sait rien.

Endormie dans la pénombre de sa chambre, Astrid n'a pas compris le bruit, d'abord – vas-y chéri, je suis fatiguée –, l'obscurité s'enfuit et les contours de la chambre se gravent sur ses rétines engourdies. Le marais la retient dans sa large étendue fangeuse, Astrid se débat, le cri de la petite est une corde qui la tracte, mais la main d'Astrid est molle, pas cette corde qu'elle ne connaît pas, elle en appelle une autre, familière, robuste. Elle n'existe plus.

Sous l'ampoule nue de la cuisine, Astrid détaille le bébé qui avale son biberon. De son pouce gauche, elle essuie une larme tombée sur la joue de la fillette.

Le petit déjeuner est encore meilleur qu'au refuge. Soraya dévore, à la limite de la politesse, mais elle ne peut pas s'en empêcher, elle avale, engloutit, le pain croustille sous la dent, le beurre fond dans la bouche, tout est délicieux.

Astrid lui a fait du café, s'est assise en face d'elle sans un mot. Elle est sortie quand la *chose* s'est mise à pleurer (elle dort dans sa chambre, à l'étage).

Sa présence dans cette maison dérange Soraya.

Il fait grand jour. De l'autre côté de la fenêtre de la cuisine, le ciel transperce la Terre de son regard bleu. Comme s'il n'avait pas failli la tuer hier. Comme s'il n'avait pas tué Ibtissam. Soraya est seule dans la cuisine, seule dans une pièce accueillante pour la première fois depuis plus d'un an. Pourtant, son cœur bat fort. Cette solitude est un fardeau qu'elle aurait préféré ne pas porter.

La neige ne tombe plus mais elle a enduit le monde, devenu doux. L'édredon neigeux est une étoffe brodée ; une couturière s'est amusée à y incruster des poignées de rubis, de saphirs, d'émeraudes, de topazes. Sous les rayons du soleil, la neige s'embellit de points de couleurs étincelants. On dirait un lit de pierres précieuses. Au moins, le linceul d'Ibtissam est-il beau.

Le vent souffle toujours. Par intermittence, l'édredon se cambre, se brouille, des flocons s'élèvent en poudre fine et s'enroulent pour se déposer plus loin, contre un tronc d'arbre, une forme bossue. Si Soraya mesurait trois millimètres, elle serait de nouveau prisonnière d'une tempête, mais avec son mètre soixante-sept, la tempête est terminée. Pour cette fois.

En réalité, Soraya a dû traverser plusieurs régions enneigées pendant son périple. Elle n'a jamais vu autant de neige en Syrie, et pourtant, des images de cols, de sentiers remontent par intermittence. Son cerveau a essayé d'enfouir l'Albanie et ce faisant, brouillon et empressé, il en a aussi effacé les contours.

En revanche, Soraya se souvient de ses cauchemars. Ils ont commencé le soir même, pendant les quelques minutes de sommeil qu'elle a réussi à voler. Ibtissam l'a réveillée plusieurs fois, elle pleurait, s'excusait en la serrant contre elle.

Jamais elle ne lui a demandé de lui raconter.

Soraya ne se rappelle pas où elles étaient, où elles ont dormi, sur quels chemins elles ont marché. Mais les cauchemars, eux, sont ancrés. Depuis huit mois et demi, ils la suivent, coups, cris, voix déformées qui la pourchassent, elle ouvre les yeux pour les faire fuir, ils reviennent dès qu'elle les referme. Ils crapahutent tous dans la même direction, la remise sombre et sa lucarne où Soraya distinguait les étoiles. Elle se réveille trempée de sueur, en larmes, elle a cru revivre l'Albanie. D'autres semblent n'avoir ni queue ni tête, elle est poursuivie par des jambes arrachées qui rient ; de temps en temps, elles grouillent d'insectes. Une grosse guêpe la pique, entre dans son oreille et son bourdonnement fait éclater son tympan. Et puis, il y a le colonel. Il ressemble à Assad en costume militaire. Soraya a envie de se moucher, cherche un mouchoir dans une poche, une deuxième, une troisième poche, n'en trouve pas, alors elle appuie sur une narine avec le pouce et souffle par l'autre pour expulser ce qui la gêne, son nez est bouché et elle pousse plus fort, encore plus fort, la douleur est abominable, elle pleure, elle saigne, et elle expulse un colonel qui ressemble à Assad en costume militaire. Il sort son pistolet et la vise au cœur.

Astrid redescend. Elle porte la *chose* contre son ventre, enveloppée dans une grande écharpe rouge. De loin, si elle referme les pans de son gilet, on pourrait croire qu'elle est enceinte. Elle s'assoit sans un mot.

La vieille, Ida, arrive alors que Soraya engloutit sa dernière tartine. Elle ne sonne pas, fait irruption dans la cuisine sans crier gare. Elle est accompagnée par une troisième femme qui porte une mallette noire. Quelqu'un d'officiel peut-être, qui vient faire les papiers, accueillir Soraya ? Vite, essuyer sa bouche avec une serviette, elle doit être présentable, n'est même pas lavée ! Soraya observe mieux la nouvelle venue. Elle doit avoir trente-cinq ans, un peu ronde, cheveux blonds et courts, yeux bleus. Elle la dévisage ouvertement.

Astrid est allée lui serrer la main, elle discute avec elle et jette parfois des coups d'œil en direction de Soraya.

Soraya hésite, elle n'est pas chez elle, maman lui a bien dit de ne jamais se faire remarquer, mais l'envie est trop forte alors elle se ressert une tasse de café sans permission. Astrid lui fait un léger sourire pendant qu'elle continue de parler.

Que fait cette femme dans cette maison ? Seule ? Cette femme qui a compris que Soraya n'osait pas ? Cette femme qui porte contre elle la *chose* sortie de *son* ventre à elle ? Astrid n'est pas allée travailler ce matin. Est-elle en vacances ? Est-elle restée chez elle à cause de Soraya, de la *chose* ?

Astrid s'approche et lui explique dans son anglais bancal que la dame à la mallette va lui parler en tête-à-tête. Soraya les suit toutes les trois dans la salle de la cheminée, s'installe sur le bord du canapé. Astrid et Ida s'éclipsent. La femme s'assoit à l'autre bout du canapé, pose sa mallette par terre.

— *Bonjour, je suis Julie, je suis gynécologue, je vais t'examiner,* commence-t-elle avec un fort accent français.

Les poils de Soraya se hérissent. La voix de la femme essaie de se faire caressante mais elle ressemble à celle d'une de ses anciennes maîtresses d'école, madame Seye, qui se mettait dans d'épouvantables colères si l'un de ses élèves répondait à côté. Son front se plissait comme les plages de sable quand la mer s'est retirée, sa bouche se déformait dans un rictus et elle hurlait, les traitant de chiens bons à rien, leur tirant les cheveux.

— *M'examiner ?*

La blonde se penche sur sa mallette.

— *Oui, enlève ta chemise de nuit, ta culotte, et allonge-toi.*

Soraya ne bouge pas. Cette inconnue lui ordonne de se déshabiller, elle souhaite fouiller sa chair. La femme se redresse, fronce les sourcils.

— *Tu as compris ce que je t'ai dit ?*

Soraya ne répond pas, la femme soupire.

— *Il faut que je sache si tout va bien... par ici.*

Elle fait tourbillonner ses mains sur son bas-ventre d'un geste mou. Soraya a enfin récupéré son corps, hors de question de l'offrir à une inconnue.

— *Où est ta famille ?*

Soraya hausse les épaules.

— *Qui est le père ?*

Cette femme manque cruellement d'empathie et d'imagination. Elle attend, puis se remet à fouiller dans sa mallette : elle va prélever du sang, vérifier que Soraya est en bonne santé, et soudain, dans sa paume, Soraya distingue une seringue dans un étui en plastique et de petits tubes en verre. La femme s'avance, Soraya la repousse et lui hurle de ne pas la toucher. Les tubes valsent. L'un d'eux se brise par terre. La femme crie quelque chose en français, Soraya reconnaît la bouche tordue de madame Seye, se lève et s'apprête à s'enfuir quand la porte s'ouvre sur Astrid.

Soraya se fige sur place.

Astrid a l'air très fâchée.

Soraya s'attend à voir ses yeux se tourner vers elle, mais ils se plantent dans ceux de la femme. Elle se campe devant elle, et de petite et voûtée, devient grande. Elles se parlent vite. Ida surgit à son tour, essaie de tempérer l'échange. La *chose* est toujours contre le ventre d'Astrid qui fait de grands mouvements. Une petite voix sort de l'écharpe. Astrid et la femme se figent. Cette dernière ramasse ses affaires et sort à pas vifs, suivie de près par Ida.

— *Are you okay ?* lance Astrid.

Soraya fait oui et Astrid disparaît dans l'escalier pour calmer la *chose* hurlante.

Il faut que Soraya se sauve. Elle ne peut pas rester ici.

Dehors, une voiture démarre. Ida entre dans le salon et avec précaution, s'assoit à côté de Soraya roulée en boule sur le canapé.

— *Friend, my friend,* baragouine-t-elle en montrant la porte du doigt.

Elle tend une feuille blanche sur laquelle sont griffonnés la date, des mots, et le nom d'Astrid.

— *Médicaments... pour là,* précise-t-elle en montrant les seins de Soraya.

— *Il faut arrêter le lait.*

Astrid s'appuie sur le chambranle de porte, le coude replié en l'air. Sa main est fourrée dans les plis de l'écharpe. Soraya comprend au bruit de succion que la *chose* tète son doigt.

— *Ida a demandé à une amie médecin de te voir. Elle voulait savoir si tu étais en bonne santé. J'aurais dû t'expliquer.*

Astrid fait beaucoup de fautes mais elle a du vocabulaire. C'est facile de la comprendre. Elle ajoute après un instant :

— *Elle n'était pas méchante. Juste maladroite.*

— *Quand puis-je repartir ?*

— *Quand veux-tu partir ?*

— *Je ne sais pas.*

— *Tu veux rejoindre un endroit précis ?*

— *L'endroit qui me fera Française.*

Astrid et Ida se lancent un long regard.

— *Ida va chercher les médicaments qui vont arrêter le lait, d'accord ? D'abord, on prend soin de ta santé. Ensuite, nous essaierons de te faire Française.*

— *Ici ?*

— *Nous allons appeler des gens qui peuvent t'aider.*

L'écharpe est silencieuse. La cheminée est vide, les cendres sont un lit noir et gris. Les braises n'ont plus de reflet. Du bois noir calciné. Mort. Comme l'intérieur de Soraya.

— *Installe-toi dans la cuisine, Soraya, tu auras moins froid.*

Elle obéit à Astrid, se cale sur une chaise face à la fenêtre. Astrid s'éloigne, monte recoucher la *chose*. Ida sourit à Soraya et part avec la feuille blanche. Soraya reste prostrée sur sa chaise. La neige est aveuglante sous le soleil.

Soraya devait avoir huit ou neuf ans quand il a neigé sur le square près de l'école. Une neige fine presque translucide. Le sol était givré, elle se souvient du crissement poudreux lorsqu'elle marchait dessus. Surtout, il y avait cette immense flaque de pluie gelée près des palmiers. Après les cours, avec Amin, Noura, Ibtihal, elle s'était arrêtée devant la mini-patinoire.

— Je parie que t'es pas cap, avait lancé Ibtihal à Amin en tendant le doigt vers la glace.

Ni une ni deux, il avait reculé, pris son élan, et couru droit sur la flaque. Le temps s'était suspendu pendant qu'il glissait sur le verglas, bras en croix pour garder l'équilibre, Soraya l'admirait, il était si fier, et puis il avait dévié sur la gauche, cherché à se rattraper en battant des ailes comme un poulet furieux, décollé et atterri droit sur un palmier.

Les amies l'avaient récupéré le nez en sang. Pendant une minute, il avait été incapable d'aligner deux mots cohérents. Il ouvrait la bouche et articulait des sons qui ne voulaient rien dire. Soraya avait été prise d'un fou rire nerveux.

— Tu es horrible, Soraya, il s'est peut-être cassé la tête pour toujours ! hurlait Noura.

C'était plus fort qu'elle : le nez d'Amin enflait à vue d'œil, se transformait en énorme patate, et il continuait à bredouiller en souriant bêtement. Soraya en pleurait.

— On va devoir appeler le médecin.

— Ou pire, sa mère ! avait soufflé Ibtihal.

Quand Amin avait enfin retrouvé la parole, il avait pris la main de Soraya et dit :

— Merci, Soraya, j'ai failli avoir peur, mais en te voyant rire, je me suis dit que ce n'était pas si grave.

Sa mère lui avait mis la fessée de sa vie quand il était rentré, l'avait emmené à l'hôpital (il avait donc le nez cassé) et les enfants avaient baptisé le palmier coupable « L'Arbre tueur de nez ». La neige sentait la joie, à cette époque-là.

Quelques jours après cet épisode, Amin avait expliqué à Soraya, un après-midi où ils marchaient tous les deux vers le catéchisme :

— Quand j'aurai vingt-trois ans, je te demanderai en mariage.

Soraya l'avait dévisagé :

— Pourquoi ?

Il avait ri et répondu :

— J'ai beaucoup réfléchi. D'abord j'ai pensé à te demander de m'épouser à douze ans, mais on sera trop jeunes. Tu comprends, douze, c'est un chiffre symbolique : je suis un puis on est deux. Mais du coup, si je suis mon raisonnement, vingt-trois, c'est : on sera deux puis sûrement trois. Vingt-trois ans, c'est l'âge parfait !

Il n'avait pas compris sa question, qui signifiait « pourquoi me demander en mariage ? », mais en entendant sa réponse, Soraya s'était rendu compte à quel point elle était idiote. Il ne lui avait pas répondu : « parce que je t'aime », ou « parce que je veux vivre et mourir avec toi. » Sa réponse fantasque était à son image. Elle plaisait à Soraya, même si elle n'était pas amoureuse d'Amin. C'était son copain d'enfance.

Soraya sursaute. Se lève d'un bond.

Il y a un homme. Sa voix de basse résonne dans le couloir. Il a dû entrer sans frapper, ses chaussures martèlent le parquet, il remonte vers la cuisine à pas lents. Une silhouette massive se forge dans l'esprit de Soraya, des habits de policier, un visage rougeaud, elle est un oisillon tombé du nid quand le prédateur approche, suffoque, paralysée, mais ses cuisses reprennent vie, elle file sur la pointe des pieds aux toilettes et fait coulisser le verrou sans bruit.

Elle écoute.

Les pas légers d'Astrid dévalent l'escalier et elle explose. Pas besoin de parler français pour comprendre. L'homme lui répond, hésitant. Se tait.

À nouveau, des pas dans le couloir.

Une clef claque dans la serrure.

— Soraya ? appelle Astrid.

Elle déverrouille la porte.

— *Are you okay ?* demande-t-elle.

Soraya fait oui. Astrid l'étudie un moment, lui prend la main.

— *Tu dois avoir envie de te laver. Viens, je te montre la salle de bains.*

Elles grimpent l'escalier. Il flotte dans la pièce une odeur de vieux ciment humide, de peinture défraîchie et de savon à la rose. Le chauffage est au maximum, la température idéale. Astrid désigne une serviette pliée en quatre, un flacon de shampoing. Soraya attend qu'elle soit sortie et relâche ses épaules.

On se croirait chez elle.

Ses parents rêvaient de carrelage moderne, de miroirs neufs, de joints brillants, de robinets design. Sa mère parlait souvent de leur « nouvelle salle de bains » – quand ils auraient un peu d'argent, de temps. La vraie salle de bains ressemblait à celle-ci. Aujourd'hui, elle n'existe plus. Les bombardements étaient si proches quand ils sont partis. Le carrelage beige a été pulvérisé, poussière, éclats de faïence, la terre retournée à la terre. Le quartier a été anéanti. La boulangerie où Soraya achetait ses *mou'ajjanat*, le square de l'Arbre tueur de nez, le mur sur lequel elle avait peint une fresque avec l'école – elle avait dessiné des oiseaux roses et verts, les oiseaux de ses rêves, regarde-les, tes rêves, ma pauvre Soraya.

Sa mère en larmes dans le camion des voisins qui avaient bien voulu les emmener vers la Turquie. Soraya était assise en haut d'un tas de meubles, coincée entre un fauteuil et une table de chevet. Elle observait les immeubles éventrés, les éboulis, les lambeaux de papier peint qui flottent, drapeaux sinistres et dérisoires, les tables en miettes ou à moitié, les buffets qui vomissent leur vaisselle brisée, des morceaux de vie, de qui ? Comment, où ? La guerre, c'est tellement de questions sans réponses. Et puis soudain, des cris, ils arrivent, ils arrivent, et son père sans réfléchir attrape Rachid, Mu'taz, sa mère la pousse, attrape Sherine, Zyad, ils sautent, dégringolent, le bruit infernal des missiles se rapproche comme la mort sur un grand cheval d'acier, son père court jusqu'à un trou sombre, la cave d'un immeuble effondré, Soraya a à peine le temps de se jeter dedans que les bombes s'abattent. Elle se bouche les oreilles en pleurant, leurs gémissements sont écrasés par le fracas, le souffle brutal et fétide, la poussière dans leurs yeux, leurs bronches, qui se colle à leurs cils.

Soraya ferme la bonde de la baignoire et fait couler un bain.

Un bain.

Un vrai.

Elle se déshabille.

Quand ils ressortent plus tard, dans cette cacophonie propre aux bombardements – le silence d'abord, vaste et terrifiant, puis très vite, pleurs, braillements –, la poussière n'est pas encore dissipée. Les gens appellent, aident, ramassent, geignent, il y a des fruits écrasés par terre, des feuilles de papier, un vélo au milieu du gris.

Soraya distingue le camion. Désintégré. Les meubles avec.

Les voisins, eux, n'ont pas eu le temps de descendre, pas le réflexe, hésitation de quelques secondes qui coûte la vie. Soraya aperçoit de la chair, du sang, des pâtés sanguinolents qui étaient tata Fatima avec ses lunettes rondes. Ses pâtisseries à la fleur d'oranger étaient les meilleures du quartier, elle chantait comme un rossignol. Soraya allait à l'école avec sa fille Nawal, un petit grain de beauté sur le lobe de l'oreille droite, comme un piercing dont Soraya était jalouse. Son mari Tamim, ses deux fils, Bilal et Fares, sont dans la rue, éparpillés. Quand Soraya distingue un fragment de visage, seulement un fragment, elle ne sait pas où est le reste, elle hurle, hurle, et tombe à genoux.

L'eau du bain est divine.

Une vraie salle de bains, pas dans un refuge, pas une bassine, pas un ruisseau ni un fossé. Une salle de bains loin de la poussière, des appels au secours, des sanglots, des noms qui n'appartiennent plus à personne, de la vie désintégrée par les bombes.

Soraya s'allonge, s'immerge sous l'eau.

Le morceau de visage de tata Fatima est toujours là et la regarde de son œil vide qui demande pourquoi, pourquoi, pourquoi.

« les étoiles tombent sans arrêt
tombent dans les profondes rivières sombres
et dans les sombres forêts profondes tombent
les étoiles[1] »

Agota Kristof

Le regard d'Ida s'est attardé sur le body jaune.

Astrid aurait pu profiter de la brèche, se délester – coucou, Conditionnel.

Isabelle, la gynécologue arrivée de Nice, était souriante, concernée, mais raide, sèche. Comment en vouloir à Soraya ? À la seconde où elle a fait irruption dans la salle à manger, Astrid a été anéantie par ses yeux fiévreux : trahison, incompréhension, et si, et si… et si cette femme n'était pas ce que je croyais, si j'étais tombée dans un piège. Astrid aurait voulu la rassurer mais elle garde ses distances. Soraya a grandi en Syrie, l'altérité est une forme blanche, floue. Soraya est un hiatus, jeune et abîmée. Comme si on lui avait administré un remède miracle censé l'aider à conserver la jeunesse éternelle ; mais au fond, elle a vécu des siècles, côtoyé la misère, la barbarie trop longtemps.

1. Agota Kristof, « Vous n'étiez aimés de personne », *Clous. Poèmes hongrois et français*, traduit du hongrois par Maria Maïlat, © Éditions Zoé, 2016.

Son corps recroquevillé la raconte, forgé à la va-vite pour encaisser les coups, prendre le moins de place possible.

Astrid tend sa carte bleue à Ida. Elles discutent à voix basse dans le couloir, Astrid perchée au milieu de l'escalier, penchée au-dessus de la rampe, piètre Juliette.

— Si tu préfères que j'y aille, tu me dis.

— Ne t'inquiète pas, Astrid, je le fais avec plaisir. Je suis embêtée vis-à-vis d'Isabelle, elle est brute de décoffrage mais gentille.

— Je suis désolée, je n'ai pas été sympa. J'aurais dû être plus prudente, prévenir Soraya.

— Ce n'est la faute de personne et certainement pas la tienne.

Astrid passe sans y penser la main sur le petit dos enserré dans l'écharpe. Elle est gorgée de poussière. Astrid la lavera ce soir. Elle a si peur d'effacer.

— Il nous faudrait des vêtements : turbulettes, bodies, pyjamas, reprend-elle. Tu sais où en trouver ?

— Oui, mais je ne vais pas rentrer de sitôt.

— Prends du trois mois, la petite n'est pas épaisse. Et du six. Ça servira toujours à Soraya.

— Tu penses qu'elle souhaite récupérer sa fille ?

— Je l'espère.

Ida renifle dans le silence du couloir.

— Si tu peux passer à l'épicerie, aussi... Des pâtes, du riz, des légumes, des fruits, du lait, des œufs, enfin, tu vois. Tu te souviens du code ?

— Oui, pas de souci. Je file. À tout à l'heure.

Astrid se réfugie dans sa chambre, dénoue l'écharpe avec précaution, dépose le petit corps dans le carton qui lui sert de berceau, attend l'œil qui s'ouvre, le hoquet de protestation, mais la fillette dort à poings fermés, loin du monde encore, en fuite peut-être, ma mère ne veut pas de moi, vite, dormons.

« C'est un cauchemar : dès que je le pose, il se réveille. »
« Ça va venir, moi aussi au début. »
« Tu plaisantes, quand tu le poses, il sourit ! Ma maman me met au lit, regardez comme je suis sage ! »
« Je suis avec lui depuis qu'il est né, triple andouille. Réessaie. Mets-le dans l'écharpe et ensuite, je t'aide. »
Kamal bougonne, couvre Tom, qui hurle, de baisers.

Astrid attrape un recueil, assoiffée de résonance, de frères, de sœurs, de mots pour la dire mieux qu'elle ne le pourrait elle-même.

« Prie, ami, pour la maison sans sommeil,
pour la fenêtre éclairée[2]. »

Astrid aimerait prier, ne croit en rien d'autre qu'en la nécessité de se souvenir. Elle s'allonge, écoute la respiration animale à côté d'elle, abandonnée. Les siens aussi, elle les a abandonnés.

Elle se redresse, attrape un stylo, une feuille.

Vanessa,
J'aurais dû les accompagner. Tes parents sont tellement vieux jeu, tellement exigeants. J'avais seulement besoin d'un peu de repos. Je croyais en avoir le droit. Un Noël sans leur mère, pas le bout du monde. Mais la vie aime rappeler à l'ordre comme un caporal nazi. C'est moi le chef.
Je hais les mardis.
Jeudi est bleu, lundi jaune.
Mardi, couleur de naufrage.

2. Marina Tsvétaïéva, « Voici encore une fenêtre... », *Insomnie et autres poèmes*, © Éditions Gallimard, 2011.

J'ai repeint une grande partie de la maison. Je m'y sens mieux que nulle part ailleurs. Elle est simple, mais son ventre est chaleureux. Ne le prends pas mal, je trouve qu'elle te ressemble.
Ici, certains conifères perdent leurs aiguilles. Avant de se déshabiller, ils se couvrent d'or.
Il y a des loups.
Et des surprises. Je te raconterai dans une prochaine lettre, le temps d'y voir plus clair.
Je pense à toi, j'espère que de ton côté, le caporal s'est assoupi pour une sieste. Puisse-t-il se transformer en caporal au bois dormant.
Je t'embrasse.

Astrid se redresse soudain.

Une voix masculine appelle. De l'intérieur de la maison.

Elle bondit, attrape un timbre grave dans l'escalier, « y a quelqu'un ? », dévale.

Il a la main sur la porte de la cuisine, a déjà entrouvert celle de la salle à manger.

— Qu'est-ce que vous foutez là ?!

Il ne l'a même pas entendue descendre, se retourne brusquement. Astrid a le temps d'apercevoir ses yeux enfoncés, sa chemise à carreaux bruns, fixe l'énorme masse qui pend dans sa main.

— B'jour, je suis Ange, on s'est croisés dans...

— De quel droit entrez-vous chez moi ?!

Il a commencé à lever le bras, le baisse avec lenteur, mais dans la lumière de l'ampoule nue, Astrid a vu.

— Sortez !

— Je vous ai apporté une marmotte.

Sur la fourrure mordorée, des caillots de sang séché. Il la tient par les pattes arrière.

— Sortez ou j'appelle la police.

Astrid essaie de contenir son tremblement. Elle écrase la rampe, voudrait l'arracher pour le frapper en plein visage.

— DÉGAGEZ !

Ange fait demi-tour. Il ralentit et elle se prépare, se contracte, elle va le faire, attraper le tison, lui en décocher un grand coup, lui montrer qu'elle n'a pas peur, sa colère, la barrière, mais il reprend son pas lent et lourd. Elle le talonne, le bouscule, ouvre avec brusquerie, darde des yeux de feu sur sa figure tannée, ne cherche pas son regard, seulement à planter le sien, ferme la porte à double tour dès qu'il est sorti.

Une bulle éclate dans sa poitrine. La pensée la harcèle comme un roquet au portail, si Kamal avait été là, s'il était encore vivant, jamais cet homme ne se serait permis, jamais il n'aurait osé.

Soraya fait irruption sur ses paupières closes, perdue dans les tourbillons de neige. Astrid court à la cuisine.

Soraya tremblait aux toilettes.

Maintenant, elle se lave.

Astrid retourne jeter un coup d'œil à la fillette qui fronce les sourcils et sourit dans son sommeil.

Aujourd'hui est la deuxième journée de sa vie, elle n'a pas de prénom.

« I'm awake; I am in the world –
I expect
no further assurance.
No protection, no promise[1]*. »*

Louise Glück

Ida est voisine d'Ange depuis des années mais le connaît mal. Célibataire endurci, solitaire. Couché à 21 heures. Travaille dans un magasin de bois. Peu de visites.

Trouver un intrus dans son refuge, affublé d'un cadavre – la marmotte tangue sous le poids des réserves accumulées pour affronter l'hiver, son épaisse fourrure maculée, les petites griffes inoffensives –, a attisé une colère qui ne s'apaise pas. Et si Ange avait vu Soraya ? Ida n'a aucune idée de ses opinions politiques. Astrid lui raconte la fois où il l'a suivie dans la brume, écarte le « il n'est pas méchant » d'une main agacée.

Ida touille son café avec une cuillère en grès noire apportée avec deux suspensions supplémentaires. Tuer les ampoules nues.

— On a deux problèmes, attaque Ida.

1. Louise Glück, « Stars », *The Seven Ages*, Carcanet, 2001.

— Tu comptes Ange dedans ?
— Non.
— C'est bien ce qui me semblait.
— Le bébé, tu veux le garder ?
— Pardon ?
— Tu as l'intention de l'élever ?

Astrid fusille Ida du regard, mais la montagnarde poursuit déjà :

— On prévient l'Aide sociale à l'enfance ? Dans ce cas, on l'a trouvé ? Où ? Quand ? Ils la prendront. Ou tu t'en occupes jusqu'à ce que Soraya ait des papiers ?

— Deuxième problème.

Le petit jour s'étire et le monde se dénude au sortir de la nuit. La neige commence à fondre, l'herbe fatiguée d'avoir dansé tout l'été se fane. L'automne grincheux fait abdiquer les arbres qui dispersent leurs feuilles par poignées, célébrant sa noce avec l'hiver.

Jamais Astrid n'aurait imaginé boire un café avec une voisine à huit heures du matin sous le ciel qui jaunit.

— Il y a des associations dans le coin, non ?
— Plein.
— Tu en connais ?
— Pas trop.
— OK, je m'en charge.
— Dans l'idéal, il nous faudrait un arabophone. De mon côté, j'achète le matelas. Tu es sûre de toi ?

— Elle a besoin de se reposer, de se poser. Elle doit avoir des carences, enceinte sans manger, c'est un miracle qu'elle ait encore ses dents.

Ida approuve.

— Je commande un lit ? Quel genre ?
— Ce que tu trouves, si possible pas trop cher.
— Ils ne l'auront peut-être pas en réserve.
— Elle peut rester quelques jours sur le canapé, mais je préférerais qu'elle soit installée. Qu'elle souffle.

Ida acquiesce encore.

— Tu vas réussir à mettre les suspensions ?

— On verra. J'ai une perceuse.

Elles se dévisagent et brusquement, se marrent autour de l'abîme peuplé de fantômes.

— Tu sais, je garde un peu espoir... lâche Astrid débarrassée de son fou rire.

— À propos de ?

— La petite.

Astrid attend avant de reprendre, choisit ses mots comme des chocolats dans une boîte.

— Il n'est pas difficile de deviner ce qui lui est arrivé sur la route.

— C'est clair. Salopards.

— Elle la rejette, la hait.

— Tu ne pourras pas l'obliger à l'aimer.

— Non. Mais le temps peut-être. Je dis ça, je n'en ai aucune idée.

— Faut-il le lui souhaiter ? demande Ida.

— Oui, tu as raison. Elle est si jeune. Être mère à son âge...

— Rappelle-toi Astrid ado.

— Amoureuse, fan de talons et de tartes meringuées, bordélique, grande lectrice, un poil alcoolique...

— Moi, je vivais avec un gars en Norvège et je coupais du bois.

— Non ?!

— Il avait acheté une forêt et on y coupait les arbres à la hache. *À la hache.*

— Tu n'as pas passé ton bac, Ida ?

— J'étais une rebelle, moi, Madame, une vraie. J'ai quitté mes parents à seize ans, on habitait Toulouse. Ma mère était psychologue et buvait comme un trou. Elle a eu plusieurs liaisons avec ses patients, de notoriété publique. Mon père était instituteur, se réduisait à un imperméable sans consistance. J'ai appris plus tard qu'il a eu une histoire d'amour torride avec une mère d'élève, pendant des années… Mon frère avait foutu le camp depuis belle lurette et s'était exilé dans les Pyrénées. J'ai passé l'été en Norvège, où j'étais partie en van avec un copain, et j'ai rencontré Aksel dans un bar. Il était blond. Coup de foudre. Je ne suis pas rentrée. On vivait dans une cabane en rondins comme dans les films. Le paradis. Loin de tout. Une fois les arbres abattus, on les évacuait avec notre jument Inga. Pas de machines à moteur, une terre vivante, de l'humus à foison. Tous les forestiers des environs se foutaient de nous. Mais Aksel était malin, il avait un réseau d'enfer (et dix ans de plus que moi). On vendait notre précieux bois à des sculpteurs, des artistes… On vivait très bien.

— Incroyable. En comparaison, j'étais abominablement banale.

— Je suis sûre que non.

— Pourquoi tu n'es pas restée en Norvège ?

— L'amour qui s'étiole, les cloques aux mains. Au bout de trois ans, je suis rentrée en France.

— J'étais à la fac, obsédée par les hérissons.

— Les hérissons ?

— Oui. Je suivais des études de kiné, parce que pourquoi pas, et tous les week-ends, j'allais aider une association qui soigne la vie sauvage, spécialité hérissons. Enlever les parasites à la brosse à dents, nourrir, j'en ai sauvé, des petites boules piquantes. Tu vas me dire, tout ça pour ça, ils sont quand même en train de disparaître.

— Je suis rentrée et… je suis allée vivre avec ma grand-mère paternelle.

— Celle qui creusait des tunnels dans la neige ?

— Elle-même.

— Quelle vie de folie.

— N'exagérons pas. J'y suis restée longtemps. Et j'ai appris la céramique. C'était fini. Ma vie était tracée.

La petite voix bêlante de la fillette s'élève depuis le premier étage.

— Tu ne lui as toujours pas donné de prénom ?

— Nommer quelqu'un pour la vie entière n'est pas anodin.

— Il va bien falloir le faire.

Astrid commence à préparer le biberon, reliée aux cris de la fillette.

— Je me dépêche, j'ai du pain sur la planche, lance Ida en se levant.

— Merci beaucoup.

— Je suis heureuse de participer à cette aventure avec toi.

Ida disparaît tandis qu'Astrid se précipite à l'étage.

Soraya dort encore.

Et Astrid, elle, vient d'avoir une conversation, banale, intime, drôle, avec un être humain.

— Elle est blessée ?

— Non.

— La petite va bien ?

— Oui. Elle mange, dort.

Soupir au téléphone.

— Vous allez l'aider à faire sa demande ?

— Oui mais je n'y connais rien, avoue Astrid. Sa fille est-elle Française ? Est-ce que si je témoigne du fait qu'elle a accouché chez moi, elle peut obtenir la nationalité ? Un statut de réfugié ?

— Non, c'est beaucoup plus compliqué. Et vous risquez d'être accusée d'aide à l'entrée, à la circulation et au séjour irrégulier d'étrangers en France…

— Vous voulez dire que j'aurais dû laisser cette jeune femme mourir dans la neige ?

— Non, je dis que c'est ce que l'on va vous reprocher à coup sûr.

La voix de la femme est restée douce. Le brouhaha derrière elle s'estompe. Astrid trace des sillons dans le gras de son pouce avec ses ongles. La peau s'ouvre. Une goutte de sang perle.

— Pouvez-vous m'aider ?

— Bien sûr, pardon. J'aimerais juste que vous compreniez que ce que vous faites n'est pas anodin.

— Je commence à comprendre.

— Je pourrais la rencontrer si vous voulez, vous expliquer à toutes les deux la situation. Je vais essayer de dénicher un bénévole arabophone.

— Ce serait merveilleux.

— Elle a vu un médecin ?

— Non. Enfin, si, mais trop brièvement. Quelqu'un nous a aidées à faire arrêter la montée de lait et lui a prescrit des vitamines. Mon amie a oublié de les prendre la dernière fois, mais nous allons y remédier rapidement.

— Et la petite ? Elle est suivie ?

— Je suis arrivée dans la région il y a peu, je ne connais pas grand monde.

— J'appelle un pédiatre, je vous tiendrai au courant. Vous me donnez votre adresse ?

Soraya reste beaucoup dans sa chambre, seule. Elle doit en avoir besoin.

Astrid se réveille après s'être assoupie sur le canapé. La petite pleure, elle a faim. Astrid rampe jusqu'à la cuisine. Il est midi passé, elle est toujours en pyjama.

> « Il faut trois mois. »
>
> « Pour quoi faire ? »
>
> « Pour qu'un bébé se cale, comprenne l'alternance jour/nuit, pacifie son sommeil la nuit… »

La pédiatre les dévisage avec un gentil sourire. Son rouge à lèvres s'effiloche sur le bord des lèvres, affluents se jetant dans un lac sanglant.
« Quand on est en plein dedans, on a l'impression que ça n'a pas de fin. »
« À qui le dites-vous ! »
« C'est faux. »
« Alléluia… »
« Essayez de dormir en même temps que lui. Tenez bon. »
Kamal se lève :
« On peut vous embrasser ? »
La pédiatre rit.
« Non. »

Astrid est seule désormais. Pas de relais. Ses yeux se ferment alors que la petite bouche avide tire sur la tétine. Que faire à manger ce soir ? La question incongrue a des relents de poussière. Une poussière coriace dont Astrid ne sait pas si elle veut se débarrasser.

La *chose* est sortie mais a imprimé sa trace en elle. Le ventre de Soraya est toujours gonflé, la douleur a duré longtemps, elle saigne, et son corps se prépare à nourrir l'intrus.

Pas question.

Astrid et Ida l'ont compris. Elles ont acheté des médicaments qui luttent contre sa volonté de la faire mère. Le lait ne viendra pas d'elle. Pour le reste, il lui faudra quelques semaines. Bientôt, elle sera à nouveau Soraya.

Elle a une brosse à dents, un pantalon de survêtement à sa taille, des culottes, des chaussettes, un sweat vert tout doux, des baskets bleues. Une promesse.

Elle passe plusieurs jours sans sortir. Astrid l'a prévenue : mieux vaut ne pas traîner dehors. Ses paroles l'effraient. Si la France est d'accord pour l'accueillir comme le jurait son père, pourquoi se cacher ? Soraya pourrait poser la question à Astrid mais ne le fait pas. Elle garde son espoir au fond de sa poche. Sans lui, elle meurt.

La neige a fondu sur la route mais recouvre toujours une partie des prairies et des murets. Les troncs d'arbres gouttent. Ibtissam est-elle encore à l'abri ? Soraya dort peu, reste allongée. Le canapé se creuse sous son corps, reconnaît son empreinte. Le rare sommeil qu'elle vole est peuplé de cauchemars, les anciens, des nouveaux. Ils ont tous le goût du sang.

Sa bouche avait oublié ce que signifiait manger. Astrid se démène. Elle cuisine avec la *chose* couchée dans son carton, sur la table. Ida lui dépose des courses. Elle reste boire le café, a offert à Soraya une tasse blanche en forme de tulipe. C'est elle qui l'a fabriquée. Soraya possède un objet.

Astrid est souvent au téléphone. Parfois, la *chose* est dans l'écharpe accrochée à son ventre.

Soraya observe le paysage. Le désert lui manque. Les lauriers. L'air brûlant. Le thé à la menthe. Pas les ruines.

Elle écrit. Des lettres qu'elle n'enverra jamais. À ses parents, à ses amis. Elle leur raconte son trajet. Pas tout. Les grandes lignes, la route inhabituelle, les Balkans. Des détails, aussi. La vieille dame et la soupe lyophilisée. La prairie remplie de fleurs jaunes à perte de vue en Croatie, la mer si bleue, l'ours aperçu en Slovénie, ses fesses dodues sur le versant d'en face, Ibtissam qui frôle la crise de nerfs, les maisons modernes d'Italie. Elle ne jette pas les lettres. Elle les glisse dans une grande enveloppe qu'Astrid lui a donnée. Elle les garde. Si jamais… elle les retrouve, elle les croise.

Elle alourdit son petit tas d'espoir.

Astrid demande pourquoi Soraya parle aussi bien anglais et Soraya lui raconte l'ordinateur familial déglingué sur lequel elle regardait films et séries. Avec sous-titres, sans sous-titres. Son père lui avait acheté un casque avec des écouteurs en mousse bleue. Elle glissait l'ordinateur sous la couverture afin de ne pas réveiller Sherine, le soir. Quand elle était seule, à la maison ou dehors, aux toilettes, dans la rue, elle marmonnait en anglais. Elle imaginait des conversations improbables avec des stars de cinéma, elle y devisait devoirs, chiens, météo. Peu à peu, la langue a pris ses aises dans sa tête. Elle ne dit pas tout à Astrid, mais un peu, assez pour qu'elle sourie. Soraya aussi. Astrid lui demande si elle est sûre que Brad Pitt a un chien. La réponse est non.

Elles sont interrompues par l'heure du biberon. Astrid propose à Soraya de le donner. Soraya la scrute sans un mot. Les lèvres d'Astrid se pincent et elle disparaît dans la cuisine.

Soraya a rechargé le téléphone d'Ibtissam. Elle a abandonné sa tante là-haut, n'a même pas eu le réflexe d'emporter ses affaires. Elle s'efforce chaque minute de ne pas imaginer l'état dans lequel on trouvera Ibtissam si on la retrouve un jour. Son petit sac, son foulard mauve, son acte de naissance, son portefeuille avec la photo de son mari, celle de Soraya et de ses parents pourrissent désormais dans les bras de la montagne.

Soraya a attendu le soir pour rallumer le téléphone. Pas de code, elle est entrée comme on entrait chez Ibtissam, sans frapper : « Ma tante, tu es là ? C'est moi ! » « Ah ! *Habibti*, je suis contente de te voir, comment vas-tu ? Et comment va ta mère ? Et ton papa ? Bien, Dieu les garde. Comment s'est passée ta journée, tu veux un thé ? »

Soraya est directement allée lire les SMS. Elle s'en doutait, bien sûr : pendant les longs mois de leur périple, Ibtissam a tenté de joindre les parents de Soraya sans relâche, a envoyé des centaines de messages, comment allaient-ils, où étaient-ils, elle pensait à eux.

Aucune réponse.

Soraya a réussi à communiquer avec son père quelques jours après son départ, il lui écrivait qu'il était fier, elle était grande, il avait confiance.

Puis plus rien.

Les voyages comme le leur sont pavés de mauvaises surprises auxquelles il faut s'adapter en permanence. Un chemin sûr devient soudain risqué, un passeur promet un départ le lendemain et trois semaines après, personne n'a bougé. Il peut s'être passé n'importe quoi en Bulgarie.

Soraya et sa tante ont rencontré des Syriens qui s'étaient échappés après avoir été emprisonnés dans ce pays, ils étaient devenus fous.

Elle a essayé de joindre ses amis, aussi. Au début, elle avait des nouvelles d'Amin, Noura, et Ibtihal. Ils lui souhaitaient bonne chance. Très vite, Amin a disparu des radars. Puis Noura. Au bout de quelques semaines, elle devait encore être en Turquie, Soraya a reçu un message d'Ibtihal. Son oncle et sa grand-mère étaient morts, elle quittait la Syrie pour l'Égypte où vivait un cousin de son père.

Éplucher le téléphone d'Ibtissam, lire les mots tapés avec ses doigts chauds, c'est la garder près d'elle, presque vivante. Soraya décide de laisser le téléphone allumé. Si jamais ses parents tentent de la joindre. Si jamais son oncle resurgit d'entre les morts. Si jamais.

En cette fin d'après-midi, les nuages filandreux s'arrachent sur le faîte des arbres et les rochers. Le paysage s'assombrit. La maison aussi. Une voiture s'arrête juste devant. Ida entre en criant. Astrid enfonce ses pieds dans des bottes en caoutchouc et sort au trot.

Elles reviennent avec des paquets, des cartons. Et un matelas.

— *Pour toi !* sourit Ida.

— *Quoi ?*

— *Aide-nous !* enchaîne-t-elle.

Soraya empoigne le matelas et grimpe dos à l'escalier, Ida la suit en portant l'autre extrémité.

Soraya veut être Française. Être libre. Mais après ? Une fois qu'elle est Française, où aller ? Astrid a-t-elle décidé de l'héberger, de l'adopter ? Sans lui demander son avis ? Soraya ne souhaite pas rester ici. Elle voudrait voir les villes, Paris. D'autres gens, de son âge, de sa culture. Ce matelas, est-ce une ruse pour faire entrer la *chose* dans sa vie ?

Ce soir, elle ne dort pas sur le canapé. Elle est installée dans la chambre vide à l'étage. La peinture n'a pas été refaite. Les murs sont sales. Astrid a poussé un monticule de cartons dans un coin. Mais Soraya a un lit. Des draps, une couette. Rien que pour elle.

Elle n'a pas fermé les volets. Allongée sur son matelas moelleux, elle se perd dans le ciel, ce ciel noir sous lequel repose Ibtissam. Soraya espère qu'elle n'a pas été dévorée par les renards ou les loups. Astrid lui a dit qu'il y en avait, ici. Soraya les imagine galopant, dans la pâture attenante peut-être, leurs pupilles agrandies pour mieux voir dans la nuit, truffe frémissante, aux aguets.

Ce qu'elle ne veut pas imaginer, en revanche, c'est le corps d'Ibtissam. Sa chair qui se décompose. Parfois, ce genre d'idées la transpercent. Elle essaie tant bien que mal de les éteindre comme des débuts d'incendie mais elles ont la peau dure. Et si ses parents étaient morts ? Si elle était la dernière de sa famille ? Malgré ses yeux grands ouverts, elle voit le visage crayeux de sa mère, sa bouche sèche, la main inerte de son père, des mouches...

Un jour, un jour, elle courra dans les bras de sa mère, un jour, son père les enlacera, il pleurera (il pleure toujours quand il est ému). Ils seront réunis. Il y aura des danses, des *beurek ma'a jibné* qui croquent et fondent en même temps dans la bouche, des farandoles de plats délicieux, *houmous*, *mutabbal*, et une nouvelle maison, une vie à construire avec des rires et des murs qui resteront debout.

Soraya a tant rêvé de leurs retrouvailles. Depuis la mort d'Ibtissam, les rêveries ont un goût de funérailles, celles de sa famille, de l'avenir ensemble, des repas le soir et des disputes. Même les disputes lui manquent.

De la lumière filtre sous la porte d'Astrid. Elle n'est pas encore couchée. Soraya a posé ses vêtements sur une chaise, rangé culottes et chaussettes dans un carton vide.

Doit-elle rester ? S'enfuir ?

C'est si difficile de décider seule.

Soraya s'est endormie au lever du jour. Qu'il est doux et lointain, le temps où elle savait dormir, rêver. Quand elle marchait des heures durant, la fatigue la terrassait, mais ici, elle reste à la maison. Mange. Elle entend pleurer et hoqueter le fruit de ses entrailles. Paupières closes, paupières ouvertes, ombre, lumière, Sherine et son petit corps inerte, Ibtissam et ses lèvres bleues, Fatima et son visage béant. Dormir est si anodin. Les chiens dorment, les vaches dorment, les oiseaux dorment, et même les lézards, les araignées. Soraya, elle, ne dort pas. Elle a peur que ce soit pour toujours.

Sa peau est chaude, son dos douloureux. Lorsqu'elle descend les escaliers, des voix étrangères montent du rez-de-chaussée, une femme et un homme. Astrid est là aussi, calme. Soraya doit-elle remonter se cacher dans sa chambre ? Pas le temps de décider, Astrid ouvre la porte de la cuisine et l'aperçoit au milieu de l'escalier.

— *Ah ! Super ! Viens Soraya, je vais te présenter !*

Soraya serre la rambarde.

— *Ne t'inquiète pas, ils sont venus t'aider. Ils ont même apporté du pain frais.*

Ses pieds nus refroidissent sur le parquet, elle se décide.

Elle découvre, attablés dans la cuisine, une femme d'une soixante d'années, cheveux gris coupés courts, le visage ridé qui raconte des histoires, et un jeune homme. À peine plus vieux qu'elle. Dix-neuf ans, peut-être. Ses cheveux longs, blonds foncés, sont attachés en chignon serré sur le haut de sa tête. Menton pointu, pommettes larges, ses yeux lui parlent sur-le-champ. Ils charrient avec eux le vent sur le sable incandescent, le soleil qui frappe la terre, les rues claires, les palmiers qui se lancent à l'assaut du bleu infini : des yeux noirs, profonds, et alors que Soraya croise son regard, brusquement, elle se sent chez elle. Dans un autre lieu, à un autre moment, elle rougirait. À la place, elle sourit.

— *Bonjour Soraya, je suis Max, je suis ici pour traduire. Bienvenue en France.*

Sa voix est grave, posée. Dans sa bouche, l'arabe à peine estropié s'adoucit et le soleil jubile. Soraya en reste interdite, d'autant qu'il est blond et parle comme un Bédouin. Il rit, un peu gêné.

— *Voici Amanda.*

La femme fait un petit signe amical de la main et ses joues se plissent. Elle ressemble à tata Fatima en plus maigre. Max reprend :

— *Nous sommes bénévoles pour une association qui aide les exilés traversant la frontière.*

Astrid tire une chaise, Soraya s'assoit en face de Max. Elle lui parle à son tour, non, elle ne parle pas, elle le mitraille :

— *Tu es Français ? Où as-tu appris l'arabe du* bilad ash sham *? Tu viens d'où ?*

Oh, s'il savait ! S'il savait comme entendre sa langue natale est une féerie. Un souffle chaud qui enjambe les montagnes et balaie la neige froide, les nuages lourds, les gouttes d'eau glacées, les mains rougies, les muscles tétanisés. Dans ses mots, Soraya entend le brouhaha des voitures, du souk, les cris des marchands ambulants, les étals hétéroclites et colorés, le marché plein de kakis, ses fruits préférés, l'odeur sèche de son pays mâtinée de senteurs d'épices, du sucre et du miel des pâtisseries, les discussions âpres au coin des échoppes, les stands où l'on se précipite tout à coup en suivant l'agglutinement, la poussière du désert, jamais loin, sa mère, son père.

Max se racle la gorge.

— *Je suis né et j'habite en France. Ma mère est Jordanienne. Elle m'a toujours parlé arabe. Je suis bilin...*

Soraya cache son visage dans ses mains. Astrid remplit une tasse de café, son café transparent auquel Soraya a tant de mal à s'habituer, l'odeur monte jusqu'à ses narines. Astrid pose la cafetière, frotte le dos de Soraya comme lorsque les mains invisibles essayaient de la casser.

— *Tout va bien Soraya,* murmure Astrid. *Nous allons t'aider.*

Soraya essuie son visage.

— *Pardon.*

Astrid prend place à côté d'elle, lui tend une baguette, ce pain long qui croustille, un couteau que Soraya accepte.

— *Pardon,* redit-elle dans le silence.

— *Pas de souci,* reprend Max. *Je vais devoir te poser pas mal de questions, d'accord ? Ne te sens pas obligée d'y répondre à chaque fois, je serai le moins intrusif possible.*

— *OK.*

Il s'installe mieux.

— *As-tu déjà donné tes empreintes quelque part ?*

— *Non, mon père et ma mère l'ont fait en Bulgarie, pas moi.*

Max opine, traduit pour Amanda.

— *C'est bien, ça signifie que tu as été traitée en tant que mineure. Quel âge as-tu ?*

— *Dix-sept ans.*

Rebelote. Amanda lui répond.

— *Tu as des papiers pour prouver ton âge ?*

— *Un acte de naissance.*

— *Pas de passeport ?*

— *Non.*

Ils discutent entre eux. Soraya mange une tartine. Max lui demande de lui montrer l'acte de naissance, Soraya va chercher son blouson. À sa demande, Astrid ne l'a pas encore lavé. Cette dernière sourit quand elle voit Soraya découper la doublure. La photo tombe en même temps. Soraya la ramasse et la glisse dans sa poche. Elle la ressort, la tend à Astrid qui la prend, l'examine. Soraya pose son index sur l'image chiffonnée.

— *C'est moi, là. Avec mon père et ma mère.*

— *Oh, tu étais si petite...*

La photo tremble dans la main d'Astrid, qui fait semblant de rien. Elle la rend à Soraya, boit une gorgée de café.

— *J'avais cinq ans. Là, c'est mon frère Zyad. Les autres n'étaient pas encore nés,* explique Soraya en anglais.

— *Oh, tu parles très bien anglais !* s'exclame Max.

— *J'essaie.*

Lui aussi, boit son café. Le bruit de toutes leurs bouches emplit la cuisine.

— *Tu as d'autres frères et sœurs ?*

C'est la première fois qu'Astrid lui pose une question personnelle.

— *Trois frères et une sœur, Sherine. Elle est morte sur la route.*

Astrid dévisage Soraya longtemps.

— *Je suis désolée,* finit-elle par dire.

Soraya range la photo dans la poche de son sweat, mord sa tartine. Max poursuit :

— *Donc tu es passée par la route des Balkans ?*

— *Par la Bosnie, la Slovénie...*

— *Tu étais seule ?*

— *Non.*

Max et Amanda attendent la suite. Elle ne vient pas. Max n'insiste pas. Astrid étale du beurre sur une autre tartine, y ajoute une couche de confiture, s'apprête à la poser dans l'assiette de Soraya et s'arrête, suspendue dans son geste.

Les deux autres la fixent.

La tartine atterrit avec une lenteur hypnotique. Amanda lance quelques mots en français, Astrid hoche la tête.

— *Tu arrives à dormir ?* continue Max.

— *Pas trop.*

Nouvelle discussion. Amanda approuve, se lève pour revenir avec un petit flacon en plastique vert.

— *C'est de la mélatonine. On n'est pas médecins, on ne peut pas te donner de somnifères, ce sont de vrais médicaments avec lesquels il ne faut pas jouer. Mais ce produit est vendu partout en France et ailleurs. Astrid en prend de temps en temps. Ça t'aidera peut-être à dormir.*

Max traduit encore :

— *Quelques jours seulement. Pour voir si ça fonctionne.*

— *Alors, Soraya,* intervient Astrid. *Il faut que je te dise : devenir Française est compliqué. Pas impossible !* ajoute-t-elle devant le visage qui s'effondre. *Mais compliqué. Max va t'expliquer.*

Il appuie ses coudes sur la table.

— *Si tu ne comprends pas, tu m'arrêtes, d'accord ?* reprend-il en arabe.

La situation est bien plus difficile que ne l'imaginait le père de Soraya. Comment lui, adulte intelligent, a-t-il pu être si naïf ? Soraya a la chance d'être mineure. L'État français a le devoir de la protéger. En théorie. Dans les faits, l'afflux de réfugiés est massif dans la région. En cause, la guerre en Syrie, mais pas seulement. De nombreux malheureux traversent la Méditerranée sur des rafiots et échouent en Grèce, en Italie. Ils tentent ensuite de rejoindre la France, l'Allemagne ou le Royaume-Uni. La police aux frontières et la gendarmerie sont sur les dents. Ils traquent, surveillent, patrouillent, poursuivent, cueillent, enferment, renvoient. Même les mineurs. Le droit français l'interdit ? Pas grave, ils le prennent, le droit, et le piétinent, direction l'Italie.

Les droits de l'homme que vantait tant son père, patrie des Lumières ? Un mirage.

Max choisit ses mots mais Soraya n'est pas idiote.

— *Je ne serai pas Française, alors ?*

— *Ce n'est pas ce que je dis. Simplement, nous devons être prudents.*

Les mauvaises nouvelles s'abattent. Soraya s'est perdue dans la montagne. Elle a atterri dans une enclave. Pour déposer sa demande – s'il te plaît, beau pays, accueille-moi, je suis seule, sans famille, prends soin de moi, s'il te plaît –, elle doit rejoindre une ville. Nice. En anglais, elle se prononce différemment et a l'air si jolie. Mais le parcours est semé d'embûches. La police se niche au bord des routes, patrouille dans les gares, les trains. De plus en plus, des sortes de milices sillonnent la montagne, des groupes d'hommes traquent les étrangers parce qu'ils haïssent ceux qui entrent en fraudant. Soraya est une étrangère, elle aussi. Elle est « ceux ». Mais qu'a-t-elle en commun avec un Érythréen ? Un Afghan ? La même chose qu'avec un Français, un Américain, elle a un père, une mère. Elle est née, mourra. Son corps est fait de chair, de sang, un sang rouge qui coule dans les veines de tous les mammifères. Elle parle, rit, pleure. Elle a peur, aime, crie, doute. Sont-ils si différents, ces hommes qui la traquent ? Peu importe, ils ne l'entendent pas de cette oreille. Ils n'ont aucune imagination, ce n'est pas Soraya qui le dit, c'est Amanda. Les hommes voient une couleur de peau, une texture de cheveux. Ils s'y arrêtent. Ce qu'il y a dans les cerveaux ? Histoire, humanité ? Ils sont incapables de l'envisager. Les bêtes sauvages ont plus de considération pour leurs pairs. Ces gens veulent garder la France pour eux. Ils y sont nés, elle leur appartient.

— *Et si on y allait en marchant, sans emprunter les routes ? Je suis capable.*

Max se tourne vers Astrid et Amanda, discute, revient planter ses yeux dans ceux de Soraya, des yeux avides, affamés.

— *La marche sera notre dernier recours. Si on part tôt, c'est jouable en voiture. Tu peux te mettre sous une couverture. Au pire, on travaille le décor, on entasse des trucs derrière, des valises, un matelas.*

Se cacher, encore, encore. Encore. Toute la vie ?

— *Mais avant, il faut que tu te reposes,* tempère Max. *Astrid est d'accord pour t'héberger tant que tu en auras besoin. Tu peux reprendre des forces, et peut-être t'occuper peu à peu de...*

— *Jamais !*

Soraya se lève, poings serrés, jambes tremblantes. Max dévisage Astrid une demi-seconde.

— *Si c'est ça votre objectif, sachez qu'il en est hors de question,* aboie Soraya.

— *Il n'y a aucun objectif. Veux-tu faire un tour dehors ?* propose Max de sa voix douce.

— *Je croyais que je devais me cacher !*

— *Nous sommes venus en voiture avec Amanda,* précise Max sans se départir de son calme. *Personne ne sait si tu es ou non avec nous.*

Il parlemente avec Astrid.

— *Elle dit que ça te fera du bien.*

Soraya fait demi-tour. Astrid la retient devant la porte et lui tend une paire de chaussettes, ses bottes, son anorak. Soraya s'apprêtait à sortir pieds nus. Elle s'habille, s'apaise. Sa mère aurait fait la même chose, aurait eu les mêmes gestes. La tartine, l'écoute, la prévenance.

Astrid est une mère.

La porte d'entrée est fermée à double tour. Astrid la déverrouille et les regarde s'enfoncer dehors.

La porte claque, Soraya est inondée de colère mais très vite, le paysage lui vole son esprit. Depuis qu'elle est arrivée, qu'elle s'est débarrassée de la *chose*, elle n'est sortie de la maison qu'une poignée de secondes pour porter le matelas. Brusquement, elle lève les yeux et frémit.

La montagne est un être vivant. Un animal mythique. Les humains sont des fourmis. La montagne, elle, s'appuie sur la Terre, large et fière, la tête nimbée de nuages gris, couronne légère. Les montagnes syriennes sont beaucoup moins hautes, et pelées. Soraya les aime, elles sont son pays, sa patrie, ses souvenirs, mais elles n'ont pas cette densité, les flancs qui grouillent d'une vie invisible, monde parallèle où l'humain n'a rien à faire. L'odeur la gifle, aussi. fraîche, humide. Riche.

— *Descendons dans ce pré, d'accord ?* suggère Max.

Il est beaucoup plus grand qu'elle. Ses chaussures laissent de lourdes empreintes dans les dernières plaques de neige. L'herbe qui affleure par endroits est couchée, grise et jaune. Même cernés par les lambeaux de brouillard, les mélèzes ont l'air joyeux. C'est Astrid qui lui a appris leur nom. Soraya ne connaît pas le mot pour les désigner en arabe – y en a-t-il un ? Un ruisseau chante au loin. Ils marchent lentement.

— *Je...* commence Max.

— *Je ne te raconterai rien, je n'ai pas à me justifier.*

— *On n'a qu'un objectif : que tu trouves ta place et puisses t'installer, t'épanouir.*

— *Je ne veux pas en parler. Jamais.*

— *Pardon.*

Des cloches résonnent contre le ventre des montagnes et Soraya fronce les sourcils.

— *Ce sont les vaches,* dit Max. *Elles portent une grande cloche autour du cou, une* « clarine »*, je ne connais pas le mot en arabe.*

Aucune vache à l'horizon. Les arbres bouchent la vue. Le pré s'étale en pente douce et le sol souple rebondit sous leurs bottes.

— *C'était comment ton pays, avant la guerre ? Tu n'es pas obligée de me répondre, bien sûr.*

Soraya guettait le classique « depuis combien de temps es-tu partie, es-tu passée par des camps, quels pays as-tu traversés ? », les questions que se posaient les exilés entre eux, dans la nuit chaude ou gelée, mais Max a bifurqué par un chemin précautionneux. Ibtissam répondait à sa place dans son anglais nul. Soraya se moquait d'elle parfois sur la route, quand elles étaient seules. Elle essayait de faire prononcer correctement les mots à sa tante. La lettre « p » n'existe pas en arabe, on utilise le « b » ou le « f » à la place, alors Ibtissam essayait d'articuler « Paris », « propose », « apple pie », et elles avaient des fous rires nerveux, épuisées, glacées. Ses « abble baïe » étaient des trésors.

— *Comme la plupart des pays, j'imagine. J'avais mes parents, des amis, j'allais en cours, j'apprenais, j'échangeais des livres avec mes copains, je riais, je pleurais, j'envoyais des messages, je mendiais auprès de mon père pour un jus de fruits, surtout au citron, mes préférés, et je rêvais de chocolats de chez Ghraoui, une boutique de Damas... Et toi, il est comment ton pays ?*

— *Il est varié, la Bretagne et l'Alsace n'ont rien à voir, la montagne, la mer, le soleil, la pluie, j'ai mes parents, un frère, une sœur, tous deux plus âgés, je suis le petit dernier. Je fais des études de biologie à Nice, je rentre souvent. J'aime lire, les jeux vidéos, la musique. Pas beaucoup de potes à la fac. Je suis resté proche de ceux du lycée.*

Le ruisseau se rapproche et l'air se rafraîchit.

— *J'ai du mal à discerner l'intérêt de tout ça. Alors j'attends les hirondelles.*

— *C'est-à-dire ?*

Max se pince le nez avec le pouce et l'index comme s'il s'apprêtait à sauter dans une piscine.

— *Il y a deux ans, je me suis fixé un point de mire : le retour des hirondelles. Je note le jour exact où elles arrivent et soudain, il y a un intérêt. En fait, je les attends elles, mais j'attends autre chose.*

Ils atteignent le ruisseau en contrebas. Minuscule, il s'enfouit entre deux pans de terre échevelée. Des arbres aux feuilles vertes tirant sur le jaune ourlent ses côtés sur toute la largeur du pré et son eau noire est frangée d'écume pâle lorsqu'elle frappe une pierre polie par le flot.

— *Tu attends quoi ?*

— *Je ne sais pas trop.*

Un gros rocher sort de terre comme un crâne, près d'eux. Max s'assoit dessus. Soraya le rejoint et ils discutent les yeux perdus dans l'eau sombre. Elle cache ses mains gelées dans les poches de l'anorak. Max n'a pas l'air gêné par le froid.

— *Un début, je crois. Les hirondelles partent, mais quand elles reviennent, j'espère toujours un renouveau.*

— *Quel genre de renouveau ?*

— *Aucune idée. C'est tellement beau de voir le ciel s'animer, savoir qu'elles sont de retour après avoir traversé le Sahara, la Méditerranée, les sommets.*

Il se tourne vers Soraya en souriant :

— *Il y a des hirondelles en Syrie ?*

— *Oui, bien sûr. Nous avons peut-être plusieurs espèces, mais je n'y connais rien. Enfin... on en avait. Je ne suis pas sûre qu'elles reviennent chez nous, maintenant.*

Soraya arrache un brin d'herbe et le mâchonne. Max ramasse une petite branche et la lance dans l'eau. Elle reste coincée entre deux pierres et Soraya a envie de rire sans savoir pourquoi. Pourtant, il fait vraiment froid et le monde est imprégné d'humidité, comme une entité malfaisante qui rampe à travers les vêtements pour atteindre leurs cœurs. Max l'observe.

— *On va y arriver. À t'emmener, à déposer un dossier. Tu seras prise en charge et pourras te reconstruire. Tu verras le jour des hirondelles. Ici, en France.*

— *Tu crois ?*

Il hoche la tête. Sans avoir besoin de parler, ils continuent leur promenade. Ils longent le ruisseau vers les flancs de la montagne. Leurs chaussures s'enfoncent dans l'herbe roussie.

— *Tu t'imagines un avenir ?* interroge Max.

— *Pour moi, l'avenir n'avait qu'une forme : arriver en France.*

— *Tu ne parles pas du tout français ?*

— Si mais je parlais pas tout bien... baragouine Soraya avec un accent déplorable.

— Ah ah ! Tu as appris à l'école, non ?

— *Pitié, parle arabe !*

— *D'accord. Et cet avenir, alors ?*

Les arbres ont l'air de les écouter. Que c'est agréable d'imaginer une suite. Comme si Soraya sortait d'un labyrinthe nauséabond, le pantalon maculé d'une eau poisseuse et gluante, lourde, qui l'encombre mais séchera. Elle pourra frotter et la plupart des traces disparaîtront, réduites en poussière. Elle l'espère.

Il y a deux ans, elle se torturait pour savoir quel genre d'études elle allait faire, elle angoissait de quitter Ibtihal, Noura, et Amin. Amin et Ibtihal voulaient aller à l'université pour apprendre les maths ou la physique. Leur maître-mot était « ingénieur ». Ibtihal rêvait de faire des ponts. Noura préférait aider ses parents dans leur boulangerie. Et Soraya ? Serait-elle interprète ? Elle s'entraînait parfois. Se postant devant un film, elle essayait de traduire les dialogues. Peut-être y serait-elle arrivée.

Aujourd'hui, elle angoisse à l'idée de se faire attraper par la police, de se retrouver seule en Italie. Comme si sa vie d'avant n'avait servi à rien.

— *Je n'arrive pas à l'imaginer.*

Ses pas s'enfoncent dans une large plaque de neige molle qui agonise.

— *Max, la neige fond partout ?*

— *C'est-à-dire ?*

— *La neige disparaît déjà par endroits.*

— *Celle que tu vois est une fausse alerte. Il est encore tôt. Dans quelques semaines, elle s'installera pour plusieurs mois. Mais elle finit toujours par fondre. Sauf en altitude, sur quelques rares glaciers.*

— *Très haut ?*

Max l'observe du coin de l'œil et Soraya se déleste, lui raconte sa tante bien aimée ensevelie sous son linceul de flocons.

— *Tu saurais reconnaître l'endroit ?*

— *Non, nous étions au milieu de la tempête et je...*

Soraya s'arrête, baisse la tête. Max tapote maladroitement son bras. Soraya écoute le vent délicat autour d'eux, fixe l'herbe couchée. Peu à peu, les larmes s'espacent.

— *On rentre ?* propose-t-elle.

— *D'accord.*

Il la retient par la manche et lui tend un mouchoir. Elle le dévisage sans comprendre alors il lui essuie les yeux.

— *Tu sais, chez nous, c'est très mal vu d'être aussi familier avec quelqu'un du sexe opposé quand on ne se connaît pas,* murmure Soraya en repartant.

— *Oh, désolé !* s'écrie-t-il en rougissant. *Je ne voulais pas...*

Elle lui sourit.

— *Je sais.*

Ils avancent en silence.

Tout en haut du pré, le toit de la maison d'Astrid crache une épaisse fumée bleue. Il fera chaud à l'intérieur. Cette pensée est banale, mais Soraya connaît maintenant sa saveur délicieuse. Elle sera accueillie. Elle aimerait tellement se sentir à nouveau en sécurité, pouvoir se dire « c'est pour toujours ». Comme lorsqu'elle rentrait du lycée, au coin de sa ruelle, son immeuble familier. Elle ne savait pas, alors, que « toujours » est un salaud de menteur.

La pente est douce. Pourtant, après quelques mètres, les muscles de ses cuisses se tétanisent et elle respire fort. Elle marche comme une tortue, trop vite contrainte de faire une pause.

— *Tu as mal mangé pendant des mois, il y a eu la gross... tu as des carences. Astrid a demandé à Ida de t'acheter des vitamines. Il faudra bien les prendre pour être en forme, d'accord ?*

— *Oui, docteur.*

— *Ne te moque pas de moi, c'est important,* bougonne Max.

Ils repartent. Max cale sa vitesse sur celle de Soraya, ses grandes jambes piétinent.

— *Ta tante faisait de l'asthme,* souffle Max.

Soraya se tourne vers lui.

— *Ma sœur, Aya, est asthmatique. Elle a ses inhalateurs en permanence sur elle.*

— *Mais Ibtissam n'était pas asthmatique au pays.*

— *Je crois que c'est une maladie compliquée, elle peut apparaître, disparaître...*

Est-ce qu'Ibtissam est tombée malade à cause de Soraya ? L'idée l'anéantit.

— *Ce que je veux dire,* reprend Max, *c'est que tu n'aurais rien pu faire.*

— *Tu crois ?*

— *J'en suis sûr.*

Soraya demande pardon à sa tante, elle ne l'oublie pas mais c'est si douloureux. Elle a une sépulture dans sa tête, un coin rien qu'à elle où Soraya n'a pas fini de la pleurer, de lui parler, d'y déposer leurs souvenirs comme des offrandes. Mais Soraya a aussi besoin d'air. D'un horizon. Elle reviendra.

— *Si ta mère est Jordanienne, pourquoi tu as un prénom français ?*

— *Mon père est Français et mes parents aimaient tous les deux Max. Mais mon deuxième prénom, c'est Issam, et mon troisième Adam, parce qu'il existe dans les deux pays. Tu peux le prononcer de deux façons.*

— *Comment ils se sont rencontrés, tes parents ?*

— *Mon père faisait sa coopération en Jordanie. Comme un service militaire mais à l'étranger, dans le civil. À l'époque, il s'apprêtait à être prof de biologie. Ma mère parlait assez bien français, elle avait passé un an à Paris avec son oncle et sa tante. Elle donnait des cours à l'institut français et sculptait.*

Soraya hausse un sourcil.

— *Ma mère est assez folle. Dans le bon sens du terme,* s'empresse d'ajouter Max. *Mon père raconte toujours à qui veut l'entendre qu'à l'époque où ils se sont rencontrés, elle était obsédée par les chameaux. Pas les chevaux, les oiseaux, les baleines, non, les chameaux.*

— *Pourtant, c'est assez moche, un chameau.*

— *Ne dis jamais ça à ma mère !* rit Max.

Soraya l'imite. Le son de sa voix la surprend. Depuis combien de temps n'a-t-elle pas ri ?

— *Mon père lui a fait la cour. Et à la fin de sa coopération, il s'est converti à l'islam pour l'épouser. Tu es musulmane ?*

— *Non, chrétienne.*

— *Ça peut aider, pour les papiers.*

— *J'espère. Et tes parents, alors ?*

— *Ils se sont installés à Amman, puis ils ont eu ma sœur. Ensuite, ma mère a voulu voir du pays. Ils sont partis en France. Et ils sont restés.*

— *Elle est heureuse ?*

— *Très. Sa sœur à elle, ma tante Salima, ne supporte pas le vert. « Il y a trop de vert, ici ! » dit-elle dès qu'elle nous rend visite. Trop d'arbres, de sapins, d'herbe. Pour elle, seul le désert est beau. Mais ma mère est tombée amoureuse de mon père, et du vert.*

— *Ils font quoi ?*

— *Ma mère sculpte le bois et le marbre. Elle peint aussi. Mon père fait pousser et vend des plantes et des arbres.*

— *Ah oui, très vert !*

Soraya lève la tête et son sourire se glace. Un homme est planté au bout du chemin menant à la maison d'Astrid. Il est minuscule au milieu des montagnes, de leur ombre solennelle, le ciel continue d'être brouillon et pesant, mais l'homme efface le reste. Même à cette distance, elle distingue son pantalon et sa veste de camouflage. Ses jumelles sont pointées sur eux. Un fusil pend à son épaule.

Des images se percutent derrière les pupilles dilatées de Soraya, ses pupilles de proie effarouchée, du kaki militaire, des obus zèbrent la ville, des soldats courent partout, syriens, albanais, des képis, des cris. Elle étouffe. Si un militaire traîne par ici, il traque forcément les exilés.

Les paroles de Max résonnent dans sa tête comme un écho prémonitoire, ces hommes qui maraudent pour mieux renvoyer les exilés, en voilà un.

Déjà.

Max a suivi son regard.

— *Pas de panique, c'est un chasseur. Faisons semblant de rien. Donne-moi la main.*

Soraya s'exécute. La paume de Max est chaude.

— *Tout va bien. Ce n'est ni un militaire, ni un gendarme. Et s'il nous adresse la parole, tu me laisses faire. Nous sommes venus rendre visite à Astrid, une amie de ma grand-mère. Je la connais bien et je t'ai présentée, d'accord ?* chuchote-t-il dans sa barbe. *Tu es une amie de la fac.*

Le chasseur continue de les fixer. La maison d'Astrid grossit, la route sur laquelle est posté l'homme aussi. Max pourrait se tromper. Et si l'inconnu flairait la supercherie et la dénonçait ? Si un camion, peut-être deux, débarquaient demain remplis de gendarmes caparaçonnés pour l'arrêter, la faire valser de l'autre côté de la frontière ?

Soraya essaie de la retenir, mais comme un chien enragé se rue sur la porte du chenil, l'Albanie lui explose à la figure, crépitement d'images, odeurs, sons, l'obscurité et la moisissure saturent soudain son cerveau, le froid sur les fesses, l'haleine de l'homme.

— *Je vais tomber, je vais vomir !*

Max lâche la main de Soraya, passe la sienne derrière son dos comme si le geste était naturel, la soutient, la soulève presque.

— *Respire...* chuchote-t-il.

Elle est une poupée démantibulée, incapable de mettre un pied après l'autre, aussi désarticulée que ce soir-là, dans la cahute, elle se morcelle, disloquée en son centre.

Ils parviennent enfin à la route qui s'arrête devant chez Astrid. Max se tourne vers le type au fusil et lève bien haut la main pour lui faire signe en souriant. Soraya accélère sans prêter attention à la réaction de l'homme, tambourine à la porte, l'estomac au bord des lèvres, et se précipite à l'intérieur lorsqu'Astrid leur ouvre.

Soraya a vomi dans les toilettes. Elle a pris une douche pour se rincer, se laver de tout, du passé, de la saleté incrustée dans sa chair.

Max et Amanda sont partis. Auparavant, ils ont beaucoup évoqué le chasseur. Astrid avait préparé des chocolats chauds. Soraya en a renversé, la tasse remuait dans sa main. Astrid lui a tendu un torchon pour qu'elle essuie les éclaboussures sur la table, l'a enveloppée dans le plaid. La chaleur l'a calmée.

Le chasseur s'appelle Ange. Il enquiquine Astrid depuis qu'elle est arrivée, Soraya comprend qu'elle vit ici depuis peu. Il la suit sur les chemins. C'est lui qui est entré sans y avoir été invité, hier. Astrid fulmine quand elle parle de lui.

Au moment où ils sont rentrés, Astrid était avec la *chose*.

La *chose* s'agitait de petits mouvements rageurs, s'époumonait, et Astrid la serrait contre elle en chantonnant. La *chose* ressemble à un baigneur de petite fille. Si Soraya la regarde comme si elle était inanimée, elle ne ressent ni honte, ni lien. Elle a détourné les yeux, est tombée sur ceux de Max. Confus, interrogateurs. Il ne comprend pas. Aucun d'eux ne comprend. Est-ce que quelqu'un, un jour, la comprendra ?

Astrid est fatiguée. Elle se traîne, ses gestes sont lents. La *chose* a hurlé pendant des heures avant de s'endormir. Bien sûr, Soraya culpabilise de la lui imposer, voir ses cernes se noircir et se creuser ne lui est pas agréable, mais contrairement à ce qu'ils ont tous l'air de penser, cette *chose* ne lui appartient pas. Elle est entrée dans son corps par effraction. Soraya l'en a expulsée. Adieu.

Ida a apporté les vitamines, une petite boîte de pilules rondes et colorées. Soraya commencera à les prendre demain matin.

« Sans me hâter
Je m'acclimate
À l'immanence
De la nuit[1] »

Andrée Chedid

Le bras sous la tête bringuebalante, Astrid plonge le corps vibrant dans la baignoire, soutient le torse mou ; sa main libre cueille l'eau et la verse en cascade sur les cheveux bruns. Astrid se contracte, s'apprête à affronter cris, hurlements, mais c'est aujourd'hui.

Aujourd'hui, la fillette cesse de pleurer. Dans le bain, ses sanglots s'apaisent. Le familier à pas de loup.

Astrid l'observe tandis que les yeux neufs cherchent toujours, s'attardent sur un point de la pièce comme si des esprits y étaient suspendus.

— Ils sont là ? murmure Astrid.

La fillette quitte le vide, navigue vers elle, agitée de réflexes amphibiens encore.

— Celui avec de grands yeux noirs et des cils si longs qu'on les croirait faux, c'est Jibril.

1. Andrée Chedid, « Sans me hâter... », *Rythmes*, © Éditions Gallimard, 2003.

Les pieds pédalent, la respiration s'accélère.

— Celui avec les cheveux bouclés comme une auréole, l'air sérieux, c'est Tom.

La main ramassée en vasque, Astrid fait ruisseler l'eau, réchauffe le corps rougeaud. Elle attrape le savon, frictionne doucement.

— Le barbu, c'est mon amoureux. Kamal.

Le regard se perd encore, hypnotisé par l'invisible, soubresauts.

« Punaise, regarde-le. »
« On le lave dans un lavabo. Il tient dedans. »
« Il est si minuscule ! »
« Tu te rends compte, un jour, il sera plus grand que nous. »

Astrid est en lutte permanente contre elle-même. Quel soulagement de quitter leur ancien quartier. La douleur, l'écœurement de passer devant une cour d'école bruyante. D'entendre même un hoquet, une protestation. Une voix d'enfant. Ils ont le droit, eux. Elle aimerait découdre la jalousie qui l'étouffe comme la doublure d'un manteau trop lourd.

Soraya est un merveilleux prétexte, la petite aussi. Ida fait les courses, Astrid reste enfermée, ne dévisage plus les mères qui sourient à leurs enfants dans la rue, les mains collantes qui attrapent un paquet de bonbons en suppliant à l'épicerie, les larmes de fatigue en fin de journée, les sourcils rouges d'avoir trop pleuré.

Astrid se rétracte dans le souvenir, son mausolée intérieur est son lieu de pèlerinage de prédilection, son centre. Rester vigilante. Si Ida trouve un couffin, il lui tiendra lieu de siège-auto. Elle circulera de nouveau. Ne pas se momifier.

L'eau tiédit.

— Dis-leur bonjour pour moi, petite grenouille.

Astrid sort la fillette, la sèche, l'habille.

Amanda, de l'association, cherche un pédiatre qui voudrait bien l'examiner.

Pourvu que tout aille bien.

Astrid s'assoit en face de Soraya.

Percer n'a pas été une mince affaire, le bébé pleurait seul là-haut, les mains d'Astrid tremblaient, du plâtre lui tombait en pluie sur la figure. Le plafond de la cuisine est criblé de trous, mais elle a installé la suspension. Ida avait emballé deux jolies ampoules à l'intérieur du paquet. La lumière dans la cuisine est transfigurée.

Elle sert une grande cuillère de légumes grillés à Soraya, de l'omelette, des pommes de terre aux oignons.

— *Bon appétit !* lui lance la jeune femme.

Si polie, dans tous les sens du terme. Et son anglais... Quand elle lui répond, Astrid a l'impression de courir dans un sac en toile de jute à côté d'une panthère.

— *Comment as-tu trouvé Amanda et Max ?*

— *Gentils.*

— *Tu es contente de les avoir rencontrés ?*

Soraya ne quitte pas le sweat qu'Ida lui a acheté. Astrid en prendra un autre bientôt.

— *Je ne sais pas si je dirais « contente ».*

— *Pourquoi ?*

— *Parce que, si j'ai tout compris, arriver ici ne me garantit pas la nationalité française.*

Soraya mâche longtemps avant de continuer.

— *C'était... magique.*

— *Quoi ?*

— *Entendre Max parler arabe.*

— *Comme te sentir à la maison.*

— *Exactement.*

Astrid frissonne.

— *C'est bientôt les vacances, peut-être qu'il pourra revenir ?*

À la seconde où Max a ouvert la bouche, Soraya s'est illuminée de l'intérieur. Sa posture a changé, ses gestes, son attention. Pas seulement parce que Max et Amanda lui parlaient d'un sujet important. Astrid aurait eu la même réaction en écoutant la voix de Kamal : soudain, les murs sont plus droits, chaque chose reprend sa place dans le monde.

Astrid les a trouvés sympathiques. Elle douce et attentive, lui jeune et appliqué. Il est tout nouveau bénévole, c'est la première fois qu'il servait d'interprète. Astrid lui a glissé un : « N'hésite pas à revenir quand tu veux. »

Pendant qu'ils se sont promenés, lui et Soraya, Amanda lui a expliqué le fonctionnement de l'association. Soraya était mieux chez Astrid que dans le refuge bondé. Astrid devait songer à l'avenir du bébé. Soraya ne voudrait sûrement pas le garder. Amanda a été compréhensive. Elle a dû en voir d'autres.

Soraya termine de dîner dans le silence. Elle propose de faire la vaisselle. Déjà la fillette réclame à manger de son filet de voix frais.

— *Tu éteindras les lumières ? Je monte !*

— *Pas de souci.*

Astrid se cache dans sa chambre, donne le biberon au bébé rouge de récrimination, sourit quand le pleur se métamorphose en grognement satisfait dans le fond de la gorge. La frontière entre Soraya et sa fille est une zone minée. Astrid se tient à la frontière et brandit le drapeau blanc. Personne n'a l'air de le remarquer.

Astrid pose le bébé dans son carton, murmure un « bonne nuit, petite grenouille », a presque envie de rire

– ladite nuit aura une durée maximale de trois heures dans le meilleur des cas.

Elle glisse jusqu'à la salle de bains, remarque la lumière sous la porte de Soraya. Il y en a toujours, la nuit. Soraya ne dort pas. À quoi pense-t-elle ? Comment l'aider ?

À cette heure, la maison devrait bâiller, surtout après les hurlements de la fillette. Au lieu de ça, elle craque et murmure. Astrid se brosse les dents dans la lumière pâle, elle est cernée. Le silence autour d'elle est peuplé d'autres vies, des vies qui ne sont pas sa chair, des bruits qui ne sont pas son cercle. Elle jette un peu d'eau sur son visage éreinté.

La petite chouine. Astrid pose la main sur son ventre, la berce. Croise le regard qui cherche, repart. S'oublie. Les nuits en pointillé la vident.

Astrid se recouche à côté des cartons.

Ida a croisé Ange. Elle réclame un thé noir avant de raconter l'entrevue. Astrid surveille la cuisson du déjeuner, nourrit la fillette en même temps. N'est pas encore lavée.

— Il y a du Earl Grey dans le buffet. Le reste, tu connais.

— Bien sûr, excuse-moi.

Astrid sourit. Elle s'est brièvement agacée. Agacée d'être débordée.

— D'habitude, Ange est plutôt discret. Là, je me demande s'il ne m'attendait pas. Il est sorti pile au bon moment, et m'a bombardée de questions.

Astrid maintient la petite contre son épaule en remuant le riz.

— Quel genre ?

— « Tu as vu que la maison de Raymond est habitée ? » On aime bien tourner autour du pot, chez nous… « Par une famille, non ? »

Astrid déteste jusqu'au prénom de cet homme. Ida égrène les détails de leur échange tandis que la bouilloire s'éveille, elle sort la théière, saupoudre le thé, déniche la passoire au fond d'un tiroir. Elle a joué au chat et à la souris, Ange est reparti bredouille avec son fusil.

— Tu as besoin de courses ? Oh, délicieux, ce thé !

— C'est toi qui l'as acheté.

— J'ai bon goût. Au fait, j'ai reçu un message, le lit de Soraya n'arrivera pas tout de suite, il y a des délais de livraison invraisemblables.

— Un matelas et une porte qui ferme, c'est déjà un grand pas.

Astrid hoche la tête en terminant sa phrase.

— Je l'espère, en tout cas.

— J'en suis sûre, coupe Ida. Et les courses alors ?

— Je t'ai fait une petite liste. Et je crois qu'il est temps d'acheter un couffin.

Ida se tait avant de lancer un « belle symbolique... »

— Signifier à Soraya que je m'occupe de sa fille, tu veux dire ?

— Oui.

— Mais c'est ce que je fais, Ida ! J'y passe mes journées, mes nuits. Je nourris, je berce, je calme, je change, je chante. Je ne dors pas plus de deux heures d'affilée. J'ai perdu un kilo. Je ne peux pas laisser cette gamine sans soins dans un carton !

— Et je t'admire. Je n'ose pas imaginer, je n'ai pas d'enfants.

Le riz sent le brûlé. Astrid éteint le feu, enlève le biberon de la bouche goulue qui bave sur son pull.

— Tu en voulais ?

— Non. Pour moi, maternité rime avec esclavage.

Astrid installe mieux la fillette contre elle, tend une tasse vide à Ida, s'assoit pendant que la montagnarde continue :

— Ne le prends pas mal, mais avoir des enfants, c'est accepter de passer après, de se sacrifier, de ne jamais être à la hauteur.

Astrid souffle sur son thé brûlant.

— J'ai vu les femmes autour de moi épuisées par leurs mômes, s'agitant dans tous les sens pendant que leurs maris pensaient carrière, renonçant à une partie d'elles-mêmes balayée dans le caniveau avec les couches, les petits pots et les bavoirs.

— C'est vrai. Mais les enfants, c'est aussi de la joie, des fous rires, du mouvement, des questionnements sur eux, sur toi, c'est un chemin.

— À quel prix ?

— Tu donnes beaucoup et tu reçois aussi. Tout dépend du père, de la place qu'il prend, de celle que tu lui donnes.

Ida secoue la tête.

— Je t'entends, mais je suis heureuse de mon choix.

— Je comprends.

— Du coup, je n'ai jamais vécu de nuits entrecoupées de braillements de nourrissons. Je te trouve bien courageuse.

La fillette remue, sourit, grogne.

— Ida, sérieusement, tu saurais où trouver un couffin ? La petite y serait mieux, et je pourrais sortir, faire les courses, reprendre un semblant de vie.

Elle sera toujours un semblant, désormais. Ida repose sa tasse et fronce les sourcils.

— Remarque, personne ne te connaît, dit-elle après un moment. Personne ne peut savoir que tu n'as pas accouché.

— Personne ne peut *l'imaginer*. À part le notaire, et encore. Le déni de grossesse, ça existe.

— À ce point-là ?

— Oui.

— Tu n'as pas peur de laisser Soraya seule ?

— Pourquoi ?

— Elle est si triste parfois.

La fillette dort sur l'épaule d'Astrid, sa joue ronde écrasée. Son souffle lui chatouille l'oreille.

— Je peux attendre que Max rentre. Max, tu sais, le jeune bénévole ? Il s'est baladé avec Soraya, j'ai l'impression qu'ils s'entendent bien. Il m'a envoyé un message, il l'aidera autant que possible. Il passera les vacances scolaires chez ses parents, donc pas très loin.

Le corps d'Astrid a retrouvé le chemin de la danse ancestrale, le rythme délicat et rapide du bercement.

— Ça ne peut pas te faire de mal de sortir. Peut-être aussi que Soraya a besoin d'être seule, ajoute Ida.

Elle ramasse des miettes sur la table d'une main distraite.

— Je pourrais lui proposer de faire de la céramique.

— Oh, quelle bonne idée !

— Je dois terminer une commande pour un mariage, mais ensuite, j'aurai du temps.

— Bientôt ?

— D'ici deux semaines.

— Amanda a très peur que Soraya soit arrêtée avant de déposer sa demande, chuchote Astrid.

— Pourquoi ?

— La situation est tendue.

— Merde.

— Elle vient tout juste d'avoir dix-sept ans. Nous avons décidé de lui redonner d'abord des forces, qu'elle mange, se repose, se retape.

— Vous avez raison.

— Je l'espère. Tu restes pour déjeuner ? Un riz brûlé ?

— C'est adorable mais je dois tourner des assiettes, une tannée. À moins que tu préfères que je reste ?

— Tout va bien.

— Alors à vite, j'irai faire les courses en fin d'après-midi, d'accord ?

— La librairie est sur le chemin ?

— Le chemin est souple.

— J'ai commandé des bouquins.

— Je te les prendrai en passant.

Ida avale d'un trait la fin de son thé tiède et lance un baiser à Astrid avant de disparaître. Astrid couche le bébé dans son carton, appelle Soraya pour déjeuner.

Sa fille est sur Terre depuis plusieurs jours. Son nom se réduit à « petite grenouille ».

« Et toi   et moi   nous deux ensemble
à cet instant où nous nous croyons immobiles
nous faisons pourtant route   nous aussi nous migrons
Vers quelle saison ?   Vers quel rivage ?   Vers quel silence[1] ? »

Claude Roy

Astrid devrait peindre la deuxième chambre. Les nuits taillées à coups de hache burinent son corps, le monde noircit.

« Putain, tu étais censé étendre la machine ! »
« Eh ben j'ai oublié, voilà ! »
« Le linge pue le moisi, il faut que je la relance ! »
« Je vais le faire ! »
« Et je vais être en retard à ma réunion ! »
Déchirements de fatigue, la colère, chimère aux grandes dents hilares, immiscée entre eux comme un lit de ciment entre deux briques.

Astrid est seule. Personne contre qui s'énerver, se décharger. Elle pourrait hurler sur Soraya, « c'est *ta* fille,

1. Claude Roy, « La grande migration », *À la lisière du temps*, © Éditions Gallimard, 1984.

bordel, occupe-t'en ! J'ai eu mes enfants, *MES* enfants, pas question de les remplacer ! » Aucun sens. Où Astrid a-t-elle lu que la colère n'est pas une émotion ? Plutôt un paravent, une illusion derrière laquelle se cache une autre émotion, réelle celle-là – peur, tristesse. Soraya aussi est en colère.

Depuis quelques jours, la petite grenouille hurle tous les soirs, proteste à son tour. Astrid l'observe en la berçant, le visage rouge, la bouche édentée, corps faible, dépendant, tellement dérisoire, tellement fragile. Astrid la serre contre elle, arrête de pleurer, je n'y peux rien, ta maman non plus, elle fait ce qu'elle peut, toi aussi, tu feras ce que tu pourras, tu verras, oublie les grandes idées, s'en veut de la raboter sitôt née.

Soraya l'ignore. Soraya veut sûrement « reprendre une vie normale. » N'a pas compris que ça n'arrivera plus, la vie normale a foutu le camp.

Astrid a commandé un nouveau téléphone. Une nouvelle puce, un nouveau numéro.

Nouveau.

Celui-là est branché.

Quand il sonne, elle sursaute.

— Bonjour Astrid, c'est Amanda.

— Attends, ne quitte pas.

Elle installe la petite grenouille dans son nouveau couffin, y impulse le mouvement millénaire avant de reprendre son téléphone.

— Tu vas bien ?

— Et toi ? Tu t'en sors avec ce bébé ?

— Je tiens le coup, mais je l'accuse aussi.

— Et sa maman ?

— Elle ne veut toujours pas en entendre parler.

— Le pédiatre que je connais est en mission à l'étranger.

— Tu n'en connais pas d'autre ?

— Je vais me renseigner, j'en ai parlé avec des membres de l'asso, tout le monde part à la pêche. Le schéma classique est le suivant : tu consultes le premier venu en lui expliquant que cette enfant est illégale en France et que sa mère n'en veut pas, la fillette risque d'être placée.

Astrid jette un coup d'œil au bébé repu, le vigoureux balancement l'incite à fermer les yeux.

— Ça ne laisse aucune chance à Soraya.

— Mais sa fille pourrait être accueillie dans une famille attendant désespérément un enfant. Elle pourrait grandir ici, s'y construire, être heureuse.

— Une bonne chose.

— On risque quand même de t'interroger sur la façon dont tu l'as récupérée. Tant que Soraya n'a pas déposé sa demande, ce rendez-vous peut attirer l'attention sur elle.

Les yeux sont clos. Astrid ralentit le rythme, enlève sa main avec précaution. L'eau s'écoule dans la tuyauterie, Soraya prend une douche.

— Il revient quand, le pédiatre dont tu m'avais parlé ?

— D'ici une petite semaine, a priori.

— Oh, ça va. Je m'attendais à trois mois.

— L'enfant n'a pas été examinée depuis sa naissance, n'est-ce pas ?

— Non, mais elle mange bien, grandit. Je serais rassurée de l'emmener chez un médecin, mais je ne suis pas inquiète.

Un épais silence s'infiltre dans la conversation, le sous-texte électrique, comment le sais-tu, tu n'as pas d'enfants... Astrid prend une longue inspiration.

— Merci beaucoup d'avoir appelé Amanda, tu me préviens dès que tu as des nouvelles ?

— Pas de souci.

Astrid attrape les anses du couffin, emporte la fillette dans sa chambre. Désormais, elle y fait une flambée le matin. L'espace est moins étréci. Dans son coin, le carton est chaud. C'est presque comme un autel clos et caché. Elle y songe, parfois – exposer leur photo sur la cheminée, les embrasser au lever du soleil, les ceindre de fleurs, de feuilles, de branches de sapins et de pommes de pin. Pour l'instant, impossible. Les regarder et fondre en larmes. La date fatidique approche. Bientôt un an. D'absence à soi, au monde. De translucidité.

Le feu s'est éteint. La température est fraîche mais agréable. Astrid dépose le couffin à côté du carton de reliques, ajoute une bûche.

« Jeanne ? Julie ? »

« Ah, donc d'après toi, c'est une fille ? »

« J'adore Stella… »

« Moi aussi, j'adore Stella, Kamal, elle serait notre bonne étoile, mais tu pars du principe qu'on aura forcément une fille ? »

« On aura une fille. »

Le salon baigne dans la pénombre. Ils sont enlacés sur le canapé, les jambes emmêlées. Il lui caresse distraitement le dos. La maison contient leurs deux vies.

« Tu me fais penser à ces gens qui essaient de deviner le sexe du bébé en fonction de la forme du ventre. »

Il rit, ses longs cils noirs se touchent quand il plisse les yeux.

« Il paraît qu'une fille avec son papa, c'est canon. »

« Un garçon avec sa môman aussi. »

« Je n'ai pas d'idée pour un garçon… » lâche-t-il à voix basse.

Dehors, par la fenêtre ouverte à l'espagnolette, le brouhaha de la ville, de la vie, à l'écart ; ils sont dans leur nid.

« Je n'ai pas envie d'avoir un garçon. » murmure-t-il.

« Pourquoi ? »

Astrid le laisse venir, grandir, saisir.
« J'ai peur. »
La main de Kamal ralentit dans son dos. Astrid attrape un bout de ciel par la fenêtre. Un triangle rose, couleur du temps qui passe.
« Tu sais pourquoi. »
« Dis-le moi. »
La main repart, mouvement, réflexion.
« J'avais six ans quand mon père est mort. Mon beau-père était un vrai connard. »
Astrid l'écoute, l'aime.
« Je n'ai pas de modèle. Avec une fille, pas de virilité à outrance, pas de codes, de l'inédit. »
« J'aime vraiment beaucoup Stella. »
Astrid a des fourmis dans les jambes, bascule sur le dos, se délie, se réinstalle contre Kamal, poursuit :
« Je n'ai aucun doute. Tu seras un papa merveilleux. Quoique tu en penses. On inventera. Tom ? »
« Tom. Pas mal… »

Dans les deux cas, les prénoms étaient venus sans heurts. La petite grenouille est apatride, anonyme, pas de connexions, d'histoire, de famille au creux de laquelle se blottir, s'inscrire, dont se défaire ensuite pour mieux devenir soi. Pas de terreau dans lequel plonger ses racines à la recherche de liens oubliés. La petite grenouille est têtard dans un marais mort, privée des feux follets éclairant la nuit dans un jaillissement de couleurs à attraper, vite.

Astrid observe le front qui se plisse dans le sommeil.

Cette nuit, elle s'endort en serrant fort une figurine de Jibril.

Soraya est là depuis plus de trois semaines mais pour la première fois, Astrid et elle sont toutes les deux assises devant la cheminée. La *chose* est couchée là-haut, dans un couffin neuf apporté par Ida.

Plus de carton.

Soraya ne sait pas quoi en penser.

D'habitude, Astrid monte dans sa chambre aussitôt la table du repas débarrassée et le prochain biberon préparé – la tétine et la bouteille propres, le lait en poudre à portée de main, l'eau minérale, le petit bavoir. Soraya fait semblant de ne rien remarquer. Elle ment. Astrid n'est pas une débutante. Elle répète des gestes automatiques, pratiqués.

Où sont ses enfants ? Son mari ?

Ce soir, elle lui a proposé de l'accompagner dans le salon. Astrid possède désormais une grande chaise à bascule. À moitié allongée dedans, elle est absorbée par le bal des flammes. Soraya, elle, est de nouveau étendue sur le canapé, lovée sous la chaleur du plaid, celui sur lequel elle s'est débarrassée de la *chose*. Il sent la lessive, il est doux.

— *Soraya...* commence Astrid.

— *Oui ?*

Astrid attend une poignée de secondes avant de jeter sa bombe.

— *Nous devons donner un nom à ta fille.*

C'est l'effet que ses mots font à Soraya. Une bombe. Elle explose aussitôt :

— *Ce n'est pas ma fille !*

— *La laisser sans nom est cruel.*

Astrid a appuyé sur un bouton, Soraya a envie de la gifler, de lui faire mal.

— *Ne me dis pas que je suis cruelle !*

— *Je ne dis pas que tu es cruelle, je dis qu'elle est là, vivante, elle respire et n'a rien demandé à personne. Elle mérite un prénom. Elle mérite d'être reconnue.*

Soraya serre les dents. Quelque chose dans le timbre d'Astrid la retient.

— *C'est compliqué pour moi, de m'occuper de ta fille, Soraya.*

— *Je sais, je suis désolée.*

— *Non, tu ne sais pas !*

— *Eh bien d'accord, je ne sais pas. Mais je sais une chose : j'aurais préféré qu'elle meure !*

— *TAIS-TOI !*

Astrid s'est penchée d'un coup en avant, la chaise à bascule est collée au sol.

— *Ne dis plus jamais ça, tu m'entends ? Tu n'as aucune idée de ce que tu racontes, AUCUNE !*

Son cri déchiquette Soraya de l'intérieur mais elle se ressaisit :

— *Et toi ? Tu n'as aucune idée de ce que j'ai traversé, AUCUNE !*

À son tour de hurler :

— *Qui es-tu pour me faire la morale ? QUI ?*

Soraya halète de colère mais Astrid se cache le visage dans les mains. Une salve de sanglots la secoue. À cette seconde, Soraya comprend à quel point cette femme lui échappe. À quel point elle porte un fardeau peut-être aussi lourd que le sien. Soraya est une victime, chassée de chez elle, elle a perdu ses parents, a été humiliée, torturée, elle a eu faim, honte, peur. Mais elle n'est pas la seule. D'autres, ailleurs, traversent l'enfer, et l'enfer invente toutes les histoires.

Soraya jaillit du canapé en écartant le plaid et fond sur Astrid. Elle la prend dans ses bras, cette femme qui l'a sauvée, qui la soutient sans rien demander, sauf un prénom, elle qui partage son cauchemar, l'en allège, Soraya s'agenouille et la serre contre elle.

— *Je suis désolée... Astrid, pardonne-moi.*

Ses pleurs ne s'arrêtent plus, comme si elle les retenait depuis longtemps, les remparts cèdent dans un fracas de tonnerre, charriant la peine enfouie, la vie qui continue sans goût et sans lumière.

— *Je suis désolée, Astrid.*

Soraya reste de longues minutes sans bouger, le corps d'Astrid contre le sien. Puis Astrid se redresse et Soraya se détache. Elle se glisse à nouveau sous le plaid.

Astrid est allongée dans sa chaise à bascule et contemple les flammes. Si ce n'était son visage humide et ses yeux rougis, on pourrait croire qu'il ne s'est rien passé.

Sa voix est grave quand elle commence à raconter. Elle parle en français. Soraya ne comprend pas tout ce qu'elle dit, capture quelques mots par-ci par-là, bonbons colorés sur un lit de cailloux gris. Astrid lui confie son secret. Elle lui dit son histoire, sa douleur, elle la lui offre et Soraya entre à l'intérieur d'elle comme elle est entrée dans sa maison, simplement.

Il est question d'enfants.

Deux.

D'amour.

Il s'appelait Kamal.

De fin.

Astrid ne pleure plus mais l'histoire lui coûte. Elle va chercher les mots loin, les arrache d'un lieu interdit où plus rien ne pousse et surtout pas l'espoir. Sa voix parfois s'éteint.

Soraya attend. Astrid inspire, reprend.

Paris. Une vie douce. Des enfants qui grandissent. Kamal et la montagne.

Sa voix est tendre, une rivière de tristesse.

Astrid ne nourrit pas le feu. Dans la cheminée, les flammes se ratatinent à force de l'écouter, baissent la tête, trop de chagrin.

Soraya n'est pas une gamine trouvée dans une tempête de neige. Elle est sa sœur, leurs souffrances se font écho, un écho terrible, froid et désolé.

Astrid se tait. Tend son téléphone à Soraya. Sur l'écran lumineux, Soraya rencontre un homme de l'âge d'Astrid, souriant, brun aux yeux noirs.

— Kamal.

Astrid désigne deux petits garçons hilares :

— Jibril et Tom.

Elle les a perdus. Ils sont morts. Une vie de mouvement qui se fige.

Le silence.

— Je n'avais aucune idée de ce qui nous attendait lorsque nous avons quitté la Syrie. J'étais une fille normale, pas riche, pas démunie non plus. Mon père était instituteur, lettré. Ma mère aussi.

Soraya parle arabe, sa langue, celle de ses parents, celle qui l'a sculptée. C'est elle qui dira le mieux sa peine.

— Nous sommes partis sans rien. Nous vivions à Alep, cœur du soulèvement syrien. La guerre faisait rage, des corps avaient été repêchés criblés de marques de torture. Des quartiers étaient pilonnés, des civils tués. Mes parents militaient pour une démocratie. Et puis, il y a eu le massacre de la Ghouta, le sarin. Mes parents ont commencé à s'interroger. Pourtant, il a fallu de longs mois avant qu'ils se décident à quitter notre pays. Mon oncle, le mari d'Ibtissam, a disparu, sûrement enlevé, torturé. Mort. Un ami a débarqué chez nous un jour et a prévenu mon père qu'il serait le prochain. Il a fallu s'enfuir du jour au lendemain.

Soraya serre le plaid autour de ses épaules.

— Nous avons marché, pris des voitures, des bus. Nous sommes arrivés en Turquie par des petites routes. Des Syriens nous ont indiqué l'adresse d'un passeur. L'homme a pris beaucoup d'argent à mes parents, nous a hébergés. Nous avons attendu plusieurs semaines, enfermés avec d'autres gens dans un appartement, partageant la salle de bains, les toilettes. Une nuit, le passeur nous a fait lever et

nous avons rejoint un camion. Nous étions une trentaine, parqués au fond de la remorque. Des palettes ont été ensuite installées pour nous dissimuler. Ces palettes étaient pleines et lourdes. J'avais peur qu'elles nous tombent dessus et nous écrasent.

Les mains de Soraya sont moites. A-t-elle vraiment envie de revivre tout ça ? Astrid l'a fait, elle.

— *Nous devions passer par la Bulgarie, la Roumanie, puis direction l'Allemagne pour rejoindre la France. C'était le plan de mon père. Le camion a été fouillé après la frontière. Nous avons été parqués dans un camp en Bulgarie. Harmanli. Personne ne connaît ce nom. C'est le nom de l'enfer.*

Astrid se balance dans sa chaise longue et ne quitte pas Soraya des yeux.

— *C'est à Harmanli que Sherine est morte. Dans la boue, la crasse, sur un lit militaire défoncé, au milieu des rats, des poux, alors que des maladies respiratoires emportaient les bébés et que mon frère luttait contre la gale.*

Astrid dévisage Soraya.

— *Nous étions dans un camp en Bulgarie,* précise Soraya en anglais sans savoir pourquoi.

Astrid hoche la tête.

— *Être une fille dans un camp. Ne pas sortir après 18 heures, même pour aller aux toilettes – dans un état plus repoussant que dans les plus abominables cauchemars. Sous la tente en famille, et tant pis si tu as une envie pressante, tu te retiendras jusqu'au jour, parce que des hommes traînent partout, surtout près des douches, des toilettes. La nuit, on entend des hurlements. Les poubelles s'amoncellent, les bungalows et les tentes militaires sont décrépis, des feux dans des bidons, à même le sol, la saleté, des excréments humains, des couches, des bâches et des sacs en plastique accrochés aux branches d'arbres, les couvertures maculées, des monceaux informes de vêtements déchirés. L'odeur innommable. Faire des détours pour s'éloigner des tas d'ordures qui pourrissent le ventre à l'air. On est traités pire que des chiens errants à la fourrière. Tout ça parce qu'on n'a pas voulu mourir.*

Soraya s'arrête, la bouche pâteuse. Harmanli surgit des flammes, abominable.

— *Ma sœur est morte un matin, sous la pluie. Mes parents ont rassemblé leurs dernières économies et ont déniché un passeur pour moi et ma tante. J'étais l'aînée. Mes frères étaient trop jeunes, et Zyad et Rachid avaient attrapé la maladie de Sherine. Ils ne pouvaient pas quitter le camp dans cet état. Le pari était risqué, une femme et une fille seules. Mais c'était mieux que mourir à Harmanli.*

Astrid pense à raviver les flammes dans la pénombre. Elle prend le soufflet, attise les braises, ajoute deux bûches. Soraya attend qu'elle ait terminé. Astrid se tourne vers elle en se calant dans son rocking-chair.

— *On est sorties du camp le jour même, au début de la nuit. Ma mère pleurait dans notre tente, moi aussi ; sur le chemin, ma tante serrait ma main si fort qu'elle me faisait mal. Mon père nous a accompagnées jusqu'au point de rendez-vous. Le froid nous dévorait, il y avait des plaques de neige partout, la boue avait gelé. Personne ne nous a aidées à monter à l'arrière du camion. Il a démarré alors que je n'étais pas encore assise, je suis tombée mais j'ai tout de suite relevé la tête : je voulais voir mon père. Il a rapetissé au loin, dans la nuit maudite d'Harmanli.*

Qu'il est difficile de transformer les souvenirs en mots. Ils quittent leur refuge flou et obscur, enfilent leur costume de réalité abjecte et s'évadent en chair et en os pour danser hors de la tête de Soraya. Ils y laissent leurs frères jumeaux, fantômes à peine ternis.

— *On a fait le voyage avec deux familles et quelques hommes. Tous en guenilles. J'étais frigorifiée, je tremblais. On a roulé, roulé, roulé. Je me suis endormie contre ma tante, elle contre sa voisine. Quand on a ouvert les yeux, le soleil se levait. Le passeur s'était arrêté. On est restés sans manger, sans boire, sans bouger. Ma tante et moi sommes sorties une fois pour nous soulager juste à côté du camion, terrorisées à l'idée que le passeur redémarre sans nous. Quand la nuit est tombée, le camion a repris la route. J'étais épuisée. Le voyage a duré encore plusieurs heures, puis le chauffeur a stoppé son engin. Nous étions en Roumanie. Il nous a fait descendre à la lisière d'une forêt et il est aussitôt reparti. Il avait besoin de trente minutes, le temps d'acheter à manger. Ça ne durerait pas longtemps, a-t-il juré, on n'avait qu'à se cacher dans la clairière qui s'ouvrait au bout d'un chemin de terre.*

Le moment approche et le corps de Soraya se débat. Elle commence à trembler comme cette nuit-là, dans ce pays turpide où elle est un peu morte.

— *Nous avons trouvé la clairière. Tout autour, la forêt sombre s'étendait à perte de vue. Au bout de plusieurs heures, il faisait grand jour. Nous tournions en rond au milieu des arbres et des buissons, l'espoir se réduisait au fur et à mesure que le soleil montait. Il est devenu évident que le chauffeur ne reviendrait pas. Un enfant a mangé des baies et a vomi. Des hommes sont partis, une famille, l'autre. Le froid était atroce mais ma tante ne voulait pas suivre les familles : en groupe, on risquait de se faire repérer. Alors nous avons encore attendu. Je marchais de long en large dans l'herbe gelée, j'observais les volutes d'air expulsées de ma bouche et le tronçon de chemin que je creusais. Quand le soleil a embrassé la terre, nous avons avancé au hasard. Le hasard a été un salaud.*

Soraya se rend compte qu'elle pleure, des larmes coulent dans son cou.

— *Nous avons traversé la forêt, terrorisées à l'idée des bêtes sauvages qui pouvaient nous sauter dessus. Il n'y a pas de forêt de ce genre en Syrie. Nous avons débouché sur une route qui s'assombrissait chaque minute. Je mourais de soif, de faim, mes jambes ne me portaient plus. Une voiture est apparue dans un virage et nous n'avons pas bougé. Ma tante n'avait plus le courage de courir, moi non plus. La voiture s'est arrêtée. La fenêtre passager s'est baissée. « Roumanie ? » a demandé ma tante. « Albanie », ont répondu trois policiers en uniforme. On ne comprenait rien à ce qu'ils racontaient et on a fait mine de s'éclipser. Les hommes sont sortis de la voiture, le jour s'enfuyait, la forêt m'effrayait, ils nous ont rattrapées, ma tante s'est mise à pleurer, supplier et crier, on est deux pauvres femmes, laissez-nous pour l'amour de Dieu. Ils l'ont giflée si fort qu'elle est tombée. Nous n'avons plus moufté après ça. Les policiers nous ont fait monter dans leur voiture.*

Soraya déglutit, la bouche sèche.

— *J'ai très peu de souvenirs immédiats, après. Le commissariat dans un village gris, les murs sales, les lumières blafardes. Ma tante pense que quelqu'un nous a dénoncées. Un des policiers a demandé nos passeports, on n'en avait pas. Un plus grand avec une cicatrice au cou a crié un truc et ils ont ri. Il s'est approché de moi, m'a demandé :* « Passport ? You want ? », *m'a prise par le bras sans attendre et m'a entraînée dans les couloirs. Une porte en métal marron s'ouvrait sur le dehors, il m'a poussée devant lui. On a traversé une courette. De l'autre côté, il y avait un baraquement. J'étais déjà épouvantée mais à la vue de cette maison, j'ai compris. J'ai tenté de résister, de me sauver, mais il m'a tiré comme un chien au bout d'une laisse. J'étais une brindille entre ses mains. Il a ouvert les portes, une des familles avec laquelle on avait fait le voyage était assise à même le sol. Il leur a mis des coups de pied en hurlant, ils sont sortis et...*

Sa gorge lui fait mal. Astrid ne peut pas comprendre et pourtant, elle lance :

— *Ne donne pas de détails, Soraya, laisse-les là où ils sont !*

Soraya et elle sont les deux faces d'un même disque. Soraya ne la quitte pas des yeux, elle murmure, en anglais cette fois, parce que peut-être, la réalité sera moins tangible, les images altérées par des mots nés ailleurs :

— *Il faisait froid, humide, j'ai essayé de me débattre. Il m'a jetée par terre. Il y avait du ciment gelé. La nuit, je le sens encore sous mon dos, mes fesses, ce ciment glacial...*

Elle s'essuie le visage avec la manche de son sweat.

— *Parfois, j'ai des flashs, je sens son haleine, son poids. Alors je me dédouble. Je m'extrais, je quitte mon enveloppe charnelle, je flotte. Je regarde mon corps du dessus, mon bourreau, son pantalon aux chevilles, sa veste de policier, et je m'envole, je franchis les murs du baraquement. Je trouve un balai, un rocher, n'importe quoi qui me permette de fermer la porte, de l'empêcher de sortir, et je mets le feu. J'entends ses cris indignés, puis suppliants, affolés ; il brûle, le pantalon aux chevilles, il étouffe dans la fumée, prisonnier. Il meurt. Moi aussi, mais seulement la partie qu'il m'a volée.*

Soraya serre plus fort le plaid contre elle.

— *Je n'ai aucune idée de la façon dont on est reparties. A-t-on été libérées ? S'est-on enfuies ? Je n'ai même pas posé la question à ma tante. Je ne voulais plus parler, plus retourner dans ce coin de ma tête où tout est gravé pour toujours comme un fossile géant sur la pierre. Je sais qu'on a marché encore, marché, marché, marché. J'ai commencé à reprendre mes esprits en Bosnie. Des gens nous ont hébergées quelques jours. Nourries. Et j'ai compris que mon ventre était habité par un monstre. Je me suis réveillée peu à peu pour me confronter à une autre horreur. Certains jours, j'étais tellement fatiguée que je ne sais plus comment on a avancé. Et je me souviens de l'Italie. On marchait la nuit, dormait le jour, on mendiait.*

Astrid est en larmes, elle aussi. Pourquoi le monde n'est-il pas fait d'Astrid, des Astrid hommes, femmes, petits, grands, gros, maigres, de toutes les couleurs ? Comme le monde serait doux. Il y en a d'autres, bien sûr, ses parents sont des Astrid, Ibtissam était une Astrid, il en existe dans tous les pays, sous toutes les latitudes. Soraya en a croisé plusieurs pendant son périple. Ce médecin bulgare qui a essayé de sauver Sherine, le vieil homme de Slovénie avec sa grange pleine de foin qui sentait si bon, où elle et Ibtissam sont restées une semaine, où elles ont mangé à leur faim. Mais combien, à côté, qui broient, démolissent, mentent, profitent, battent, violent ?

Soraya refuse de l'utiliser, il est si dur, si tranché, ce mot. Pourtant, c'est celui qui dit son chemin. C'est si facile de détruire.

— *Ma tante a commencé à respirer mal après l'Albanie mais je ne sais pas quand au juste. Maintenant, elle est morte.*

Une bûche éclate en milliers d'étincelles qui s'égaillent dans la cheminée. Petite, Soraya aimait les feux d'artifice. Aujourd'hui, ils la terroriseraient. Ils font le même bruit que la guerre.

« Veuve. L'araignée amère reste,
Elle reste là, au centre des rayons sans amour.
La mort est la robe qu'elle porte, son chapeau
et sa collerette[1]. »

Sylvia Plath

Astrid tâtonne dans le noir, la voix aiguë la déchire, elle aussi voudrait que quelqu'un se lève, la sorte de son lit-prison, vie-prison, la berce et prépare un biberon.

Elle reste allongée dans la chaleur du lit.

> La voix aiguë la déchire. Les yeux collés par le manque de sommeil, Astrid distingue le grand corps de Kamal qui s'approche du berceau, murmure un « chhhhht, chhhht », emporte Jibril crispé jusqu'à la cuisine, elle entend le chauffe-biberon, son compte à rebours mécanique, goûte la chaleur du lit, se rendort.

Astrid allume la veilleuse, repousse la couette et de rage, la fait valser sur le sol, elle grogne, bondit, s'approche du berceau, attrape le petit corps crispé, a envie de l'écraser, de

1. Sylvia Plath, « Veuve... », *Arbres d'hiver* précédé de *La Traversée*, traduit de l'anglais (États-Unis) par Valérie Rouzeau, © Éditions Gallimard, 1999.

le secouer, elle n'en peut plus, mais qui es-tu, que veux-tu, va-t-en, laisse-moi tranquille, tais-toi, tais-toi ! Elle le serre contre elle, « doucement, petite grenouille, je suis là, ça arrive, chhhht, chhhht... », appuie sur le chauffe-biberon rapatrié pour la nuit dans sa chambre, marche en rebondissant de long en large sur le parquet moqueur pendant que l'appareil égrène son compte à rebours, mélange le lait, l'eau, glisse la tétine dans la bouche si fâchée qu'elle continue de brailler avant de comprendre et de se refermer avec avidité.

Astrid se glisse dans son lit et observe la figure curieuse qui tète dans ses bras.

La *chose* s'appelle Stella.

Astrid a proposé Georgia, Yasmina, Maria. D'autres encore. Elle devait y penser depuis longtemps. Stella signifie étoile. Soraya souhaite à la *chose* de trouver la sienne.

Elle a eu une insomnie une bonne partie de la nuit. L'Albanie comme une main accrochée à la cheville, les yeux ouverts sur le plafond noir, son téléphone allumé, celui d'Ibtissam à côté, et l'espoir sirupeux qui la prend à la gorge : un message va arriver, son père, sa mère, *ding ding*, ils sont là, ils ont réussi, ils vont être réunis, *ding ding*.

Astrid parlait et chantonnait dans sa chambre. Elle y a installé de quoi changer la *chose*. Elle devrait la garder. Elle ne le veut pas. Elle l'a dit à Soraya. La *chose* doit avoir une *vraie* famille. La preuve que Soraya ne doit pas s'occuper d'elle.

Lorsqu'elle sort de sa chambre, Astrid lance à Soraya un : « j'arrive tout de suite ! » depuis la salle de bains. Par la porte ouverte, Soraya aperçoit son grand lit défait. Des livres empilés les uns sur les autres comme des toits de maisons sans murs jonchent le sol. Elle s'approche. Le parquet la trahit mais elle entend l'eau couler dans la douche. Astrid parle à la *chose*, elle a dû emporter le couffin avec elle. Comme à chaque fois.

Les livres sont grands, petits, jaunes, blancs, colorés, noirs, ornés de dessins.

Soraya saisit le premier de la pile.
De la poésie.
Un côté est écrit en français, l'autre en anglais.
Elle lit :

« C'est moi-même
Que je laisse derrière moi,
L'enfant de ma mère,
Naïve, ignorante,
Dont l'âme avait pour pays
Ces brillantes collines,
Ce ciel du nord[1]. »

Ce sont des collines ensablées et un ciel du sud que Soraya a laissés.

En dessous, un énorme recueil, vieux toit fatigué. Emily Dickinson. Il est bilingue, lui aussi. Soraya prend les deux volumes et toque à la porte de la salle de bains.

— *Astrid ?*

— *Oui ?*

— *Je peux t'emprunter des livres ? Près de ton lit ?*

— *Bien sûr !*

— *Merci.*

Soraya descend jusqu'à la cuisine en petits bonds qui font craquer l'escalier.

Quel drôle de pays : un jour, la pluie et les nuages dévorent chaque recoin, le lendemain, le soleil efface la plus petite langue de brume comme la date de la veille sur un tableau noir et s'abat sur les sapins, les rochers, les clôtures, les sommets, aveuglant. Soraya feuillette les recueils dans le silence de la cuisine. Le café est encore chaud.

1. Kathleen Raine, *La Présence*, traduit de l'anglais (Royaume-Uni) par Philippe Giraudon, © Éditions Verdier, 2003.

Elle lisait de la poésie chez elle. Arabe ou traduite. Perse souvent. Ses parents en étaient friands. Ses amis aussi. Pas tous. Mais Ibtihal et Amin, oui. Ils s'échangeaient des livres, en lisaient même à voix haute. Noura les imitait, grands gestes, main sur le cœur, yeux qui roulent, et ils riaient, parce que ses postures ridicules étaient peut-être ressemblantes. La poésie, c'est l'amour, la mort, la solitude, la beauté. Soraya s'y reconnaissait. Elle était stupidement romantique.

Le nom d'Emily Dickinson lui est familier mais elle ne l'a jamais lue. Même en ligne. Elle aurait pu.

« Comme le Vent doit se sentir seul la Nuit –
Quand on éteint les Lumières et que plus rien ne luit
Et que tout ce qui possède un Antre
Ferme les volets et à l'intérieur rentre – [2]»

Soraya passe plusieurs heures assise sur un vieux banc déglingué installé devant la maison et lit Emily. D'abord dans l'ombre froide et humide des murs, puis dans un maigre rayon de soleil. Le rayon s'élargit peu à peu et finit par l'envelopper comme une couverture lumineuse. Sentir le soleil sur sa peau sans bouger, sans courir, sans fuir, le nez saturé de l'odeur de la terre humide, est d'une suavité exquise. Elle a besoin de ces moments. Elle laisse remonter des images, des sensations. Enfin posée. Enfin. Comme un semblant de paix après tant de chaos. Elle ne s'éloigne pas. Ange traîne dans le coin et son habit militaire l'effraie.

Astrid a bu un café avec elle.

— *Tu as lu les poèmes en anglais ?* a-t-elle demandé.

— *Oui !*

— *Et ?*

2. Emily Dickinson, « Poème 1441 », *Poésies complètes*, traduit de l'anglais (États-Unis) par Françoise Delphy, © Flammarion, 2009, 2020.

— *J'aime beaucoup. Je lisais de la poésie chez moi.*

— *Tu vas pouvoir m'en parler alors. Je n'y connais rien, je commence à m'y mettre.*

Astrid avait l'air heureuse de la voir lire ses recueils. Elle l'a écoutée lui réciter quelques vers de Mahmoud Darwich :

« Sur cette terre, il y a ce qui mérite vie : la fin de septembre, une femme qui sort de la quarantaine, mûre de tous ses abricots, l'heure de soleil en prison, des nuages qui imitent une volée de créatures, les acclamations d'un peuple pour ceux qui montent, souriants, vers leur mort et la peur qu'inspirent les chansons aux tyrans[3]. »

Soraya a traduit les vers pour Astrid, précisé qu'en Syrie, on adorait le poète palestinien.

— *Je peux te poser une question personnelle, Soraya ?*

Elle a acquiescé en espérant qu'elle ne serait pas *trop* personnelle.

— *Tu as l'air de venir d'une famille de gens cultivés. Tu n'avais pas de passeport ? De moyens de prendre l'avion ?*

— *Mon père a été orphelin très tôt. Il a été élevé par un de ses oncles. Il s'est promis de lui rembourser ce qu'il lui avait coûté. Il a fait le minimum d'études. Il est autodidacte. Ma mère aussi. Ils ont beaucoup appris ensemble, en s'aidant, en échangeant. Ils n'appartiennent pas à une classe élevée de la société. Ils sont instituteurs.*

Soraya a réfléchi.

— *Je n'étais jamais sortie de Syrie avant la guerre. Je n'ai jamais pris l'avion. Ma mère s'est arrêtée de travailler pour nous élever. Elle reprenait parfois une année d'enseignement par-ci par-là, mais c'était rare.*

---

3. Mahmoud Darwich, « Sur cette terre », *La terre nous est étroite et autres poèmes*, traduit de l'arabe (Palestine) par Elias Sanbar, © Éditions Gallimard, 2000.

— Et ses parents à elle ?

— Morts quand je n'étais pas née. Ils étaient paysans, en mauvaise santé.

— Je me demande si tu réalises à quel point tu es forte, Soraya... a murmuré Astrid après un moment.

Soraya n'a pas eu le temps de lui répondre. Astrid a filé voir la *chose.*

La montagne s'éveille sous la caresse du soleil. Elle grandit en s'éclaircissant. Le ciel bleu, lui, a l'air sérieux. Des passereaux volent d'arbre en arbre en piaillant, ondulent comme de minuscules dauphins de plumes. La neige a disparu.

Soraya repense aux hirondelles. Il y avait des nids dans le quartier de Jdeideh. Où sont-elles maintenant ? Les murs doivent avoir disparu, anéantis par les roquettes, jalonnés de trous béants.

Soraya habitait à l'est. Un jour, elle est allée faire des courses et rendre visite à Ibtissam avec sa mère et Sherine. Sortir était toujours horrible, longer les immeubles en guettant le bruit des tirs, les hélicoptères, les chars, les snipers, les rues à éviter, repérer en permanence où se réfugier si jamais. Mais il fallait bien trouver à manger. En rentrant, elles ont aperçu Rachid et Mu'taz accroupis dans une ruelle. Ils jouaient avec le fils du cousin de tata Fatima et remplissaient un panier de douilles récupérées dans le quartier. De vraies douilles qui avaient tiré sur des gens et des immeubles. Leur mère était furieuse. Pourtant, c'était normal, pour les frères de Soraya comme pour de nombreux enfants de Syrie. Certains ramassent des coquillages sur la plage. D'autres se penchent sur des feuilles d'arbres ou des bâtons. Ses frères, eux, récupéraient les douilles des combattants de l'Armée Syrienne Libre.

Y a-t-il encore des hirondelles en Syrie ?

Soraya déjeune avec Astrid. La *chose* cligne des yeux dans son couffin. Elle est chétive, riquiqui. Elle a été dans le ventre de Soraya. De temps en temps, elle se met à hoqueter et Astrid s'interrompt. Elle la caresse ou berce le couffin pour qu'elle se calme.

Astrid a préparé de délicieuses nouilles de riz aux légumes, un plat d'inspiration asiatique. Soraya découvre des goûts, des textures, ici, mais l'odeur des rues d'Alep la hante.

— *Si je t'écris une liste d'ingrédients, tu pourrais les acheter ? Pour la cuisine.*

— *Bien sûr,* répond Astrid. *Sauf si tu as besoin de produits spécifiques. Il faudrait aller loin. Tu penses à quoi ?*

— *Rien de compliqué. Je te marque le nom en anglais ?*

— *Oui, je traduirai et demanderai à Ida de les acheter.*

— *Super. J'aimerais te faire des* mou'ajjanat.

Astrid sourit.

— *C'est une spécialité de mon pays.* Mou'ajjanat. *Dis-le.*

— *Répète un peu ?*

— Mou'ajjanat.

Astrid s'exécute et Soraya a l'impression d'entendre le « abble bie » d'Ibtissam. Il faut aller chercher le « aïn » au fond de la gorge, le français ne connaît pas ce son. Soraya fait une démonstration à Astrid et son sourire s'agrandit.

— *'Aïïïn !*

— *Plus dans le fond de ta gorge ! Descends : 'aïn !*

— *'Aïïn ! Ne te moque pas !* s'exclame Astrid.

C'est plus fort qu'elle, Soraya éclate de rire et lui raconte la malédiction du « P », le « P » manquant, l'imPossibilité, le Problème. Astrid rit alors que Soraya enchaîne une multitude de phrases sans queue ni tête qui contiennent toutes des « P » transformés en « B ». C'est la première fois qu'elle voit rire Astrid.

Soraya fait la vaisselle et retourne sur son banc, emmitouflée dans l'anorak d'Astrid. Elle est un serpent profitant des rayons du soleil, réchauffe son corps glacé. Mais elles ont déjeuné tard et le soleil décline déjà, les montagnes sont des barrières infranchissables pour lui. Soraya entend les « clarines » de vaches au loin. L'atmosphère se rafraîchit, le ciel perd de son éclat.

Une voiture approche et la tire du sommeil. Soraya s'est assoupie mais elle bondit et court s'abriter à l'intérieur. Elle était une fille normale dans son pays – des amis, une famille, des professeurs, un avenir, des adresses préférées, une boisson préférée. Elle est une ombre terrifiée. La voiture s'arrête devant la maison. Elle est bleue. De quelle couleur sont les voitures de police en France ? Soraya se terre dans la cuisine, Astrid est encore dans sa chambre. Au premier coup de sonnette, Astrid est dans les escaliers et prend soin de fermer la porte derrière laquelle Soraya s'est réfugiée. Soraya reconnaît la voix de Max. Le monde reprend sa course après avoir failli s'arrêter.

— *Bonjour, Soraya !* lance-t-il en arabe.

— *Café ?* demande Astrid en anglais.

Elle est déjà en train d'en préparer. La *chose* dort. Astrid la garde le plus possible dans sa chambre. Max s'assoit.

— *Tout va bien ?* l'interroge Astrid.

Grande inspiration.

— *Il y a beaucoup de patrouilles.*

Il parle en anglais afin qu'Astrid suive la conversation. Soraya aurait aimé entendre de l'arabe.

— *La police aux frontières a arrêté des mineurs à la sortie de l'Aide sociale à l'enfance. Ils ont été menottés, obligation de quitter le territoire. Normalement, les mineurs déclarés majeurs doivent pouvoir faire appel, on n'a jamais vu ça. D'autres policiers ont d'ailleurs dénoncé la façon de faire.*

Soraya le dévisage :

— *Je ne comprends pas. Il faut éviter les patrouilles de police pour avoir une chance d'être auditionnée, mais après, je serai aidée, non ?*

— *Tu rencontreras des gens, ils te poseront des questions, demanderont peut-être des examens médicaux. Si tu es déclarée mineure, tu seras prise en charge. Mais si l'ASE décide que tu es majeure...*

Astrid verse le café, l'odeur caramélisée envahit la pièce.

— *Vous parlez trop vite pour moi.*

Elle a un petit sourire gêné. Max passe au français. Soraya se tord les mains. Elle peut imaginer se cacher sous des couvertures pour parvenir jusqu'à Nice. Mais si ça se complique aussi là-bas ?

— *J'ai dix-sept ans, mon acte de naissance le prouve,* dit-elle en arabe.

— *Ils peuvent penser que ton acte de naissance est un faux.*

« Les Lumières, *habibti,* c'est merveilleux, c'est l'intelligence, le doute éclairé, l'esprit de la France... » Ah, si le père de Soraya était là ! Le pays des droits de l'homme attend des enfants à la sortie d'une institution pour les jeter, seuls, livrés à eux-mêmes, hors de leurs frontières, papa !

— *Imaginons le pire, ils me reconduisent où ? En Syrie ?*

— *En Italie.*

— *J'ai entendu dire qu'on avait peut-être intérêt à faire la demande dans une autre ville, moins engorgée,* interrompt Astrid. *Gap, par exemple. Ou plus loin, Valence.*

— *On irait en voiture ?* demande Soraya, repassant à l'anglais.

— *Oui.*

— *Tant que tu es en sûreté ici, il vaut mieux rester,* reprend Max au bout d'un moment, *reprendre des forces. Tu viens d'avoir dix-sept ans, on a un peu de temps. Dès que la pression se relâche, on t'emmène, d'accord ?*

— *Là où ils peuvent décider que je mens ? Et si la pression ne se relâche pas ?*

— *On étudiera la possibilité de se replier sur un autre département, ou d'y aller la nuit, à pied.*

Les pleurs de la *chose* traversent le plafond. Astrid se lève, s'excuse, s'éclipse.

Max observe Soraya en silence.

— *J'ai un cadeau pour toi.*

Max tend à Soraya un paquet gris à motifs bleus.

— *Je l'ouvre maintenant ?*

— *Comme tu veux.*

— *Maintenant.*

Soraya défait l'épais papier. Depuis quand ne lui a-t-on pas offert un cadeau ? Un vrai cadeau dont il faut déchirer l'emballage, dont elle ne connaît pas la nature ? Un mystère. Un luxe. Qui se ravive et reprend forme. Comme la possibilité d'une nouvelle vie, *malgré tout*. À l'intérieur, une édition bilingue de poésie contemporaine syrienne. Lorsque Soraya l'ouvre, sa langue chaloupe sur les pages. Une main se tend, ton pays n'est plus mais ton pays est là, il résiste ; ici, *malgré tout*. Soraya s'y accroche, à ce *malgré tout*.

Max se penche vers elle, visiblement inquiet :

— *Tu aimes la poésie, n'est-ce pas ?*

Soraya rit.

— *J'adore la poésie.*

Elle tourne les pages et capte des mots, des arabesques qui sentent la maison.

« Quand je t'ai dit :
"je t'aime",
je savais...

que j'inventais un nouvel alphabet
pour une ville qui ne lit pas[1]... »

Soraya feuillette, transportée de humer son pays à travers les pages.

— *Où as-tu trouvé ce recueil ?*

— *J'ai envoyé un message à Astrid ce matin pour savoir si elle voulait que je passe. Elle s'inquiète que tu restes seule.*

— *Je ne suis pas seule, elle est là.*

— *Oui mais elle s'occupe beaucoup de... du... du bébé,* dit Max très vite, *tu dois t'ennuyer.*

Il serre le chignon planté sur le sommet de sa tête, se ressert du café, en verse dans la tasse de Soraya. Elle n'ose pas lui dire qu'elle a *besoin* d'être seule. De souffler.

— *Astrid m'a expliqué que tu lisais de la poésie,* reprend-il. *Je me suis donc arrêté à la librairie du coin. Elle est minuscule mais ils ont un choix pointu. Sache qu'il est possible de trouver de la poésie syrienne au fin fond de la montagne.*

Astrid pousse la porte de la cuisine, le ventre ceint de la large écharpe rouge. Une mèche de cheveux noirs s'en échappe. La voix chevrotante hoquette de colère et risque de prendre de l'ampleur d'ici quelques minutes.

— *Je vais la promener, elle doit avoir mal au ventre. Vous restez là ?*

Soraya détourne les yeux. Astrid a pris son fardeau, un double fardeau. Il lui coûte ses nuits, une grande partie de ses jours, de l'argent, et il doit lui rappeler sa vie d'avant, celle qu'elle n'aura plus jamais.

— *Je ne suis pas pressé !* lance Max en anglais.

— *Faites comme chez vous, thé, café, apéro...*

Astrid agite la main en sortant, la *chose* gronde dans l'écharpe.

1. Nizār Qabbānī, *Cent lettres d'amour* (extraits), in *Poésie syrienne contemporaine*, traduit et présenté par Saleh Diab, Le Castor Astral, 2018.

— *Tu es sortie un peu aujourd'hui ?* demande Max lorsqu'elle a disparu.

— *J'ai lu sur le banc.*

— *Pas de balade ?*

Soraya termine sa tasse de café.

— *J'ai peur. J'ai* toujours *peur depuis que je suis partie.*

— *Je suis désolé,* murmure Max.

Le silence de la cuisine n'est pas étrange. La respiration de Soraya et celle de Max se font écho et cette réalité est une folie. Comment l'imaginer il y a encore deux ans ? Soraya a traversé l'Europe. À pied.

Deux femmes qui avançaient la nuit, buvant dans les ruisseaux, les flaques lorsqu'elles mouraient de soif. Les larcins honteux, trois pommes dans un verger, vite, tata, tu es lourde, je ne vais pas tenir longtemps, les mains rougies à force de faire la courte échelle, le pied nu d'Ibtissam appuyé sur les paumes nouées, ongles noirs, son bras tendu vers le pommier qui déborde hors du mur, c'est à tout le monde, pas de panique, *'omri,* il dépasse, tente-t-elle de rassurer Soraya mais elle gémit pour atteindre la branche et marmonne vite, vite... Il y a eu des pruniers aussi, un champ d'abricotiers dont des chiens les ont délogées, Ibtissam hurlait de peur, arrête, tu vas les exciter encore plus, mais tais-toi, tata ! Deux petites culottes sur un fil. Ibtissam, campée droit, son couteau tenu fermement dans la poche de sa large jupe élimée quand elles entraient chez des inconnus. Mais après l'Albanie, elles n'ont plus rencontré de bêtes immondes. Seulement des gens stupides et étriqués, qui leur ont lancé des pierres. D'autres les ont nourries.

Qui peut prétendre avoir vécu ce que Soraya a réussi, dans cette vallée ? Combien de gens ont traversé l'Europe à pied, sans bagage ni argent ? À part les exilés comme elle, les chassés de Syrie, du Mali ou d'Afghanistan ? Pourquoi ceux qui accordent les papiers ne mesurent-ils pas le courage nécessaire ? Soraya aimerait leur dire le renoncement à une partie de soi qu'on n'aura plus jamais parce qu'elle meurt sur la route, sous les coups de la police, des passeurs, des violeurs, des profiteurs. En Italie, elles ont eu la chance d'être hébergées par une femme d'une soixantaine d'années qui cultivait des oliviers. Elle vivait dans une grande propriété et y louait des appartements l'été. Elle les a prévenues : méfiez-vous, ici, il y a du trafic, des réseaux de prostitution, vous êtes deux femmes, marchez la nuit seulement, *la nuit seulement,* ne vous fiez à personne. Le danger est partout, la peur viscérale. Elle rôde d'abord, cette peur, lointaine, se fait plus téméraire, se rapproche, s'installe toujours plus longtemps, et finit par prendre ses aises comme un animal familier.

— *Je suis désolé,* dit Max à nouveau.

Soraya soupire, écoute. La maison prend une autre dimension sans la *chose,* ne hurle pas ce rappel permanent de sa faiblesse, de sa condition. Elle est un lieu où des vies que Soraya ne connaîtra pas ont glissé, des vies éloignées de la sienne qui ont cherché à aimer, à être heureuses et tranquilles. N'est-ce pas ce à quoi aspirent les êtres vivants, quels qu'ils soient ? Jamais elle n'aurait eu ce genre de pensées avant, mais on pense beaucoup quand on marche. On pense encore plus quand on a perdu ses parents, sa famille, que l'on écume des paysages étrangers. Avec un ventre gros d'un indésirable qui gigote à l'intérieur.

— *Tu as peur du chasseur ?*

— *De tout. Du chasseur, des gendarmes qui pourraient surgir à l'improviste. De perdre ce que j'ai si durement gagné.*

— *Tu sais, on a joué la prudence, mais dans ce hameau, tu ne crains pas grand-chose. La police patrouille surtout sur la route et aux cols de passages. Ils surveillent les axes principaux.*

Il vérifie l'écran de son téléphone.

— *On capte mal ici. Astrid n'a pas de wifi ?*

— *Si, enfin, je crois mais je n'ai pas les codes.*

— *Pas grave, on regardera un film une prochaine fois. Tu connais le portrait chinois ?*

Max lui explique le principe, dont Soraya n'a jamais entendu parler. Elle se cale mieux sur le dossier de sa chaise. Dehors, le monde bleuit. Astrid n'a pas pris de lampe frontale. Il ne fait pas encore noir, mais il vaudrait mieux qu'elle ne tarde pas trop.

Soraya aime l'idée du portrait chinois.

— *Soit je te fais deviner quelqu'un, réel ou fictif, soit on dessine notre propre portrait.*

— *Le nôtre ?*

— *Oui.*

— *D'accord !*

— *Je commence par poser une question. Si tu veux, je réponds pour moi aussi, et si tu as une idée, tu te lances.*

Soraya approuve.

— *Si tu étais un animal ?* commence Max.

Elle pourrait être une méduse, se laisser porter par le courant, flotter dans l'eau claire ou obscure parce que c'est la sensation qu'elle éprouve depuis des mois, flotter, subir sans pouvoir rien empêcher, la destruction de son pays, celle de sa famille, et enfin la sienne, comme une lente agonie dont elle est le final.

— *Un fennec,* répond Soraya.

— *Un animal du désert.*

— *Et toi, si tu étais un animal ?*

— *Un coyote,* lance-t-il en anglais.

— *Pourquoi ?*

— *J'aime leur capacité à s'adapter, à chasser ou à écumer les poubelles. Je trotte, j'écoute, je sens, je trace mon chemin... J'espère leur ressembler. Si tu étais un arbre ? Ou une plante, un truc vert qui pousse...* précise-t-il.

— *Facile : un cactus. Plein d'épines dehors, tout mou à l'intérieur, qui pousse sous le soleil brûlant et résiste au froid nocturne au plus profond du désert. Et toi ?*

— *Un grand chêne dans une prairie. Quand je prends le train, les champs et les pâtures défilent, entourés de haies, de buissons, et parfois, au milieu, soudain, il y a un arbre immense. Les vaches s'abritent sous son couvert, les hirondelles y attrapent des insectes lorsqu'il pleut. Les autochtones d'Amérique le trouvaient drôle et facétieux.*

Le jour est mangé par la nuit qui arrive à grands pas pressés. Au tour de Soraya de poser une question.

— *Si tu étais un vêtement ?*

Max réfléchit avant de répondre.

— *Un pantalon de rando. Tu peux l'utiliser pour marcher, pour l'escalade.*

— *Il est spécial ?*

— *Il est fabriqué dans des matières élastiques et fines, qui sèchent vite. Pas un vêtement élégant, mais on y est libre de ses mouvements. Et toi ?*

— *Je serais un vieux gilet jaune tricoté par Ibtissam, ma tante. Elle me l'a offert pour mes douze ans, je l'appelais ma robe de soleil, comme dans* Peau d'Âne, *que papa nous lisait quand nous étions petites. Ce très grand gilet m'arrivait aux genoux. Je m'y suis enroulée pendant des mois, des années. C'est un des rares vêtements que j'ai emportés. Dedans, rien ne pouvait m'arriver. Nous l'avons utilisé pour envelopper le corps de Sherine.*

Un chien aboie au loin.

— *Je suis désolé,* murmure Max.

— *Je suis contente de savoir que Sherine est dans mon gilet.*

— *Tu veux une bière ?* demande Max tout à trac.

— *Une bière ?*

— *Pour l'apéro.*

— *D'accord. On en partage une, plutôt ?*

Il se lève, fouille le frigo et revient victorieux, une bouteille brune à la main. Il la décapsule et la tend à Soraya.

— *Tu préfères dans un verre ?*

— *Non, ça va.*

Jamais ses parents ne lui auraient permis de boire une bière. Mais son père aimait ça. Soraya porte la bouteille à sa bouche. C'est amer. Bon.

— *C'est la première fois que j'en bois,* confesse-t-elle.

— *Eh bien moi, vois-tu, si j'étais une boisson, je serais une bière. La bière existe depuis des millénaires, sur tous les continents.*

— *Si j'étais une boisson, je serais un jus de mûre. Il y avait ce monsieur près du marché couvert d'Alep. Dès que c'était la saison, il installait une petite table pliante, posait une grande bassine de mûres dessus, et les pressait à la demande. On avait les lèvres violettes après.*

— *Je n'en ai jamais bu.*

Soraya reprend une gorgée de bière et lui tend la bouteille. Max colle le goulot contre sa bouche.

— *Et si tu étais un paysage ?* lui demande-t-elle.

— *À ton avis ?*

— *Je ne sais pas. Je dirais un flanc de montagne. Avec des sentiers, des pins et une paroi rocheuse abrupte.*

Max sourit.

— *Toi, tu serais peut-être un désert où rien ne paraît pousser, et pourtant... on y croise des animaux et des plantes qui survivent, malgré tout.*

La serrure tourne dans l'entrée et Astrid lance un : « C'est moi ! » englouti par les pleurs de la *chose*. Elle accourt et s'affaire autour du chauffe-biberon. Soraya la regarde faire.

— *On peut t'aider ?* interroge Max en anglais.

Elle aurait dû formuler cette phrase, en est incapable.

— *Non, tout va bien.*

— *Je vous laisse,* dit Max en se levant.

Le biberon chauffe et Astrid remue en rythme pour calmer les cris affamés de la *chose*. Max a de grandes jambes et touche déjà la porte de la cuisine.

— Salut, Astrid.

Il ajoute en arabe :

— *Salut, petit fennec !*

Le chauffe-biberon émet un bip. Rapide, Astrid attrape le biberon, verse une goutte de lait sur l'intérieur de son poignet et lance à Soraya :

— *Je m'installe à côté !*

En un clin d'œil, elle est seule. Alors Soraya se lève à son tour et ouvre un placard. Il est temps de prendre sa part. Même si c'est pour cuisiner des lentilles à la sauce tomate.

« Écoute : comment se peut-il
que notre voix troublée se mêle ainsi
aux étoiles[1] ? »

Philippe Jaccottet

La neige a déserté la montagne. Astrid pensait la voir dérouler son grand tapis blanc plus tôt. Mais le mois d'octobre est bien entamé, et à part quelques flocons dégringolant de temps en temps en éclaireurs prudents au milieu de l'air humide, le ciel dégouline d'eau.

« Regarde ! »
« C'est quoi ? Tu veux une clémentine ? »
« Oui, je veux bien, c'était encore dégueu à la cantine. »
« Tom… »
« Pardon, mère, le déjeuner proposé par les dames de notre collège ressemblait à du plastique fondu. »
Astrid rit.
« Merci, maman. Donc, tu sais ce que c'est ? »
« Un flocon ? »

1. Philippe Jaccottet, « Écoute… » in *L'encre de l'ombre*, recueilli dans *Pensées sous les nuages*, © Éditions Gallimard, 1983.

« Oui. Et ça ? »
« Un flocon ? »
« Oui ! Et ici ? »
« Un flocon ! »
« Tu ne remarques pas ? »
« Quoi ? »
« Ils ne sont pas pareils. Jamais. Maman, ils ne sont *jamais pareils* ! Quand on marche dans la neige, il y en a des milliards, et aucun n'a de jumeau ! C'est mon prof de physique qui nous l'a dit. J'ai décidé ce que je veux faire plus tard. »
« Laisse-moi deviner… de la physique ? »
« Comment tu le sais ? »

Astrid a noué les pans de son gilet autour de l'écharpe. L'air est frais, la terre remuée par l'automne embaume, la nuit accoste au creux de la vallée dans son grand voilier d'ombre.

Stella a cessé de pleurer dès qu'elle a mis le nez dehors. Serrée dans le tissu contre le ventre d'Astrid, elle ne bouge pas. Astrid sent son corps tendu et attentif à chaque respiration.

Stella n'est jamais sortie. La voilà propulsée au sein du monde, entourée par les à-pics et les courbes immémoriales.

« Regarde ce connard avec son vieux pot d'échappement qui vomit de la fumée ! »
« T'inquiète, on y est, hop, c'est ouvert, pose-le à l'arrière. »
Astrid glisse la coque de berceau sur la banquette. Tom cligne des yeux, bruits, odeurs, déferlement.
« Faut qu'on l'attache ; tu sais comment ça marche ? »
« Non mais je vais trouver. »
Un genou sur le siège, dos courbé, elle attrape les ceintures, soupèse, soulève, passe dans les fentes, boucle le tout.

« Tu as lu le mode d'emploi ? »
« Non, j'ai un cerveau, allez, vite, rentrons chez nous ! »
Portière claquée.
Sensation d'être entière.

Astrid essaie de ne pas surveiller la direction d'Ange, descend dans le pré d'un pas lent. Elle passe un doigt à l'intérieur de l'écharpe, essuie les larmes sous les cils fins. Pas de longue balade. Arpenter le pré suffira.

Alourdie par Stella, elle écrase l'épaisse couche d'herbe mourante. À perte de vue, les arbres sont dépeuplés. Le ciel gris foncé tisse un coutil impénétrable autour des sommets.

Astrid s'arrête à proximité du potager en friche. Sa désolation est risible. Comment imaginer un après, des pousses, des tiges, du vert tendre qui se déplie, se déploie ?

— Là, ce sont des framboisiers. Et là... Non, c'est tout ce que j'ai retenu... marmonne Astrid.

La respiration de la fillette est rapide.

— On va voir le ruisseau ?

Astrid se redresse, admire les montagnes dont elle commence à reconnaître la silhouette.

Ses talons s'enfoncent profondément pour ne pas tomber. Réflexes, habitudes construites à trois, quatre.

Sur le sol qui s'assombrit, une fleur violette a éclos.

— Une fleur en automne. Qu'est-ce que ça peut être ? Je vais acheter un guide des fleurs du coin. On pourrait apprendre à les reconnaître.

Astrid se mord l'intérieur de la joue et le goût métallique du sang l'électrise. Elle pourra apprendre à les reconnaître. *Elle*. Pas *Nous*. Pas *On*.

Stella continue d'emplir l'espace de sa petite respiration fébrile.

— Oh, le ruisseau a gelé ! Enfin, pas complètement, juste un ou deux centimètres sur les bords. Je ne peux pas te sortir de l'écharpe, tu vas te transformer en glaçon.

Astrid maintient le corps de la fillette contre elle, se penche.

Le chant du ruisseau monte, égal ; les pierres polies par les flots ont de vagues airs de crapauds fabuleux. Lorsque l'eau se délie, se précipite du haut des galets fantastiques, des chapelets de bulles surgissent et tournoient dans un rire cristallin.

— Un peu comme un enfant, l'enfant des fleuves et de la mer.

La tête tombe sur sa poitrine, Stella pousse de faibles grognements.

Astrid sent sa poche vibrer. Est obligée d'ôter un gant pour décrocher.

— Salut, Amanda, ça va ?

— Et toi ? Mon pédiatre est revenu ! Je t'ai pris un rendez-vous !

— Super. Bientôt ?

— Demain !

Astrid remonte la pente. Le paysage est emmailloté dans sa grande cape de nuit. Les lumières des rares maisons habitées éclaboussent l'ombre. Astrid lève les jambes pour ne pas risquer de tomber, elle n'a pas vu l'obscurité arriver. En haut de la pente, elle oblique en direction de chez Ida.

Une température torride règne dans l'atelier.

— Tu t'en sors ? demande Astrid en se débarrassant de son blouson.

— Oui, j'ai fini ! Ma dernière cuisson s'achève dans quelques heures. Je suis exténuée mais ravie. Bientôt, la quille !

— Tu pars ?

— Je prends deux semaines, je vais dans le Jura.

Ida verse un thé auburn dans une tasse aux reflets d'eau vive.

— Un amoureux ?

— Une amoureuse. L'amoureux habite dans Les Écrins mais il est en voyage.

— Je ne comprends rien, Ida, l'amoureux de l'amoureuse ?

— Non, le mien. Mon amoureux.

— Pardon !

— Je vis seule, heureuse. J'ai un amoureux. J'ai une amoureuse. Ils ne se connaissent pas.

— Ma vie d'hétérosexuelle mère de famille me paraît tristement banale...

Astrid cache son nez dans la tasse couleur de ricochets les chaudes journées d'été. La vapeur érige un maigre paravent. Éventé, le secret de polichinelle. Elle est mère, l'a été. L'est-elle toujours ? Oui, Jibril et Tom battent en elle, myriade de souvenirs, flashs, intonations, kaléidoscope palpitant gravé au burin jusqu'à la fin.

Ida est paralysée.

Stella hoquette.

— Ils ne sont plus là, Ida, je n'ai pas envie d'en parler, murmure Astrid.

La petite gorge accélère la cadence, le filet de voix s'élève, se brise, repart, houle insatiable.

— Elle a faim, ajoute Astrid très vite. Faut que j'y retourne. Tu es dispo demain ?

— Oui, pourquoi ?

— Le pédiatre est de retour, tu ferais un peu de poterie avec Soraya ? Et peut-être Max ?

— Avec plaisir ! Je serai debout à 7 heures.

Stella rougit et ses pleurs envahissent l'atelier.

— Je file ! dit Astrid en reprenant son blouson à la hâte. Merci !

Elle n'entend pas la réponse, sort en courant, manque de s'étaler, se rattrape et continue jusqu'à en avoir le souffle coupé.

Astrid s'arrête.

L'air glacé lui cautérise les cordes vocales, elle voudrait hurler, n'y arrive pas.

Contre son ventre, Stella qui s'était tue repart de plus belle et hurle pour deux.

« Mais la vie souffle unique est
ce fruit d'espérance[1]. »

Andrée Chedid

Le rendez-vous est dans trente minutes et Stella s'époumone. Astrid a conduit deux heures et demie, ne sait si elle doit la nourrir maintenant quitte à arriver en retard ou attendre d'être au cabinet pour sortir le biberon et casser les oreilles de la salle d'attente.

« Je me gare devant la porte cochère n'importe comment, tu commences à lui donner le bib', et si quelqu'un me demande de bouger, tu fonces chez le toubib. Au moins, il aura déjà un peu mangé. »
« OK, grouille, c'est là ! »
Kamal serre le frein à main tandis qu'Astrid est déjà en train de secouer le biberon. Elle le lui tend, se détache, attrape Jibril rouge de fureur dans sa coque de berceau à l'arrière, l'installe contre elle, et protégée par le rideau de pluie qui s'abat sur le pare-brise, lui enfonce la tétine dans le bec. Le silence revient aussitôt dans l'habitacle.

1. Andrée Chedid, « Fruit d'espérance », *Textes pour un poème*, © Flammarion, 1987.

« Et puis si j'ai cinq minutes de retard, la pédiatre comprendra, non ? »

Astrid ralentit, allume ses warnings, arrête l'Étrangère sur le bas-côté, devant une grange en ruines.

— Ça arrive, ça arrive !

Quand Stella allongée contre le volant s'attache au biberon, son menton tremblote et Astrid sourit.

Une voiture passe ; l'appel d'air les fait tanguer.

— Ta maman a besoin d'être libre. Tu sais, c'est difficile d'être mère. Enfin, pas aussi facile qu'on voudrait nous le faire croire. Il ne faut pas lui en vouloir. Elle n'a rien choisi. Aujourd'hui, elle veut suivre sa route et elle en a le droit. Mais son corps t'a nourrie et menée jusqu'ici.

Stella l'écoute, cligne des yeux.

L'heure du rendez-vous est arrivée.

Elles seront en retard.

Tant pis.

— Désolée, j'ai dû la nourrir en chemin.

— Pas de souci.

Astrid s'assoit sur l'une des deux chaises en plastique jaune. Les murs sont blancs, punaisés de dessins d'enfants, fleurs maladroites, arcs-en-ciel tremblotants, soleils difformes, avions psychédéliques. Dans un coin, une caisse à jouets bigarrée.

Le pédiatre a une cinquantaine d'années, le cheveu gris clairsemé, la peau pâle, des montures de lunettes dorées. Son pull jacquard bouloche.

— Amanda m'a brièvement raconté, pouvez-vous me parler de la naissance ?

Astrid s'exécute à mi-voix.

Stella dort dans son couffin.

Le pédiatre hoche la tête.

— Quel âge ?

— Un mois.

— La mère a fait sa demande de papiers ? Elle souhaite garder l'enfant ?

— Pas encore pour la demande. Ce bébé est issu d'un viol.

Le pédiatre cesse de hocher.

— Elle ne souhaite donc pas garder l'enfant, reprend Astrid.

— Je vais l'examiner, dit-il en se levant. Elle mange bien ?

Astrid sort Stella du berceau, se dirige vers la table, la déshabille tandis que la fillette ouvre un œil vaseux.

— Très bien.

Les petites cuisses protestent.

> « On dirait un rôti... »
>
> « Comme vous y allez ! » rit la pédiatre.
>
> Elle adore Kamal. Tom hurle comme si on lui avait épluché la peau à l'économe.
>
> « Il va très bien, cet enfant, il est vif, bien nourri, ne vous inquiétez pas. »
>
> « Si j'allaite deux mois, ça ira ? »
>
> Astrid a mal aux seins, les tétons en feu.
>
> « C'est bon pour lui mais ne vous exténuez pas. »
>
> « Je me tue à le lui dire ! » s'exclame Kamal.
>
> « Vous avez raison, mais c'est toujours plus facile quand on est le père et qu'on n'est pas mal regardée. »
>
> « J'en prends bonne note », grommelle Kamal.

Le médecin brandit sa lumière, ausculte la tête, tâte, retourne. La petite voix leur crève les tympans.

— Elle a du coffre dis donc !

— N'est-ce pas.

Astrid la pose dans la balance, la reprend, remet une couche, le body, le pyjama jaune.

— Pas trop compliqué de vous en occuper ?

— Une fois que la demande de papiers sera déposée, j'aviserai. Je vis seule et j'ai le temps.

— Donc vous ne lancez pas de consentement à l'adoption ?

Restée debout, Astrid serre Stella et sautille sur place en répondant au médecin.

— La voir disparaître du jour au lendemain ne risque pas d'être violent pour sa mère ? demande-t-elle. Même si elle n'en veut pas ?

— Aucune idée... Rien ne presse de toute façon. Elle est mieux chez vous que chez une assistante maternelle ou dans une pouponnière.

La voix de Stella est moins fâchée.

— Et elle va effectivement très bien. Je vous fais une ordonnance pour des vitamines. On ne la déclare pas pour l'instant, on est d'accord ?

— Oui.

— Rien d'autre ?

Astrid remercie, repart avec Stella dont les yeux myopes s'agrafent à ce qui passe à leur portée.

La pharmacie est pleine, il y fait chaud. Astrid a arraché un ticket à une borne impersonnelle, se balade entre les rayons en surveillant le cadran lumineux annonçant les prochains élus.

Une étagère est remplie de doudous.

Le numéro d'Astrid s'affiche, elle trotte vers le guichet.

Astrid a donné son biberon à Stella dans la voiture puis est allée se garer plus près du centre-ville.

Ici, en lieu et place des montagnes s'ouvre le ciel bleu, et plus loin, la mer, invisible encore, mais dont l'immensité et la puissance sont palpables dans l'air, dans le vol des oiseaux.

Les voitures klaxonnent, des gens déambulent en grappes. Un groupe de collégiens dépasse Astrid et Stella en riant. Astrid s'assoit sur un banc, repart. Elle fait une halte dans une épicerie, achète des pâtes et quelques bricoles, s'offre un croissant aux amandes, souvenir d'enfance qu'elle n'a pas goûté depuis longtemps.

Avant *eux*.

Stella dort. Sa tête dodeline contre la poitrine d'Astrid.

Quand elle aperçoit la devanture du magasin repéré sur le téléphone, Astrid époussette les miettes et le sucre glace qui constellent l'écharpe. Une amande effilée s'est posée sur les cheveux de Stella. Astrid l'attrape, la croque.

Elle se pince la peau de l'avant-bras, laisse la douleur grimper, cerner sa gorge, ses mâchoires, résonner dans son corps.

Entre.

Le magasin est désert. Les peluches s'étendent à perte de vue sur des étagères de bois clair. Les couleurs pastel explosent, les tissus duveteux, molletonnés, rembourrés, les faux poils soyeux, les ventres arrondis et consolateurs, les silhouettes filiformes ou rondelettes.

Astrid les parcourt vite.

— Je peux vous aider ?

Le rouge à lèvres de la vendeuse illumine un sourire fatigué.

— Vous avez des batraciens ?

Lorsqu'elle ressort, Astrid plisse les yeux, aveuglée par le soleil.

Stella dort toujours.

— On ira voir la mer une autre fois, c'est au-dessus de mes forces, là.

Astrid marche vite jusqu'à la voiture.

Elle lance les deux grenouilles aux yeux globuleux sur la banquette arrière.

Astrid a aimé les lentilles. Soraya était heureuse de lui faire plaisir, de se sentir utile.

Ida a récupéré la liste des ingrédients pour les *mou'aj-janat*. Soraya et Max sont invités chez elle pour apprendre à « tourner ». Il s'agit d'une façon de faire de la poterie.

La *chose* a rendez-vous chez le pédiatre. Le médecin doit vérifier ses réflexes, la peser, l'ausculter telle un diamant. Elle a plusieurs semaines et d'après Astrid, il est temps.

Le café brûlant contraste avec le dehors.

Quand Soraya a ouvert ses volets ce matin, de la vapeur s'est échappée de sa bouche. Elle préfère les enroulements s'élevant de son café, y rencontre des corps de danseuses, des éclats de lumière, des dos qui s'arc-boutent, des bras qui poussent et s'évaporent. Petite, elle voulait faire de la danse, sûrement pour imiter Noura qu'elle connaissait depuis la naissance ou presque, pleine de grâce à l'école, déjà. Soraya rêvait de ressembler à une sirène, elle aussi. C'est le surnom que sa mère donnait à son amie : « Bonjour, petite sirène ! Comment va ta maman ? » Vers l'âge de sept ou huit ans, Soraya a suivi des cours en compagnie de Noura. Leur professeure était une grande femme maigre aux doigts jaunes de tabac. Madame Haddad comptait leurs pas en frappant sa cuisse à l'aide d'une drôle de baguette qui claquait dans la salle. Les miroirs renvoyaient à Soraya l'image d'une empotée dont les pieds n'arrivaient pas à indiquer 9 h 15 comme le reste des élèves. Elle a enduré les remarques acerbes et son reflet pesant pendant une année entière. Ses collants dessinaient des bourrelets au-dessus des genoux. Soraya a supplié son père d'abandonner en route mais il l'emmenait lui-même pour qu'elle ne manque pas la classe. Le spectacle de fin d'année reste gravé dans la mémoire de Soraya. Depuis cette date, elle hait le papier crépon. Elle ne dansait pas seule, bien sûr, elle était trop médiocre, mais elle a trouvé le moyen de s'emmêler les pieds alors qu'elle s'appliquait à compter en boucle jusqu'à huit (si fort que toute la salle pliée en deux l'entendait, lui a avoué sa mère des années plus tard). Soraya n'a plus jamais rien fait pour ressembler à quelqu'un. Ses parents avaient probablement cette leçon en tête le jour où elle leur a annoncé : « j'aimerais être danseuse comme Noura ». Ils étaient contents quand elle a préféré le oud. La mère d'Amin était venue en jouer dans leur classe.

Son père avait froncé les sourcils.

— Tu sais que le seul professeur de oud que l'on connaît, c'est elle ?

— Oui.

— Tu sais qu'elle a la réputation d'être très sévère ?

— Oui.

— Tu veux quand même apprendre le oud, Soraya ?

— Oui.

Son père avait souri.

La mère d'Amin était sévère. Mais elle était gentille si on travaillait.

Le oud de Soraya a été taillé en pièces sur le camion de tata Fatima. Elle avait cru pouvoir l'emporter.

Le ciel hésite entre un beau bleu sombre et une dépression noire. Le vent pousse les nuages comme les bergers leurs brebis.

Cette nuit, Soraya s'est remémoré l'appartement d'Alep. Chaque recoin, chaque odeur. Le tissu râpeux du canapé beige élimé, ses motifs symétriques entrelacés. Il était avachi, moelleux, elle s'y allongeait volontiers pour raconter des histoires à Mu'taz ou Sherine. Des histoires de génies, de mer démontée et de déserts magiques. Elle a revu le carrelage blanc de la salle de bains, la fissure du carreau juste au-dessus du bac de douche. L'appui de fenêtre de sa chambre où poussaient ses cactus poilus. Elle a toujours aimé leurs fleurs, elles sont vraies alors qu'elles ont l'air fausses.

Leur immeuble ne doit plus exister. Il est réduit à un tas de décombres, les cactus aussi ont été pulvérisés. Elle a passé tant de temps à les choyer, à les observer. Elle y pense souvent. Les fleurs de ses cactus n'existent plus que dans sa tête, ils ont été éparpillés dans la rue. Son journal intime, ses livres, ses vêtements aussi. Même si elle peut revenir en Syrie un jour, ses parents n'ont plus rien, plus de maison, plus de carreaux blancs dans la salle de bains, plus d'argent. Ils sont des vagabonds alors que ses parents avaient un métier, et elle, un avenir. Comment le monde peut-il laisser faire une chose pareille ?

Peut-être s'écoulera-t-il tellement de temps avant de retrouver ses frères qu'elle sera incapable de les reconnaître. Ils se croiseront dans les rues de Paris ou de Lyon (le nom d'une ville, ici) et ils ne sauront pas qu'ils ont grandi ensemble, qu'ils partagent le même sang. Soraya préférerait mille fois cette possibilité qu'apprendre leur mort. Tout plutôt que savoir qu'ils ne marchent plus sur la Terre.

Elle a somnolé toute la nuit, dressé le portrait chinois de sa famille dans une demi-conscience gluante, si sa mère était un animal, elle serait une louve, Sherine aurait été un koala, son père, un singe, un gorille. Fort, courageux, en voie d'extinction. Ses pensées étaient tristes et tournaient en boucle.

Elle est en train de manger une tartine quand son téléphone bipe. Soraya bondit, l'attrape dans sa poche et le déverrouille. Sa main tremble.

« *Stop texting me.* »

Le message émane de ce qui était autrefois le numéro de son père. Un grand gorille à dos argenté tué par la technologie, les obus, les dictateurs, l'indifférence.

Astrid a troqué sa polaire contre un joli pull rouge. La *chose* est dans un couffin.

Soraya lui tend son portable.

— *C'était le numéro de mon père.*

Astrid pince les lèvres. Pose le couffin par terre.

— *Je sais que c'est facile à dire, Soraya, mais il ne faut pas désespérer. Il peut se passer beaucoup de choses sur la route. Pas forcément le pire.*

Elle se frotte le visage, s'assoit. Elle a l'air si lasse.

— *Quand tu auras tes papiers… quand… je suis sûre que la communauté syrienne est très soudée. Tu rencontreras des gens, ils auront des contacts.*

Les larmes coulent sur les joues de Soraya, Astrid la dévisage en silence.

— *Tant que tu n'as pas la certitude qu'ils sont morts, il y a de l'espoir,* souffle-t-elle.

Soraya hoche la tête.

— *Le seul couperet, c'est la fin.*

Soraya s'essuie les yeux et le visage avec sa manche. Par-dessus la table, Astrid attrape sa main, la serre. Elles restent ainsi de longues minutes.

La *chose* remuante les sort du trou noir dans lequel chacune a plongé. Astrid lâche Soraya, jette un coup d'œil dans le couffin, sourit. La voix de Max résonne. Il ne prend même plus la peine de sonner.

— *Pile à l'heure !* murmure Astrid.

Elle lui parle très vite en français et Soraya ne comprend pas un mot de ce qu'elle raconte, elle pense à son père qui n'a plus de numéro, ou alors un autre. Elle ne peut plus le joindre désormais. Max accompagne Astrid jusqu'à l'entrée. Soraya reste assise, les yeux perdus dans son café qui refroidit.

— *Cool, on va faire de la poterie !* lance-t-il une fois revenu. *Tout va bien ?*

— *J'ai mal dormi.*

— *La mélatonine ne fait pas effet ?*

— *Je m'endors un peu mieux mais je me réveille.*

— *Prête pour aller chez Ida ?*

— *Je suis en pyjama.*

— *Ah,* sourit-il, gêné.

— *Tu me laisses cinq minutes pour me débarbouiller ?*

Astrid est partie avec un manteau alors Soraya lui a volé son anorak. Elle a fermé la porte et emporté le trousseau de clefs. Comme si elle était chez elle. À peine quelques pas et son nez est déjà rougi par le froid.

Max et elle remontent la route pierreuse qui mène chez Ida. Les drôles de sapins jaunissants, les « mélèzes », perdent leurs aiguilles. Les flancs des montagnes se dépouillent, on dirait qu'ils ont une maladie de peau.

Soraya fait une prière en marchant, elle ne l'a pas fait depuis longtemps. Elle ne sait pas si elle croit encore, comment croire après tout ça. Mais les montagnes bleues répandent une paix qui la traverse comme un rayon de lumière. Elle prie peut-être le ciel, Dieu, ou elles, les montagnes. Fortes, formidables. Elles lui ont pris sa tante mais envoyé Astrid. Protégez ma famille, belles dames millénaires, portez-moi vers mon père, ma mère, mes frères, conduisez-moi à eux, que je les retrouve, vous immenses et puissantes, veillez sur eux. Ses pieds font crisser les pierres. Une bourrasque secoue ses cheveux, une réponse, peut-être. Oui, maintenant, Soraya priera les montagnes. Max ne dit pas un mot, peut-être l'entend-il prier.

Le ciel a finalement choisi son camp, celui du gris. Des nuages lourdauds étranglent les sommets et descendent vers eux en enroulant leurs longs bras brumeux autour des arbres. Il est curieux, ce petit hameau perdu, avec ses fenêtres jaunes, lumineuses, et partout autour, les arbres, les pentes rocailleuses, les animaux qui fuient sans bruit.

Ils ne croisent personne et Soraya en est soulagée. Elle se détend lorsqu'ils arrivent devant chez Ida, à cinq minutes seulement. Sa maison a l'air aussi vieille que celle d'Astrid, bâtie avec de grosses pierres. La porte et les volets sont bleu pétrole. Sur la gauche, une partie en bois prolonge le corps, éclairée comme une salle de bal.

Un miaulement attire l'attention de Soraya. De derrière la maison émerge un grand chat aux longs poils gris foncé et aux yeux jaunes. Elle s'accroupit et tend la main vers lui. Aussitôt, il accourt pour se faire caresser.

Soraya était avec Rachid et Mu'taz quand elle a trouvé Aladdin, blanc, sale, trop maigre. Un de ses yeux suintait. Il était couvert de plaies sur le museau, les oreilles. Mu'taz a supplié sa sœur de l'aider. Pourquoi lui ? Il y a tant de chats dans les rues d'Alep. Il y en avait. Aladdin était petit, frêle, gentil. Soraya a volé du fromage dans le frigo, et ils sont redescendus pour lui en donner. Le chat ronronnait et léchait le bout de ses doigts. Chaque jour, Soraya se débrouillait pour lui offrir un peu de nourriture. Ses frères gardaient des miettes. Elle piquait dans les placards. Sa mère aurait été furieuse si elle l'avait appris. Il y avait beaucoup de bouches à nourrir et la guerre compliquait l'approvisionnement. Leur petit manège a duré trois semaines. Aladdin continuait de dépérir. Un jour, en rentrant du lycée, Soraya l'a entendu miauler. Il était caché sous un buisson. Elle s'est approchée, presque allongée par terre pour le rejoindre. Il ne bougeait plus. Il l'avait reconnue. Son ventre était dur et gonflé, il avait du mal à respirer. Soraya l'a caressé jusqu'à la fin. Elle n'a pas remarqué Rachid et Mu'taz qui rentraient. Ils ont décidé de l'enterrer dans le square d'à côté. Ils ont fait vite, il ne fallait pas qu'ils soient surpris. Mais personne ne prête attention à trois enfants en train de creuser un trou dans un square quand les mortiers pleuvent.

Le lycée de Soraya a été bombardé trois jours après. Aujourd'hui, des gens sont enterrés dans ce square.

Max toque et la silhouette d'Ida s'encadre aussitôt dans le battant de l'extension de bois.

— *Entrez, entrez, il fait bon, le four a marché une partie de la nuit ! Vous avez fait la connaissance de Robinson ?*

Soraya pénètre dans le royaume d'Ida. La pièce est haute de plafond, la charpente visible. On respire, ici, et Soraya ouvre des yeux émerveillés. Ida les a invités dans sa caverne, la caverne d'Ida baba.

Un ami de son père était souffleur de verre à Damas. Petite, Soraya avait visité son atelier. Elle se souvient de ce long tuyau dans lequel il soufflait ; les formes naissaient à l'opposé, comme des soleils mous enflant et s'incurvant sous sa seule volonté. Ils n'étaient que tous les deux, Soraya et son père. Au retour, il lui avait avoué avoir voulu être artisan, lui aussi. Plus jeune, il aimait forger le métal, il avait même travaillé chez un forgeron. À la maison, il bricolait, mais Soraya ne savait pas que son père s'était rêvé une autre vie. Il avait dû y renoncer à la mort de son père à lui. Il avait treize ans. Il était l'aîné. Il avait travaillé d'arrache-pied pour nourrir sa famille.

Ici, pas de verre ni de métal, mais des bols, des pots, des pichets, des assiettes, des tasses, des théières empilés sur des étagères qui courent le long des murs.

Ida a préparé du thé. La vapeur d'eau fume hors du bec d'une théière noire joliment cabossée. Des petites tasses assorties les attendent sur une table. Il y a aussi une assiette croulant sous les biscuits.

— *Nous buvons dans tes tasses ?* demande Max en anglais.

— *Voilà.*

— *Fabuleux.*

Soraya sirote en faisant le tour des étagères. Les couleurs d'Ida sont belles, simples, comme l'eau de la mer sous le soleil, ou la robe de la nuit. Chaque pièce est unique, en forme de tulipe, ronde, avec un pied épais, fin ou inexistant.

— *C'est ton métier, alors ?*

— *Oui, Soraya. Je suis céramiste.*

— *Je bois depuis dix-sept ans dans des tasses sans me préoccuper de leur origine. Pourtant, il y a de nombreux potiers en Syrie.*

Ida rit.

— *La plupart des pièces que les gens utilisent viennent de l'industrie, rien à voir.*

— *Quand même, je suis impressionnée.*

Ida fait une révérence en tirant sur son tablier couvert de terre, leur indique des tabliers identiques suspendus à une patère. Soraya et Max enfilent chacun le leur. Soraya peut faire trois fois le tour de sa taille avec la ceinture.

Au fond de la pièce, un évier, des seaux, et une machine basse avec un cercle de métal en son centre. Ida s'assoit en face, sur un petit tabouret.

— *Voici mon tour. Il est électrique, bien sûr, mais il en existe encore à pédales, comme les vieilles machines à coudre. Les tours de potier sont utilisés depuis l'antiquité.*

Ida attrape une balle de terre grise et molle dissimulée sous un plastique posé à côté d'elle et la lance de toutes ses forces sur le centre du disque métallique.

— *Première étape, centrer.*

Elle appuie sur la boule de terre, la colle à la « girelle », précise-t-elle, y verse un peu d'eau, appuie sur une pédale et le tour démarre à pleine vitesse.

Sous les mains d'Ida, la terre s'anime, monte, descend, se transforme en galette parfaite au centre de la girelle. Elle se creuse en puits, s'élargit en cendrier grossier. Les mains d'Ida parlent à la terre, et la terre leur répond. Rien à voir avec le souffleur de verre, Ida a le corps tout proche. Les parois montent, lui obéissent, dansent avec elle, s'incurvent, et en quelques minutes, en lieu et place de la balle de terre, il y a un bol.

Max et Soraya applaudissent. Soraya s'empresse de suivre Max devant la grande plaque en bois. Elle pèse une balle de quatre cents grammes et malaxe la terre en « tête de bélier », elle presse, expulse les bulles d'air, ramène vers elle, presse.

Max se lance. Soraya rit quand sa balle de terre danse la samba au lieu d'être centrée, se plie en deux quand il réussit à monter de belles parois mais trop vite : elles gigotent soudain avant de s'ouvrir et s'affaisser dans un *plop* exténué.

— *Eh bien, vas-y, on te regarde, petite maligne !*

Soraya se redresse comme si elle entrait dans l'arène aux fauves, prend le temps de s'installer devant le tour, approche, recule le tabouret, et lance sa balle de terre. Elle atterrit au bord de la girelle.

— *Tire-la avec tes deux mains croisées vers le centre.*

Ida mime et Soraya s'exécute. Elle trempe ses mains dans l'eau tiède qui clapote dans le petit seau devant elle et appuie sur la pédale. Aussitôt, elle est émerveillée : la balle est hypnotique. Soraya pose ses mains en coupelle dessus et appuie fort. Le contact de la terre est agréable, lisse, doux, il se réchauffe, presque vivant. Elle peine à centrer alors Ida s'agenouille devant elle et l'aide, Soraya place ses mains sur celles d'Ida pour mieux sentir. Elle est concentrée, happée. Il faut creuser un trou, l'agrandir, affiner, monter. Penchée sur elle, Ida montre encore, Soraya l'imite avec maladresse, mais quelle merveille de voir la terre s'élever en petit mur docile !

— *Doucement, ralentis le tour, les mains en papillon se touchent toujours.*

Soraya s'applique, parle dans sa tête à ce grès gris, malléable, lui chante une chanson de son pays pour l'amadouer. À la fin, son bol est minuscule car elle a gâché une partie de la terre en décentrant, il a fallu lui couper la tête à l'aiguille, mais qu'il est incroyable, ce petit bol de rien. Soraya réessaie ; réessaie encore. Dans l'antre d'Ida, elle oublie tout.

Ils déjeunent sur la grande table, Soraya feuillette des livres où se pavanent des pots, des vases, des pièces du Japon, de la Corée, d'Afrique. Les couleurs sont folles, chacun choisit sa préférée, les formes, les dessins. Ida répond à ses questions. Elles pleuvent. Soraya ouvre la porte d'un pays inconnu, il abrite un trésor ancestral.

Après le déjeuner, Max et Soraya tournent, Ida vaque, sort des tasses de son four, plonge d'autres pièces dans de grands seaux, elle « émaille », explique-t-elle. Max et Soraya se battent avec la terre, Soraya centre une fois, Max réussit à tourner un bol, Soraya le suit de près.

La nuit arrive, un doigt sur la bouche.

Quand Soraya entend trois coups à la porte, elle sursaute : la montagne baigne dans l'obscurité.

— *Tout va bien ?* demande Astrid.

Elle éclate de rire en les voyant. Ils sont barbouillés de terre des chaussures aux cheveux.

— *Il est quelle heure ?*

Max a parlé arabe.

— *Il est tard,* répond Astrid en anglais. *Max, tu dînes à la maison ?*

— *Oui, si je prépare le dîner.*

— *D'accord. Ida, tu viens ?*

— *Je termine de ranger et j'arrive.*

Ils repartent dans la nuit, Astrid en tête, éclairant la route avec une lampe frontale. La *chose* dort contre elle, blottie dans son odeur.

« Je te tiens par la main
la main de tous les hommes[1] »

Claude Roy

Quand Astrid parvient enfin au parking du hameau, la nuit a endormi le monde depuis longtemps. Astrid a dû s'arrêter une nouvelle fois pour nourrir la grenouille, s'est louée d'avoir prévu autant de biberons pour la journée. Stella a pleuré mais a fini par s'endormir.

Écouter, prévoir, mesurer, soupeser, anticiper, attendre, réagir, dorloter, donner. De l'attention, de l'amour, de la patience, de l'énergie. Donner.

Donner encore.

Elle fait cliqueter le clignotant, s'engouffre dans le petit chemin, dépasse le pont de pierre, pile net.

Une silhouette d'homme se tient au milieu de la route et pousse une brouette. L'homme se retourne et Astrid reconnaît Ange. Il lâche la brouette et se dirige vers elle, frappe à la vitre. Astrid aimerait la laisser fermée, foncer dans la brouette. Ses paumes de mains sont moites sur le volant.

Elle baisse la fenêtre.

1. Claude Roy, « Jamais je ne pourrai », *Poésies*, © Éditions Gallimard, 1970.

— B'jour. Désolé, je charge du bois, dit Ange qui prend appui sur la vitre.

Astrid le dévisage sans répondre mais le regard de l'homme glisse vers l'arrière.

— Oh, il est à qui ce bambin ?

— À moi. C'est ma fille.

— Ah ? Je savais pas que vous aviez un enfant...

— Vous ne savez pas grand-chose et ça me paraît bien normal. Vous pouvez dégager votre brouette ? J'aimerais rentrer chez moi.

Ange s'attarde, étudie le berceau et Astrid n'y tient plus, remonte la vitre.

Les sourcils sur les yeux trop enfoncés s'indignent mais Astrid ne se démonte pas : elle sourit en indiquant le berceau, puis la brouette. Ange rebrousse chemin, Astrid exècre jusqu'à sa démarche. Elle ne lui adresse pas un regard en le dépassant, grommelle un :

— Connard.

Un petit bruit lui répond à l'arrière.

Astrid freine. Se retourne. Stella fixe le plafond, yeux grands ouverts.

Le dîner s'est transformé en soirée cinéma. Astrid a le wifi. Pourquoi Soraya ne lui a-t-elle jamais demandé les codes ? Elle cherche sa famille, tous les moyens sont bons, pourquoi s'être recroquevillée comme si elle était coupée du monde entier ? A-t-elle perdu l'habitude, à compter les secondes des cartes prépayées, à voler ? Soraya a-t-elle peur de connaître la vérité ?

Max a cuisiné de délicieuses pâtes aux champignons à la mode italienne, soutient-il. Ensuite, ils ont parlé de céramique, et de fil en aiguille, le sujet d'un vieux et fameux film a surgi, *Ghost.* Astrid l'a loué, et l'ordinateur posé sur la table de la cuisine, toutes lumières éteintes, ils se sont serrés les uns contre les autres pour regarder.

Astrid a pleuré tout le long du film. Du début à la fin. Sans bruit. Ils ont tous fait semblant de ne rien remarquer.

Ce matin, Astrid propose à Soraya de retourner chez Ida : elle va bientôt partir en vacances, autant en profiter et la voir avant. Soraya sait que l'atelier n'est pas loin mais elle est terrorisée à l'idée de faire le trajet. Elle l'avoue à Astrid.

— *Je t'accompagne,* propose-t-elle.

Soraya enfile ses vêtements les moins jolis, ils seront salis de toute façon. Elle redescend vite, trouve Astrid dans le couloir, la *chose* suspendue dans l'écharpe, réveillée, sa petite tête gigotant à peine. Soraya n'a pas demandé si elle va bien, ce qu'a dit le pédiatre. Astrid a gardé ces informations pour elle.

Dans la lumière pâle de cette fin octobre, elles sortent, tétanisées par le froid qui les attrape et les presse contre son giron glacé. Elles dépassent de grands arbres, la maison d'Ida se rapproche. Derrière, plus haut sur la pente, Soraya aperçoit une autre maison. Un homme en sort, une hache à la main, petite silhouette de figurine belliqueuse. Astrid a suivi le regard de Soraya.

— *C'est Ange. Le chasseur. Il habite là-bas.*

Soraya frissonne.

— *Au fait, elle va bien ?* demande-t-elle, la voix rauque, en désignant la bosse de l'écharpe d'un coup de menton.

Astrid pose son bras sur le sien.

— *Moi non plus, je ne voudrais pas m'occuper d'un enfant qu'on a mis de force dans mon ventre, Soraya.*

Au milieu de la brise qui secoue les arbres dorés qui s'effacent, des sommets invincibles, sous ce ciel laiteux qu'elle n'a jamais connu, Soraya éclate soudain en sanglots, et Astrid ne peut pas la prendre dans ses bras à cause de l'écharpe, alors elle lui caresse l'épaule. Elle non plus, n'en voudrait pas. Elle qui est adulte. Elle qui a eu une famille, des enfants. Soraya n'est pas un monstre. *Elle n'est pas un monstre.*

L'idée du chasseur resurgit brusquement, Soraya se redresse, plisse les yeux. Il est en train de les observer. Elle repart à pas pressés.

— *Il nous épie.*

Astrid se racle la gorge et éclate d'un rire tonitruant qui se répercute sur les parois alentour. Soraya poursuit sa route abasourdie, tourne à peine la tête vers elle.

— *Si je ris, tu ne viens pas de pleurer… tu n'es pas aux abois, en danger, fragile.*

Elles parviennent à l'atelier d'Ida et Soraya se jette à l'intérieur.

— *Je repasse en fin d'après-midi !* lance Astrid déjà repartie.

Astrid, qui vient de délivrer Soraya. Astrid, qui dit : tu as le droit de ne pas aimer ce bébé.

La journée passe en accéléré. Soraya ne pense à rien d'autre qu'à centrer ses balles de terre, à les creuser, à sentir le bourrelet se former sous la pulpe de ses doigts, le faire monter. Admirer la magie à l'œuvre. Ida lui montre aussi son four ; elle ne connaît pas le nom des outils en anglais, encore moins en arabe, alors Soraya les apprend en français : « mirette », « ébauchoir », « estèque ». Ils sont difficiles à prononcer. Elle cherchera leur traduction en rentrant.

Quand Astrid vient la chercher dans le jour mort, Soraya a réussi à tourner deux petits bols, mais le travail est loin d'être terminé ; ensuite, il faudra les « tournasser », ça n'a pas l'air facile. Elle a mal aux épaules, aux bras, ses ongles ont été rognés par le frottement de ses mains contre la girelle. Ida lui a aussi montré comment façonner des objets sans tour, en pinçant, modelant, à l'aide de petites saucisses de terre appelées « colombins ». On les utilise depuis la préhistoire. Soraya aime l'idée de se couler dans une pratique qui la dépasse et s'enracine au commencement des humains.

— *Ça te plaît ?* demande Astrid sur le chemin du retour.

— *C'est formidable.*

— *Tu t'imagines comme Ida ? En faire ton métier ?*

Soraya bute sur un caillou et manque de tomber.

— *Je ne sais pas.*

Sait-elle quelque chose ?

Astrid a apporté des livres hier. Elle a aussi offert à Soraya un carnet. Soraya y note le nom des outils et des techniques apprises aujourd'hui, dans les trois langues. Elle aide à préparer le repas en lui racontant les détails de sa journée. Elle fait la vaisselle et monte aussitôt après. Sous sa couette, connectée au wifi, elle visionne d'innombrables films où des mains inconnues façonnent des pichets, des bols, des assiettes, des coupelles, tordent, érigent, ici ou au bout du monde. Les gestes se répètent, se font écho. Des heures durant.

La *chose* a faim et hurle. Astrid chauffe, chante.

Quand la maison dort sur ses deux oreilles, que Soraya n'entend plus que sa respiration, elle se résout à faire ce qu'elle repousse depuis si longtemps. Savoir ou ne pas savoir ne change rien à la réalité. Alors doucement, du bout des doigts, elle entre les noms chéris dans les barres de recherche :

Amin Khouri

Noura Sabbagh

Ibtihal Basbous

Zyad Wakim, son frère, assez grand pour traîner sur les réseaux sociaux, désormais.

Elle épluche chaque page, clique, étudie les photographies, agrandit, cherche l'indice qui lui ouvrira les portes d'un possible : ils sont quelque part. Ou ils ne sont plus.

Elle tape aussi les noms de ses professeurs, de ses camarades. Cinq d'entre eux sont en Turquie. Deux ont réussi à émigrer aux États-Unis. Selim, qui était avec Soraya en classe pendant plusieurs années, a été tué dans un bombardement. Elle tombe sur un mausolée, photos barrées de noir. Mais pour les plus précieux, Amin, Noura, Ibtihal, Zyad, Soraya ne trouve que des homonymes ou des noms approchants. Des étrangers qui vivent leur vie sans se douter de sa détresse. Elle ne trouve pas non plus ses parents.

Ils sont morts. Ils sont tous morts.

Soraya est dans une immense maison dont le papier peint se déchire en lambeaux. Il y fait sombre. Pour retrouver sa famille, elle doit gravir un escalier dont les marches sont anormalement hautes. Plus elle grimpe, plus les marches sont hautes. Elles finissent par se couvrir d'une substance noirâtre et poisseuse qui contraint Soraya à ralentir, ses semelles se collent dessus, elle se débat, essaie sans succès de se débarrasser de cette matière qui monte à l'assaut de ses chaussures. Le visage de son père s'encadre au-dessus de la rampe, il hurle de se dépêcher, vite, Soraya redouble d'efforts mais ses pieds s'engluent. Soudain, des cris de douleur explosent, ils vont mourir à cause d'elle, incapable de les aider, elle est coincée, la petite voix aiguë de Sherine se répercute dans la cage d'escalier, lui perce les tympans, elle appelle au secours, Soraya !

— *Soraya ! Soraya ! Réveille-toi !*

La couette est tombée par terre et Soraya se bat contre Astrid qui la maintient à distance, bras tendus.

— *Ils vont mourir, ils vont tous mourir !*

Soraya s'effondre contre Astrid.

Lorsqu'elle est calmée, elle lui raconte ses recherches.

— *Si tes amis et tes parents sont sur la route ou dans des camps, leur accès au téléphone doit être limité.*

— *Au début, mon père échangeait avec des amis. Dès que je pouvais grappiller des minutes, du wifi, je demandais des nouvelles sur Facebook, WhatsApp.*

— *Quelle est la différence, aujourd'hui ?*

— *Mes parents se sont fait voler de l'argent plusieurs fois sur le chemin. Nous avons fini avec une seule carte prépayée pour toute la famille. J'avais les miettes. Si le téléphone de mon père se casse, il faut en retrouver un.*

Astrid soupire.

— *Un jour, en voiture, mon père s'est rendu compte que le passeur prenait une mauvaise direction. Il voulait nous perdre. Le téléphone de mon père nous a sauvés. Ça et sa grosse voix fâchée.*

Celle de la *chose* s'élève comme un écho, bêlement maladif.

— *J'ai lu que les portables étaient précieux sur la route.*

— *Oui. Mon père faisait partie des rares chrétiens à soutenir le réseau des comités locaux de coordination. Il était non-violent. Partir a été un crève-cœur.*

Astrid attend ; la voix de la *chose* enfle.

— *Son téléphone était son seul lien avec ses amis. Il était rongé par le remords.*

Astrid se lève, se retourne après avoir franchi la porte de la chambre.

— *Tes parents sont des battants, Soraya. Je suis sûre que tu vas les retrouver.*

C'est peut-être un mensonge, mais l'entendre lui fait un bien fou.

« Chaque matin ouvrir les yeux   Je te parle
Tu me parles   Caresser la chatte noire contente que
ses maîtres soient là   Le parfum du café frais passé
une grappe de raisin noir sur une assiette blanche
Tu me souris   Il n'y a rien d'autre à demander
et seulement se dire   merci d'être là[1] »

Claude Roy

« Je vous annonce que je déménage. Dans le sud. J'ai vendu la maison. Enfin, j'ai signé une promesse. Voilà. »

Astrid s'efforce de rester calme en buvant son thé noir. L'appartement encombré sent la cire. L'été colle son nez à la fenêtre comme un enfant puni.

Son beau-père ne dit rien. Il quitte son fauteuil, disparaît dans le salon. Sa belle-mère, la mère de Kamal, qui l'a porté dans son ventre et lui a appris à marcher, renifle. Et ce petit son de rien, insignifiant, est un roman.

« Tu pars. »

« Oui. »

1. Claude Roy, « Automne », *À la lisière du temps*, © Éditions Gallimard, 1984.

« Tu les abandonnes. »
« Pardon ? »
Sa belle-mère se lève, fait tomber le sucrier.
« Tu ne pourras plus leur rendre visite si tu habites à mille kilomètres ! Tu les abandonnes ! »

L'argument lui avait fait si mal qu'elle avait attrapé son sac, sa veste en lin, était partie sans un mot.

Sa belle-mère lui disait sa douleur, mais quelle maladresse. Astrid aurait dû rester *ad vitam* dans sa banlieue pour se recueillir sur leurs tombes ? C'était ça, son programme d'avenir ? Au volant de l'Étrangère, elle secoue la tête, éloigne la pensée à la façon d'un chien trop collant, allez ouste. Elle est partie de la maison dès le biberon terminé. En a emporté un autre, au cas où.

Il y a une petite supérette bio à quarante-cinq minutes de trajet, dans un coin qu'Astrid ne connaît pas. Elle a envie de chocolat. De savons parfumés. Ida lui a précisé qu'il y avait aussi un fleuriste et un magasin de décoration.

Stella pleure, Astrid allume la radio. Pas le temps de chercher de la musique, le reportage la cueille.

— Le marché des chrysanthèmes se porte à merveille en cette période de Toussaint...

Elle appuie d'un coup sec sur le bouton, les chiffres de la radio défilent et Astrid lève le doigt en reconnaissant Ravel.

— On n'en a pas pour longtemps, petite grenouille, écoute la jolie musique !

Astrid ouvre le paquet, déplie le sweat rouge qui lui ira à ravir.
« Oh, merci, mon amour, mais en quel honneur ? C'est pas mon anniversaire ! »
« Non, les anniversaires, c'est nul. »
Kamal l'embrasse ; il pique et elle le repousse du plat de la main en feignant une moue.

« Tu dis ça parce que tu ne retiens pas les dates ! »
« On n'a pas besoin d'une date de naissance pour s'offrir des cadeaux. »
« Certes non », glisse-t-elle en enlevant son pull, « mais fêter son arrivée au monde est sympathique. »
Elle enfile le sweat rouge, se dirige vers le miroir pour admirer le résultat. Kamal la rattrape, le lui retire.
« Fêtons nos corps en vie, tu veux ? »
« Avec plaisir. »

Dans quelques semaines, ce sera l'anniversaire de sa mort.

De leur mort.

La fête de leur départ du monde.

De leurs corps sans vie.

Ce matin, Astrid est partie faire des courses. Elle emmène la *chose* partout avec elle. Pas une fois elle n'a demandé à Soraya de la garder. Soraya l'observe, Astrid ne fait pas que nourrir la *chose*, la baigner. Elle lui parle, l'interroge, répond, explique, lui chante des berceuses, lui achète des peluches, des vêtements, s'épuise. Y retrouve-t-elle ses enfants ? Les gestes, la fatigue, est-ce une façon de renouer, de tirer le fil, un fil-illusion, miroir bosselé de son ancienne vie, pis-aller pour tenter de combler le manque terrible ? La *chose*, au contraire, les efface-t-elle ? Soraya n'osera jamais aborder ce sujet avec elle, l'effleurer même, comme une grande lande déserte où pousse de la bruyère, quelques arbustes, et dans laquelle elle sait qu'il est interdit d'entrer.

Ida est venue les embrasser avant de partir. Elle a offert un vase à Soraya, fin, élancé, crémeux comme un nuage. Elle sera de retour dans deux semaines mais a confié un double des clefs de son atelier à Astrid, si Soraya souhaite modeler ou tourner de la terre. Elle est heureuse de ce possible.

La poignée de l'entrée est secouée et la voix de Max appelle dehors. Soraya court lui ouvrir. Il n'a plus son chignon et ses cheveux blonds lui tombent sur les épaules.

— Salut petit fennec !

Il a parlé français et elle fronce les sourcils. Il répète en arabe et brandit un manuel.

— *Je suis venue te donner un cours de français.*

— *Pourquoi ?*

— *Demande expresse d'Astrid.*

— *Je ne veux pas apprendre le français, je veux aller à Londres.*

Max reste quelques secondes bras ballants, puis avance vers la cuisine.

— *Depuis quand ?*

— *Depuis toujours. J'ai d'abord été ce qu'on m'a demandé d'être : une gentille petite fille, et je suis venue en France.*

Max avise la cafetière vide. Il la remplit d'eau, installe un filtre. Soraya s'assoit face à la fenêtre. Des tombereaux de pluie lui barrent la vue. Parfois, elle a l'impression que les gouttes se transforment en neige.

— *Je bois un café et je rentre chez moi ?*

— *Je n'ai pas dit que je partais à Londres, j'ai dit que c'était mon espoir*, corrige Soraya. *En attendant, tu as raison, il vaudrait mieux que je m'améliore en français.*

— *Pourquoi le poêle est-il éteint ? Tu n'as pas froid ?*

— *Astrid a dû oublier de l'allumer et...*

— *Un peu d'initiative !* se moque Max. *À moins que tu ne saches pas faire de feu ?*

Soraya le dévisage.

— *Tu n'as aucune idée de ce que signifie être sur la route.*

— *Non, c'est vrai. Pardon.*

— *Sans feu, tu peux mourir, Max, mourir de froid. J'ai vu des gens morts de froid sur le chemin.*

— *C'était très maladroit, je suis désolé. Je fais un feu, d'accord ?*

Depuis que Soraya a quitté son pays, elle vit sur une île. Les autres humains habitent un grand continent. Elle le distingue sur la ligne d'horizon, irradiant de tablées goguenardes, de feux d'artifice cinglant la nuit, de rivières de rires et de lumières. Ils lui crient parfois des mots bienveillants, l'appellent, mais ils sont si loin. Personne pour aborder les rivages hideux de son île. La seule personne qui l'habitait avec elle, qui en connaissait les pièges et la topographie, est morte. Astrid aussi a son île, Soraya en distingue les aspérités. Mais Max fait des efforts, il est gentil. Est-ce sa faute si Soraya ne lui raconte pas ? A-t-elle au moins pris la peine de l'inviter sur son île de désolation ?

— *Tu es déjà allé à Londres ?*

Il est penché sur le poêle et continue de s'affairer sans se retourner.

— *Oui, plusieurs fois. J'aime beaucoup cette ville.*

— *C'est comment ?*

De petites flammèches naissent sous son souffle doux ; elles grandissent, s'élèvent par à-coups joyeux pour manger le papier froissé et les bûchettes. Max referme la porte du poêle et termine de préparer le café.

— *Cosmopolite, vivant, différent, riche. Londres n'existe pas, il y a plusieurs Londres, le métro, les bus, les parcs, les pubs, les musées, les comédies musicales, les écureuils, la pluie.*

— *Ça fait envie. Tu crois que je pourrai aller à Londres, un jour ?*

Il appuie sur le bouton qui rougeoie et la cafetière hoquette.

— *Pourquoi non ? Ça ne doit pas être impossible d'aller là-bas*, dit-il.

Soraya sourit à cette pensée.

— *J'aimerais monter dans un bus à deux étages.*

Max s'installe en face d'elle et ouvre son manuel. Il est corné, annoté.

— *À mon avis, mieux vaut d'abord obtenir des papiers ici.*

Soraya hoche la tête.

— *Tu donnes souvent des cours de français ?*

— *Dès que je le peux. Je suis assez nul en ce qui concerne les histoires de papiers, l'aspect juridique. Apprendre à parler français est important. Si je peux donner un coup de main, je le fais. On y va ?* sourit-il.

Son portable bipe dans sa poche. Il maugrée un « désolé ».

— Si je te parle en français, comme ça, lentement, tu comprends ?

— Oui.

— Peux-tu me parler un peu ?

Soraya serre les dents.

— Je parle français un petite peu mais il a difficile pour moi de parler de mots difficiles... Je parle des phrases courts, faciles. Je comprends peu beaucoup.

— *Bravo !*

Max est revenu à l'arabe, il glisse une mèche de ses cheveux derrière son oreille.

— *Voudrais-tu lire un extrait du manuel ? Je te corrige au fur et à mesure, tu me poses toutes les questions qui te viennent.*

Son téléphone bipe à nouveau.

— *Excuse-moi.*

Il le sort de la poche arrière de son jean, lit un message, lève les yeux sur Soraya, revient à l'écran, tape vite et une réponse lui parvient illico. Les *ding* se font écho, Soraya apporte la cafetière qui a terminé de crachoter, leur en sert à chacun une grande tasse.

— *Merci,* dit-il sans lever le nez de son téléphone.

Soraya repose la cafetière sur son socle brûlant, se rassoit.

— *Tout va bien ?*

— *En fait...*

— *Oui ?*

— *Tu serais capable de marcher ?*

— *Comment ça ?*

— *Tu as pris tes vitamines ? Marcher deux heures serait envisageable pour toi ?*

— *Marcher vers où ?*

Max sourit.

— *Vers une grotte. Des copains à moi font une fête,* ajoute-t-il.

— *Une fête ? Je croyais que je devais me cacher !*

— *Je te l'ai dit : il faut faire attention à la route, mais on rejoindrait une grotte située à deux heures de marche d'ici et accessible uniquement par des petits sentiers.*

Soraya secoue la tête sans pouvoir s'arrêter.

— *C'est trop dangereux, trop dangereux.*

— *Je te promets que non. Il pleut, il fait froid, les gendarmes patrouillent sur les axes qui coupent ou partent de la frontière. Pas par ici.*

— *Comment peux-tu en être si sûr ?*

— *Je connais les endroits surveillés. Soraya, je ne prendrais aucun risque, je te promets. Tu n'as pas envie de sortir, de rencontrer des gens ?*

— *Si, mais...*

— *On en parle avec Astrid. Si tu en as envie bien sûr !* se dépêche-t-il de préciser.

— *Je peux décider sans Astrid.*

— *Je sais. Allez, mettons-nous au travail,* dit Max.

Sa voix ne sonne pas pareil selon qu'il s'exprime en français, en arabe ou en anglais : elle résonne plus fort en anglais, est plus intime en arabe. Soraya préfère son arabe mais n'est pas objective. Il le parle bien, elle distingue néanmoins une pointe de gaucherie dans sa prononciation – adorable. Mais c'est de français qu'il s'agit pour l'instant. Le texte est assez simple. Au début, elle se sent embarrassée, bute sur les lettres, mélange les syllabes. Elle explique à Max que ses derniers cours de français remontent à presque deux ans.

— Ce qui compte, c'est ton niveau aujourd'hui, et comment t'améliorer, articule-t-il.

Elle hoche la tête et poursuit sa lecture. Lorsqu'elle vient à bout de la page, Max applaudit.

— Ta prononciation est bonne. Voyons ce que tu as compris.

Des mots français courent en liberté dans une zone engourdie de son cerveau et Soraya part en chasse, elle les attrape au lasso, les relance, sensation curieuse, bouillonnement profond de ces oubliés qui remontent à la surface comme des centaines de mots réveillés par un baiser. Au bout d'une heure, elle est épuisée.

— *D'accord, on va travailler le conditionnel.*

Max poursuit en français :

— Que préférerais-tu : savoir voler ou devenir invisible ?

Soraya lui demande de traduire.

— Devenir invisible, répond-elle du tac au tac.

— Tu peux développer ?

— Ça aurait utile pendant ma voyage.

— *Pardon, Soraya. Décidément, tu dois me trouver très stupide.*

Soraya ne veut plus être seule sur son île.

— *Dans l'absolu, j'aimerais voler. J'adorerais voler. Frôler les oiseaux, admirer le monde d'en haut, si petit, moins effrayant, plus beau aussi peut-être, les hommes sont insignifiants, les forêts sont des lacs, le désert est une peau d'éléphant. Mais si je pouvais être invisible, je serais toujours avec ma famille, j'aurais pu me procurer de la nourriture, des vêtements, des médicaments, ma sœur serait encore en vie, ma tante aussi, je n'aurais pas besoin de me terrer ici, et je n'aurais... je n'aurais sûrement... je...*

Max ne respire plus.

— *Je n'aurais jamais été violée.*

Soraya ne sait pas s'il l'a entendue tant elle a parlé bas. Pour la première fois, elle a utilisé le verbe à haute voix devant quelqu'un qui l'a compris ; il s'est échappé, a franchi ses lèvres pour gagner le monde tangible, le monde sonore, chaud, vivant. Le verbe est devenu vérité.

La main de Max se pose à côté de la sienne mais ne la touche pas.

— *Je… qu'est-ce que je peux faire ?* balbutie-t-il.
— *Rien.*
— *J'ai tellement honte.*
— *De quoi ?*
— *D'être un homme.*
Ils restent silencieux dans la cuisine.

Astrid revient deux heures et demie plus tard, le coffre chargé de courses et de fleurs. Max l'aide à décharger. Avant, Soraya et Max ont fait du feu dans la grande cheminée du salon, du thé. Ils se sont racontés, effondrés sur le canapé. La grande sœur de Max vit à Londres, elle est professeure là-bas, mariée à un Anglais. Son frère est à Paris et termine ses études de médecine. Max est le petit dernier. Il a grandi en solitaire, son frère et sa sœur sont plus âgés. Il a beaucoup d'amis dans le coin, lui a parlé de ses vieux copains. Certains seront présents dans la fameuse grotte. Chez elle, lui a confié Soraya, la liberté se gagne à l'université lorsqu'on a la chance d'y aller. Pendant le lycée, les parents chapeautent les fêtes, achètent le jus d'orange, surveillent, supputent. Ceux de Soraya étaient très stricts dès que la conversation frôlait les sujets du corps, de la sexualité. Le cinéma et les séries lui ont ouvert un monde et ont fait son éducation. Ses amis étaient plutôt prudes, eux aussi, sauf Noura avec qui Soraya parlait longuement. Rien à voir avec la France. Soraya a aussi dit à Max des morceaux de la guerre, parce qu'elle est partout dans sa tête, enracinée, reine en son royaume, suivie par sa fidèle servante, l'attente. Attente des victuailles, du retour des parents quand ils sont sortis, de son oncle, des rumeurs, attente du sifflement aigu des balles de snipers qui ricochent sur les façades, de celui vengeur des hélicoptères bourdonnants, attente de nouvelles, attente toujours, qui creuse comme un ver s'enfonçant sous la peau, sans bruit, trouant des galeries dans la chair, passages où l'air est toujours plus glacé, plus vicié.

Et puis, Astrid est arrivée.

Max empoigne deux gros sacs et interroge Soraya du regard. Elle sourit. Il explique alors son projet de fête à Astrid. Il parle vite, en français. Pendant tout ce temps, Astrid étudie Soraya avec attention. La *chose* dort à poings fermés dans son couffin posé par terre. De profil.

— *Tu as envie d'y aller ?* demande Astrid.

Soraya ne répond pas, cligne des yeux. Astrid suit son regard.

— *Ça te ferait plaisir d'aller à cette fête, Soraya ?* répète-t-elle.

— *Je crois, oui.*

Astrid fait face à Max et lui lance trois mots qui le font rougir, mais il crie avant de partir en petites foulées jusqu'à sa voiture :

— *À tout à l'heure, petit fennec !*

Soraya aide Astrid à ranger les courses, tend un chou, un sac de pommes de terre, une brique de lait.

— *Que lui as-tu dit ?* interroge-t-elle.

— *Que s'il t'arrivait quoi que ce soit, je ne lui pardonnerais jamais.*

Elle empile des yaourts dans le frigo.

— *Mais je crois que Max est un garçon raisonnable,* poursuit Astrid. *Tu pourrais me passer les pots de confiture, s'il te plaît ?*

Les sacs sont vides, Astrid les plie et les coince derrière un placard. La *chose* dort encore dans son couffin, pas trop loin du poêle.

— *Soraya ?*

— *Oui ?*

— *Tout va bien ?*

Soraya hésite, murmure :

— *Le bébé a le profil de ma mère. Je l'ai vu.*

Astrid s'assoit sur une chaise. Elle a l'air si vieille, en cet instant.

— *Que tu le veuilles ou non, ce bébé est ta fille.*

— *Dans ma tête, je l'appelle « la chose ».*

À son grand étonnement, Astrid ne réagit pas.

— *Je ne sais pas comment je l'appellerais à ta place. Certainement pas « mon petit cœur »*, finit-elle par dire.

— *Je ne veux pas qu'elle ressemble à ma mère.*

— *Pourquoi ?*

— *Parce que je la veux hors de ma vie !*

— *Elle le sera, Soraya. Le pédiatre que je suis allée voir est extraordinaire, il va m'aider. Nous allons essayer de faire en sorte que ta fille ne soit jamais en foyer, qu'elle reste avec moi jusqu'à être placée dans une famille aimante.*

— *Et si elle ne leur plaît pas ?*

Astrid secoue la tête.

— *Les gens qui cherchent à adopter ont un vrai désir d'enfant.*

— *Je la déteste, c'est la « chose ». Mais elle ressemble à ma mère. Je ne veux pas qu'elle soit malheureuse. J'aurais dû partir il y a longtemps, je n'aurais pas vu son profil.*

— *C'est ce que tu veux ? Partir ?* demande Astrid.

— *Non !* explose Soraya mais elle se radoucit aussitôt. *Pardon. Je ne sais pas ce que je veux, je suis vide à l'intérieur. Usée.*

Astrid attend de longues secondes avant de parler.

— *Tu sais quel jour on est ?*

— *Pas vraiment.*

— *Le 31 octobre. Demain, nous serons le 1er novembre. Le jour des morts.*

Astrid fait une pause. La *chose* soupire. Par réflexe, Soraya a tourné la tête. La *chose* sourit dans son sommeil.

— *J'ai acheté des fleurs. Une pour Kamal. Une pour Tom. Et une pour Jibril.*

Sa douleur traverse Soraya.

— *J'en ai aussi pris une pour ta tante. Et une pour Sherine. Si tu veux... Je... je vais les planter dans le pré.*

Astrid reprend son souffle.

— *J'ai préparé des trous quand la terre était molle, il y a quelques jours, sous la pluie.*

Soraya se rappelle l'avoir vue rentrée crottée et trempée. La *chose* dormait dans une poussette, sous une épaisse couverture et une capote transparente.

Un pont se tisse entre leurs îles.

Le crachin est glacé mais Soraya est bien couverte. À part son visage froid, tout est au chaud grâce aux couches de vêtements prêtés par Astrid. De gros nuages de vapeur se mêlent à la bruine quand elles expirent. La *chose* est restée à la maison, dans son couffin ; Astrid ne voulait pas la réveiller. Elles acheminent les pots dans la brouette.

Celles de Tom et Jibril sont délicates, petites, violettes, l'intérieur orange. Astrid explique qu'il s'agit de crocus d'automne, dont le pistil donne le safran. La fleur de Kamal est encore plus simple : de la bruyère. À cause de Victor Hugo, ajoute-t-elle. Soraya n'ose pas demander de précisions. La plante d'Ibtissam n'est pas fleurie. Ce n'est pas la bonne saison, dit Astrid, mais elle a choisi des edelweiss, petites étoiles blanches caractéristiques des hautes montagnes, précieuses, emblématiques, pour qu'Ibtissam se sente ici chez elle. Elles fleuriront au printemps. Sherine a droit aux mêmes fleurs que Tom et Jibril. Tant de non-dits dans ce choix. Tant de paroles muettes qui bouleversent Soraya. Au bout du pré, un peu avant le ruisseau, il y a cinq trous. Trois rapprochés, et deux autres, quelques mètres plus loin.

Soraya prend l'edelweiss, un crocus d'automne, incapable d'articuler un « merci », et s'éloigne pour s'accroupir devant la terre creusée. Elle renverse le premier pot, recueille l'edelweiss avec précaution dans sa paume, l'installe à sa place. Elle la couvre de terre et la cale bien.

À voix basse, Soraya remercie les montagnes, remercie Astrid et sa tante qui l'a accompagnée. Elle lui dit qu'elle l'aime, elle est heureuse de lui offrir cette edelweiss. Si son âme vient rôder par ici, elle entendra le chant du ruisseau. Si elle revient au printemps, elle verra ses fleurs. Soraya ne sait pas si elle sera encore ici, mais grâce à Astrid, sa tante possède désormais un bout de ce monde. Elle plante ensuite le crocus de Sherine. Tasse la terre autour. À elle non plus, Soraya n'a pas dit au revoir, ou pas comme elle l'aurait voulu. Avec Ibtissam, elles sont parties le jour de sa mort. Soraya ne sait même pas où elle est enterrée – a-t-elle été enterrée ? Papa n'en démordait pas, il fallait se sauver, vite, aujourd'hui *ya 'omri*, peut-être qu'il n'y aura plus d'opportunité avant des mois, ensuite. Soraya regrette tellement de lui avoir obéi.

Elle regarde le ruisseau, l'écoute. Sherine aurait aimé jouer sur ses berges, elle qui préparait des soupes avec du sable, des feuilles, des brindilles, un comprimé d'aspirine une fois, un tube de gouache, et même du fard à paupières de maman, furieuse en découvrant le massacre. De temps à autre, selon son humeur ou ses amies, elle marmonnait des incantations sans queue ni tête. Soraya lui lisait des contes le soir, Sherine adorait les histoires de djinns et de mages, elle frissonnait de peur sous la couverture, jetait des sorts aux méchants. Le principal était Ahmed, le fils d'un voisin, qui tirait ses cheveux dès qu'il la voyait. Soraya aurait voulu la voir grandir, partager avec elle ce que signifie devenir femme, elles étaient les seules de la fratrie.

Quelque chose s'apaise en elle.

— *Je suis heureuse de t'offrir cette fleur à côté d'Ibtissam, petite sœur. Vous êtes désormais réunies dans l'immense cœur de la montagne. Je vous espère en paix.*

Soraya tapote une dernière fois la terre et remonte. Elle laisse Astrid agenouillée sous la pluie.

Lorsqu'elle atteint la maison, la *chose* hurle. Soraya entre à pas pesants et parvient à la cuisine. Dans son couffin, la *chose* est rouge et s'agite. Soraya pense à sa mère, à Sherine. À ses larmes, parfois. Elle l'a réconfortée, bébé, serrée contre elle pour la calmer. Elle reste debout, pose une main sur le rebord du couffin et lui imprime un mouvement de balancier. De sa gorge sort une berceuse enrouée et ses paroles s'envolent dans le silence de la cuisine. La *chose* continue de hurler. Petit à petit, pourtant, ses cris s'espacent, diminuent, ses joues passent du rouge au rose. Ses petits yeux myopes clignent.

Soraya appelle Astrid de tous ses vœux et bondit lorsqu'elle arrive enfin. Astrid jette son anorak sur le dossier d'une chaise et lance :

— *Désolée !*

Cette fois, Soraya parvient à dire merci et se sauve dans sa chambre.

La *chose* a le profil de sa mère, mais elle est la *chose.* Une famille l'attend quelque part, une famille qui l'accueillera, l'aimera. Soraya sera libre.

« Joie, fragile, brève,
Bientôt, jadis, alors, nulle part –
Mais quelle beauté, quelle clarté
Dans le soleil, dans la lumière de la vie[1]. »

Kathleen Raine

Soraya a quitté son pays lorsqu'elle avait quinze ans. Elle n'a jamais dû aller à une fête, ou en tout cas, pas une fête en montagne, sans adultes pour surveiller, avec de l'alcool et des moufles. Astrid non plus mais elle a traversé une adolescence carabinée, des fêtes, elle en a écumé.

C'est au moment où Max lui a proposé la virée qu'Astrid a compris. Soraya reste une enfant. Elle continue de découvrir la vie avec des yeux tantôt désabusés, tantôt naïfs. Ceux-là sont bouleversants de soif.

Astrid a lavé les grenouilles en peluche. Elle en agite une au-dessus du berceau de Stella posé devant la cheminée. Le feu pétille et raconte son histoire de veillées, de partage, de lumière dans l'ombre, de refuge.

— C'est la petite grenouille de la petite grenouille…

---

1. Kathleen Raine, *La Présence*, traduit de l'anglais (Royaume-Uni) par Philippe Giraudon, © Éditions Verdier, 2003.

La fillette suit vaguement la masse verte du regard. Astrid espère avoir fait le bon choix. Amanda était catégorique : « Max est un gentil garçon. Torturé, sensible, et gentil. Je connais très bien sa mère en prime. » Amanda était aussi catégorique sur la fête en question : « ils se connaissent depuis la maternelle. C'est bon enfant, il y aura peut-être un ou deux vomis, mais c'est tout. Et la police ne mettra pas le nez dehors aussi loin pour des jeunes se dandinant en musique dans un froid de canard. Les exilés ne font pas de fêtes sauvages. »

Astrid nourrit le feu avec une grosse bûche tordue, réarrange les braises au tison, tire le berceau au pied du canapé.

— Inutile de faire à dîner ce soir, Soraya n'est pas là. Je te propose une sieste avant le prochain biberon, d'accord ?

Astrid s'allonge, pose la main sur le berceau, le balance. Le feu enrobe la pièce de sa crépitation stroboscopique. Les volets repoussent le froid. Astrid ferme déjà les yeux et le mouvement de sa main ralentit. La petite voix de Stella chuinte, prélude, Astrid se hisse sur un coude. Quand elle apparaît dans son champ de vision, la fillette agite les jambes à la façon d'une rainette dans un étang.

— Tu es vraiment une petite grenouille. Il te manque un pyjama vert. On ira en acheter un demain, j'aurais bien besoin de quelques vêtements aussi.

La figure se plisse, concentrée.

— Dormons, tu veux ? Il fait nuit mais il est encore tôt.

Jeu de jambes. Astrid se soulève un peu plus, attrape Stella, si légère, la pose sur son ventre.

— Et comme ça, tu dors ?

La respiration de la fillette lui chatouille les clavicules. Astrid l'entoure de ses bras, s'allonge mieux.

— J'ai fait ça avec Tom à la maison, quand il hurlait après avoir pris le sein. Puis avec Jibril. Les infirmières de l'hôpital étaient folles. Elles avaient peur que je l'étouffe. J'avais trois mois de pratique quotidienne. J'ai tenu bon et j'ai pu grappiller une poignée d'heures de sommeil la nuit de sa naissance.

Stella est chaude, le corps d'Astrid s'alourdit.

— Je ne sais pas si c'est une bonne idée de t'installer sur mon ventre. Bientôt, tu iras dans une vraie famille. Tu sais quoi ? On passera aussi à la librairie demain. Choisir des livres que tu es trop petite pour lire. Ça m'aidera à parler de choses plus intéressantes.

Astrid déplie le plaid sur ses jambes. Le corps de la fillette abandonnée pèse sur sa poitrine. Astrid s'endort.

Max revient alors que la nuit est presque tombée. Il tend à Soraya une lampe frontale et elle n'ose pas lui dire qu'elle est inutile. Elle a marché la nuit des mois durant, il fallait bien avancer malgré le noir. L'être humain est un animal abominable et fabuleux. Soraya s'est habituée. Comme Edmond Dantès, elle voit dans l'obscurité. Son père parlait souvent de lui. Elle passe quand même la lampe autour de sa tête.

— *Chacun la sienne. Tu vas mettre les chaussures de montagne d'Astrid, c'est plus sûr.*

Astrid lui a prêté un t-shirt, un sous-pull, son joli pull rouge, des gants, un bonnet, une écharpe. Sous le jean qu'elle lui a aussi emprunté, Soraya porte un collant de laine. Elle ressemble à une « marmotte », puisqu'elle connaît enfin le nom des énormes rongeurs croisés cet été, désormais endormis dans leurs terriers pour l'hiver, lui a expliqué Max. Soraya voudrait pouvoir les imiter. Dormir des mois et oublier.

Il ne pleut plus mais le sol est détrempé.

— *C'est le bon jour. Demain, il neige. Se déplacer sera beaucoup plus compliqué,* lance Max.

Les numéros de Max et Astrid sont enregistrés dans le téléphone de Soraya. Elle a trois cartes prépayées dans les poches. À la porte, Astrid lui sourit.

— *Soyez prudents,* dit-elle en anglais. *Vous m'appelez s'il y a le moindre souci, d'accord ?*

— *Il n'y en aura pas mais d'accord,* répond Max.

— *Je n'hésiterai pas, promis.*

— *Amusez-vous bien !*

Soraya sent son regard sur eux alors qu'ils s'enfoncent dans le soir. La porte d'entrée se referme au loin et le ciel paraît s'agrandir soudain. La montagne respire de son souffle ample, immémorial.

La frontale crée un halo blanchâtre sur les reliefs. Les ombres courent, les arbres sautent, le paysage tourbillonne et se braque par à-coups. Soraya ne reconnaît rien.

— *Tu vas t'habituer,* chuchote Max comme s'il avait entendu ses pensées. *Au début, tout est un peu inquiétant.*

Ils remontent le chemin fait pour les voitures. Presque toutes les maisons sont éteintes. Soraya espère que le chasseur n'est pas à sa fenêtre.

— *On va peut-être croiser des animaux,* murmure Max. *Des renards, des belettes...*

— *Des loups ?*

— *J'aimerais bien, mais ça m'étonnerait. Ils sont très méfiants.*

Soraya marche à un pas raisonnable.

— *Ça fait plaisir de voir que tu es plus en forme.*

Soraya se tourne vers lui mais il cligne des yeux et supplie :

— *Lampe en pleine figure !*

— *Pardon !*

— *Mieux vaut regarder où on met les pieds,* rit-il. *Tu n'as pas froid ?*

— *Pas encore.*

— *Alors tu n'auras pas froid, on va monter, ça va chauffer.*

Ils traversent un pont étroit et Soraya s'arrête pour regarder au-dessus du vénérable parapet de pierre. Elle reste de longues secondes ainsi, contemplant le torrent déchaîné qui rugit, bouillonne, rebondit en contrebas, cru dans le faisceau blanc de la lampe. Le ruban fougueux s'ébat, indocile, échappé d'une prison lointaine, il fuit en gerbes joyeuses malgré l'ombre. De fines gouttelettes glacées s'élèvent des remous jusqu'aux joues de Soraya. Elle peut rester ici. Humer l'odeur de la mousse humide, écouter le chant de l'eau. Elle n'a pas à s'inquiéter de l'endroit où elle dormira, à ce que contiendra son estomac quand elle fermera les yeux. Le monde entier est différent, la marche aussi, le temps encore plus. Comment sera ce monde si elle réussit à être Française ? Sûrement pas idyllique, plein d'incertitudes, mais plus de panique, d'effroi, un répit semblable à celui des marmottes, mais éveillée.

Elle repart sous l'œil attentif de Max.

— *Ça va ?*

— *Oui, oui.*

Ils atteignent un parking sur lequel dorment cinq voitures, dont celle d'Astrid, parviennent à la route principale et son cœur se met à battre. C'est sur la route que la police patrouille et cueille ceux qui ont tant traversé pour les rejeter au-delà des frontières. Dès qu'elle pose son pied sur le goudron, sa dureté explose sous sa semelle. Elle essaie de rester calme mais brusquement elle court tout droit sans respirer. Max la talonne et tend l'index devant lui. Leurs lampes font danser la montagne. Un étroit sentier part du bas-côté et grimpe le flanc de la paroi avant de s'enfoncer sous des mélèzes. Soraya se rue dessus et trottine sans s'arrêter jusqu'à ce que la pente se raidisse et la ralentisse.

Bientôt, elle est obligée d'adopter une cadence plus raisonnable, le souffle court. Déjà les arbres enchevêtrés cachent la route. Un rythme plus lent s'impose. Les pas de Max s'impriment derrière elle. Soraya se concentre sur les troncs à perte de vue. Les mélèzes sont nus maintenant. Leurs branches fines se déploient et se touchent sans bouger, statufiées par un œil vengeur ou maudit. Oui, à la lueur de sa lampe frontale, ils ont l'air morts. Mais dans le secret de leurs racines, la vie ralentie continue de battre. Au printemps, ils renaîtront. Peut-être Soraya n'est-elle pas un cactus. Peut-être est-elle un mélèze. Elle le souhaite.

Max a raison, son corps brûle désormais d'une chaleur d'incendie. Soraya dénoue son écharpe, l'air frais glisse sur son cou. L'atmosphère est froide et humide, voilà pourquoi Max annonce de la neige.

Elle qui a tant aimé les séries et les films se déroulant à Londres, à New York, rêvant de cet ailleurs éblouissant, elle sait maintenant que sa survie n'a pas dépendu des villes grouillantes et de la technologie. Elle admire les femmes et les hommes capables de vivre dans des coins reculés, de lire le monde qui les entoure, de vivre en symbiose avec lui. Max est une de ces personnes.

Ils marchent depuis une bonne heure, maintenant. Ils ont quitté le pays des hommes. Autour d'eux, tout est feutré, aux aguets. Sans prévenir, Max pose sa main sur l'épaule de Soraya et l'arrête, un doigt sur la bouche. Il plisse les yeux quand Soraya l'aveugle, mais sourit. Il montre son oreille.

Au loin, une voix ronde comme une flûte ensemence la montagne. *Pou pou pou pou pou pou pou... Pou pou pou pou pou pou pou...*

— *Une chouette*, commence Max en arabe, tout bas. Une chouette de Tengmalm, ajoute-t-il en français.

Ils écoutent l'oiseau qui colore la nuit. Leurs respirations résonnent avec le chant sauvage, leurs souffles se mêlent et s'évaporent avant de se perdre dans le noir.

Max lui fait signe de repartir. Il marche souvent sans but, sauf celui d'être ailleurs, un humain en territoire sauvage, où il devient l'Autre, où il se sent invité. Ce soir, Soraya le comprend. Elle aussi, est une invitée. Elle a entendu le chant de la chouette, pose ses pieds dans les empreintes de créatures qui sont ici chez elles et l'autorisent à passer. Elles partagent leur domaine et Soraya leur en est reconnaissante.

Le sentier se divise, ils suivent la bifurcation de gauche. Ils ont déjà contourné un versant, s'apprêtent à s'enfoncer un peu plus dans la montagne couverte de résineux sombres. Avant de poursuivre, Max tend à Soraya une gourde. Elle enlève ses gants et les glisse dans ses poches. L'eau est délicieuse.

— *Où sont les autres ? S'ils doivent marcher, pourquoi ne les croise-t-on pas ?*

— *Ils arrivent de l'autre côté. Eux se croisent. Il n'y a que nous qui venons par ce chemin.*

Soraya lui rend la gourde et ils repartent, le bruit de leurs chaussures sur les cailloux du sentier scandant leur marche, mélopée primitive, essentielle.

Ils baignent dans l'obscurité lorsque Soraya entend les premières notes de musique. Elle n'inonde pas la vallée mais la montagne la répercute, le rythme coule jusqu'à eux pour les encourager sur les derniers mètres.

— *Encore dix petites minutes. Tu tiens le coup ?*

— *Oui.*

Soraya ment. Elle est essoufflée et ses cuisses sont douloureuses.

— *Au retour, on n'aura qu'à se laisser porter par la pente,* ajoute Max. *Comme des ballons.*

Au-dessus des conifères qui les entourent, chargés d'épines foncées ceux-là, Soraya distingue un à-pic de pierre rougeoyante. Ils franchissent encore deux virages en zigzag et finissent par sortir du couvert des arbres. Le flanc rocheux de la montagne s'ouvre sur une grotte dans laquelle brûle un feu. Une vingtaine de silhouettes s'affairent, parlent, des rires fusent.

— Max ! crie quelqu'un.

Des têtes se tournent ; Soraya essaie de reprendre son souffle.

— *Tu peux éteindre ta lampe frontale,* glisse Max.

Cinq ou six personnes avancent vers eux, un grand type et une fille sautent au cou de Max. Un garçon, un col en polaire remonté jusqu'au menton, tend la main à Soraya :

— Salut, je suis Eddy.

— *Il faut parler anglais, je vous l'ai dit,* intervient Max qui s'est détaché de ses amis.

Soraya serre la main d'Eddy, tous constatent qu'elle tremble. Soraya range sa main dans sa poche.

— *Eddy, copain de collège ! On était en internat ensemble,* explique Max en anglais tandis qu'il entraîne Soraya avec le groupe vers la grotte. *On a fait beaucoup de bêtises.*

— *Nous étions les terribles organisateurs (chaque année s'il vous plaît) de la terrible semaine des jeux olympiques de nuit. Max a remporté plusieurs médailles d'or,* poursuit Eddy dans un anglais épouvantable. *Ma préférée, c'est la médaille de course à pied nu comme un ver à 3 h 58 du matin, au stade. Il était inoubliable. Imbattable.*

Soraya doit lui faire répéter plusieurs fois pour comprendre. Eddy est brun, les cheveux bouclés en bataille, barbe noire mal rasée. Il a un énorme accent français, comme Astrid.

— *Tu oublies ma médaille d'avalage de patates à l'aube dans la cuisine. Je te rappelle que j'ai battu le record du monde. Voici Louison et Guillaume,* ajoute Max en désignant les deux personnes qui lui ont sauté dessus à leur arrivée.

— *Bonjour Soraya,* sourit Louison. *Je suis une voisine de Max. Je ne l'ai pas vu depuis cet été, je fais mes études à Grenoble.*

Elle est magnifique, blonde avec un petit nez retroussé et de grands yeux bleus. Sa polaire violette est jolie aussi. Soraya lui rend son sourire.

— *Moi aussi, voisin !* dit Guillaume, dans la chevelure rousse descend jusqu'au milieu du dos. *Pas d'études supérieures. J'aide mes parents, ils sont apiculteurs et cultivent du safran.*

— *Hi everyone !* lance Soraya, et sa voix est enrouée.

La grotte est immense. Derrière le feu circonscrit par un cercle de pierres, un grand vide noir. Des sacs à dos sont posés contre les parois, des couvertures entassées par terre. Dans des boîtes en bois sont empilés des bouteilles, des assiettes en carton, des gobelets. Une petite enceinte crache de la musique et le rythme lancinant fait se balancer la tête ou les pieds de la plupart des gens qui discutent.

Soraya bute contre un rocher et Guillaume la rattrape par le coude.

— Ça va ? Pardon ! Aïe, euh *sorry ! Are you okay ?*

— *Je suis un peu fatiguée,* avoue-t-elle.

— *Je vais te trouver un remontant. Tu connais l'hydromel ? J'en ai apporté, fait maison. Sinon, on a de la bière.*

Ils sont à l'entrée de la grotte. Guillaume énumère des noms d'alcool que Soraya ne connaît pas, elle n'ose pas dire que la première fois qu'elle en a bu, c'était il y a quelques jours, deux gorgées.

Max lui présente chacun, les prénoms s'égrènent, Soraya hoche la tête mais s'embrouille, certains sont imprononçables, trop de « in », de « on ». Les flammes façonnent le relief, il est mouvant, rampe et éclate, les visages clignotent. Un instant, la panique l'étreint, elle n'aurait jamais dû venir, elle ne sait pas quoi dire, n'a *rien* à dire ; sur son exoplanète, sa mère surveillait son maquillage, ses fréquentations, son corps a été broyé, déchiqueté, habité contre son gré, sa tante est morte dans ses bras. Eux devisent bière à la main, ils chantent, se font des câlins et débouchent des bouteilles. Ont-ils déjà erré dans un bois durant des heures – déféquer sous un arbre parce qu'on n'en peut plus, le corps est une puanteur abominable, repasser trois heures plus tard au même endroit, les mouches agglutinées, détourner les yeux et chercher le chemin, encore, toujours. Ou la fois où des policiers attendaient à la frontière bosniaque, Ibtissam et Soraya ont rampé sous la pluie, couvertes de boue ; elle en a avalé, a vomi sans bruit, son ventre rond déjà la gênait, elle essayait de ne pas pleurer en entendant les hurlements de ceux qui, attrapés, se faisaient matraquer, rouer de coups, les os brisés, les dents par terre.

— *Je suis là.*

Max a posé une main sur son bras et continue en arabe :

— *Je ne sais pas à quoi tu es en train de penser, mais on part quand tu veux.*

Ses cheveux blonds dépassent de son bonnet. Soraya le dévisage, respire profondément sans le quitter des yeux.

— *Ils ne savent pas, ne mesurent pas...* commence-t-elle sans aller plus loin.

— *Non, et ils ne pourront jamais. Moi non plus. Je suis désolé, Soraya. Mais tu rencontreras des gens qui le pourront, j'en suis sûr.*

Astrid le peut. D'une façon différente, mais elle sait.

— *On pense t'emmener déposer ta demande la semaine prochaine,* dit Max à voix basse. *J'en ai parlé tout à l'heure avec Amanda et les autres, à l'association. Tu as repris des forces et on ne peut pas se permettre d'attendre trop longtemps non plus, tu dois être mineure et avoir quelques mois sous le coude pour que ta demande soit étudiée comme il faut. Ça va bouger vite.*

Soraya acquiesce. Ça va bouger. Vite. Elle n'attendra plus, elle saura : si elle doit continuer, se cacher, s'enfuir encore, se tuer peut-être. Ou si elle peut s'arrêter et souffler.

— *Je t'ai proposé de venir pour lâcher, déposer ton fardeau sur un rocher, quelques heures. Je ne sais pas comment faire... comment... je ne sais pas, voilà. Mais je voulais essayer. Dès que tu as envie de rentrer, on y va. Maintenant si tu veux.*

Eddy danse autour du feu et son verre éclabousse tout autour de lui. Max suit le regard de Soraya :

— *Il ne supporte pas l'alcool. À la première gorgée, il est ivre.*

Il tend un verre à Soraya.

— *Tu as déjà bu de l'hydromel ?*

— *Non. Je... Je n'ai jamais bu d'alcool à part les deux gorgées de bière, l'autre jour.*

— *D'accord, on va y aller doucement, alors. Si tu en as envie, tu essaies et on mange quelque chose pour colmater.*

Soraya trempe ses lèvres dans le liquide doré qui remue au fond d'une tasse en fer-blanc. Un goût composite, fruité, amer et brûlant, râpe sa langue.

— *Pas mauvais.*

— *En général, ça se boit dans de jolis verres à pied.*

Max l'entraîne à l'intérieur de la grotte. Le plafond est bas, la lumière du feu lui donne des allures de ciel orageux. Soraya pense aux marmottes dans leurs nids d'herbe sèche.

— *Une brochette de potirons rôtis ?*

Guillaume lui tend une assiette en carton remplie de petites piques en bambou.

— *Miam !* dit Max qui en attrape cinq.

— *Oh, tu te crois dans la cuisine de madame Shoukri pour la médaille de patates ? Il en faut pour tout le monde !* lance Eddy derrière lui.

Ils sont gentils de parler anglais.

— *J'en ai pris pour Soraya,* se défend Max.

— *Madame Shoukri ?* demande Soraya.

— *La cuisinière de l'internat. On l'adorait. Certains surveillants étaient de vraies enflures, à la limite de la maltraitance, mais elle nous chouchoutait.*

Soraya mord dans la chair orange, salée, charnue.

— *Louison et Alex ont cuit plein de trucs dans les cendres, emballés dans du papier alu. Potirons, patates...* explique Eddy qui bafouille avant de se tourner vers Max et de poursuivre : *des courges aussi, mais je n'ai jamais compris, c'est quoi la différence entre les courges et les potirons ? Ils sont cousins ? Frères et sœurs ?*

— *Complètement bourré,* dit Max en arabe.

Soraya boit une nouvelle gorgée d'hydromel, essaie les pommes de terre parsemées de petites herbes dans le brouhaha pâteux des voix.

— *Comment ont-ils monté les victuailles ?*

De gros jets de vapeur sortent de la bouche de Soraya alors qu'elle articule largement pour faire entrer l'air et ne pas se brûler.

— *Dans des sacs à dos. Nous organisons ce genre de fêtes depuis qu'on a 15 ans. Nous avons tout l'équipement nécessaire : tasses en métal, pinces pour sortir les pommes de terre du feu, enceinte portative...*

L'estomac de Soraya est chaud, une douce euphorie lui donne envie d'imiter Eddy, de se balancer en rythme sur la musique (même si elle n'a jamais entendu ce qu'ils écoutent). Elle termine sa tasse.

— *Vas-y doucement,* dit gentiment Max. *Vomir de l'hydromel, c'est atroce.*

Soraya sourit.

— *Allons te rechercher de quoi éponger.*

— *Éponger ? Colmater ?*

Max se penche, ramasse une assiette dans un carton, salue deux gars dont les yeux disparaissent sous un bonnet, entraîne Soraya. Des brochettes sont amoncelées dans un coin sur un plateau en métal. Ils s'accroupissent pour en choisir quelques-unes.

— *L'alcool passe très vite dans le sang, donc si tu manges, tu ralentis la machine. Ce qui est mauvais, c'est l'afflux massif. Comme Eddy,* ajoute-t-il en riant.

Soraya se retourne. Eddy saute et fait des pas chassés autour du feu. Il est torse nu et agite son t-shirt comme un drapeau.

— *Arrêtez-le, il va finir brûlé au troisième degré !* crie Louison.

Max tend l'assiette à Soraya et se place devant Eddy avant de l'enlacer avec délicatesse. Il lui enfile son t-shirt alors que l'autre proteste. Ils parlent en français. Eddy sourit à Soraya, la désigne d'un index mou, et baragouine quelques mots à Max. Ce dernier évite le regard de Soraya. Eddy se marre alors qu'il s'assoit en tailleur à côté d'elle.

— *Il penser que toi très jolie,* articule-t-il.

— *Ivre. Ivre mort,* dit Max en arabe.

Soraya avale un bout de pomme de terre avec une fourchette en bois tendue par Eddy. Elle en racle l'intérieur, la peau carbonisée est noire mais la chair délicieusement fondante.

— *Encore un peu d'hydromel, Soraya ?* intervient Eddy.

Elle lui tend sa tasse qu'il remplit à ras bord.

Son corps est léger, comme s'il flottait sur une eau invisible. Derrière eux, le feu réchauffe le dos de Soraya de sa large patte mouvante, les voix se répercutent dans la grotte, la musique prend toute la place et repousse les parois. L'air est plus brillant.

— *Tu crois que les hommes de Cro-Magnon ressentaient ça, parfois ?* demande Soraya à Max.

— *Quoi ? J'ai pas compris...*

Il a la bouche pleine et un morceau de potiron atterrit sur la chaussure de Soraya avec un bruit humide.

— *Oups !*

Ils éclatent de rire, Eddy les imite avec un temps de retard. Soraya déroule le cheminement de sa pensée ; le présent, le moment, les sensations, la légère ivresse. Max hoche la tête et elle ne sait pas si c'est pour approuver ses paroles ou pour suivre le rythme de la musique.

— *Les hommes de Cro-Magnon buvaient-ils de l'alcool ?* résume-t-il. *Aucune idée, mais certains animaux se saoulent avec des fruits très mûrs. Des éléphants, des singes, des oiseaux.*

— *Non !*

— *Si ! Et les dauphins se droguent.*

— *Arrête de dire n'importe quoi !*

— *Ils jouent avec une sorte de poisson, le poisson-globe, un fugu qui émet des substances toxiques mortelles. Comme ils sont gentillets, le poisson émet de toutes petites quantités de poison, et de mortel, il devient hallucinogène.*

Soraya le dévisage. Il lève la main, solennel :

— *Je le jure !*

— Guillaume ! Louison ! hurle Eddy sans prévenir.

Les deux amis arrivent en trottant.

— Qu'est-ce qui se passe ?

— Ils racontent que du *bullshit*, bredouille-t-il. On danse ?

— Déjà ?

— Oui ! approuve Louison en lui tendant la main.

Soraya a tout compris.

— *Tu viens ?* lui lance Louison dont la blondeur scintille.

Soraya jette un coup d'œil horrifié à Max.

— *Tu aimes danser ?*

— *Je n'ai pas dansé depuis, depuis...*

Max se lève d'un bond :

— *Je viens aussi !*

— Ouh ! Max va danser ! Hey, tout le monde, Max va danser ! crie Eddy.

Des applaudissements fusent.

— Nu ? Nu ! *Completely naked*, allez, zou ! Déshabillez-le !

— Vos gueules ! aboie Max. *L'hydromel ne réchauffe pas assez pour que je danse nu.*

Louison pousse des couvertures, empile quelques cartons, court monter le son de l'enceinte avec un *youhou !* de cow-boy, et comme une brusque avalanche, de puissantes basses se cognent aux murs et au plafond. Eddy se met à se tortiller en tournant les bras comme des hélices et Soraya l'imite aussitôt. De l'autre côté du feu, au milieu des étincelles qui s'échappent en bouquets, elle capte un bout de ciel, la masse noire des arbres qui les écoutent. Les animaux doivent se terrer.

— *Pardon,* murmure-t-elle, *ça fait tellement de bien.*

— *Quoi ?* demande Max en arabe.

Elle aime voir son corps bouger, son visage apaisé, heureux.

— *Je demande pardon aux habitants de la montagne, que nous dérangeons sûrement.*

Max approuve d'un signe de tête et se penche vers elle.

— *On n'organise jamais nos fêtes au printemps ou en été pour ne pas embêter les mères et leurs petits. En hiver non plus, parce que les animaux ont besoin de garder leur énergie, ils sont fragiles. Donc on a une fenêtre de deux mois max, et là, c'est la dernière limite. D'habitude, on se retrouve plus tôt mais tout le monde était éparpillé, il a fallu attendre la fin des vacances.*

Soraya ferme les yeux. Quand elle les rouvre, ils sont une quinzaine à danser. Ils se frôlent, tournent, Soraya vibre tout entière dans cette onde partagée, pas une onde de malheur, de peur, d'attente, de faim, d'immobilité, d'impuissance mais une onde de joie pure, de détachement, de lévitation qui résonne jusque dans son sternum, se tresse à la chaleur du feu, des souffles confondus, des gestes ronds, des corps à l'unisson, le flux du rythme qui les chahute, les pousse et les retient ; elle se transforme en un de ces oiseaux noirs qui batifolent au-dessus des sommets enneigés, cabriolent dans le vent, coordonnés ou séparés, jettent des cris de pistolet laser en virevoltant, exécutent des loopings fous, prennent des virages acrobatiques, remontent, descendent en piqué, s'esquivent et s'enivrent, se suivent, s'effleurent. Soraya aussi vole, elle plane, tournoie, vire et se dissout, l'image de sa mère et de Sherine s'imprime devant ses yeux, elle aimerait tellement qu'elles soient là, elle les aime mais ne s'arrête pas, elle remercie la montagne de l'accueillir dans sa grande robe mousseuse, de lui permettre de partager ces secondes en suspension dans la grotte perdue, de tanguer avec d'autres humains qui oublient, chacun à leur manière. Max la regarde en fronçant les sourcils et Soraya essuie ses larmes, elle attrape ses mains, tout va bien, alors il sourit et à son tour, ferme les yeux.

Ils se balancent, valsent, sautent, immergés dans la grotte protectrice, inondés des basses et des notes emmêlées qui dansent autour d'eux comme une farandole invisible, elles aussi.

« Me voici
barque friable,
Mais aussi
granit où butent les hivers.

Me voici
âme aux abois,
Mais aussi
cœur qui absorbe le monde[1]. »

Andrée Chedid

L'estomac d'Astrid gargouille. Impossible de dormir. La respiration régulière de Stella emplit la chambre. Astrid se lève sans bruit, remet une bûche dans la cheminée, agite le soufflet pour raviver les braises ondoyantes.

Voilà, peut-être, ce qu'elle aurait ressenti si Tom et Jibril avaient grandi. L'absence dans la nuit. L'attente, la porte d'entrée qui claque, les muscles se liquéfient, il est enfin rentré, la maison est pleine, un, deux, trois, quatre, chacun dans son lit, la constellation brillante est entière.

1. Andrée Chedid, « Partout », *Textes pour un poème*, © Flammarion, 1987.

Elle reste accroupie par terre, tend ses mains aux flammes qui ressuscitent. Le feu est seul à la caresser désormais. Elle imagine la main de Kamal dans son dos, sa paume chaude remonte le long de sa nuque, l'attire à lui, Astrid cherche son odeur dans les cendres.

Comment aurait été Tom, à dix-sept ans ?

Elle n'entendra jamais sa voix grave, sa voix d'homme.

Comment aurait été Jibril ? Quelles auraient été leurs marottes, leurs combats ? Pas les fêtes dans la montagne. Pourvu que tout se passe bien pour Soraya.

Astrid frissonne, sa figure est brûlante, son dos glacé. Elle retourne dans son lit, se penche sur le berceau. Dans la lumière orangée, le petit bras gauche de Stella entoure sa grosse tête. Elle fronce les sourcils. Et elle ? Comment sera-t-elle à dix-sept ans ? Où ?

Sa mère en aura trente-quatre. Sûrement ne l'aura-t-elle jamais vue.

Stella fronce plus fort les sourcils, un petit sanglot monte de sa poitrine et Astrid pose la main sur son ventre en murmurant :

— Chhhhhhht, tout va bien, petite grenouille.

Le visage se détend. Borborygmes et bulles éclatent sous la paume d'Astrid.

Une bouffée d'étincelles crépite.

Stella tète sa lèvre.

Astrid attrape son téléphone.

Il est 2 h 18.

Elle enlève doucement sa main, abrite son bras au chaud.

Regarde les poutres du plafond.

Vingt minutes plus tard, la porte d'entrée s'ouvre et se ferme.

Astrid s'étire et se blottit sous la couette.

Guillaume tient la tête d'Eddy qui vomit au pied d'un arbre. Le monde oscille légèrement devant les yeux de Soraya.

— *Moche, hein ?* plaisante Max.

Il se lève, revient avec de nouvelles pommes de terre.

— *Pas très varié mais il faut manger.*

Il tend une fourchette à Soraya qui pique un morceau avant de le tremper dans un petit tas de sel. Derrière eux, la grotte continue de diffuser ses *boum boum* hypnotisants. Ceux qui en sont sortis transpirent ; de la vapeur s'échappe du t-shirt d'un garçon qui discute plus loin avec Louison.

En face de Soraya, des cimes de conifères immenses et le ciel noir. La pente descend, abrupte, à quelques pas.

— *Merci, Max.*

— *De quoi ?*

— *De m'avoir proposé de venir.*

— *Tout le plaisir est pour moi,* s'incline-t-il en une fausse révérence.

Eddy est assis par terre et une petite brune lui apporte un blouson et un verre d'eau.

— *Vous êtes très prévenants les uns avec les autres.*

— *Habiter la montagne n'est pas anodin. Il faut prendre le car ou la voiture pour rejoindre l'école. Les parents s'organisent, s'entraident. Très vite, on part en internat. La majorité de ceux que tu vois étaient avec moi et Eddy au lycée. Nous avons vécu ensemble vingt-quatre heures sur vingt-quatre.*

— *Nous aussi, nous avions des liens forts. Il y avait une vraie vie de quartier et de communauté. Mes copains habitaient tout près.*

— *Comment ils s'appellent ?*

Soraya lui est reconnaissante d'avoir utilisé le présent.

— *Amin, Ibtihal et Noura. Je les connais depuis qu'on est tout petits. La mère de Noura disait qu'on était les bras et les jambes d'un même corps.*

Soraya reprend un bout de pomme de terre qui a déjà refroidi.

— *Vous alliez dans la même école ?*

— *Oui.*

Elle les voit. Noura avec sa grande écharpe en hiver, Ibtihal, ses lunettes rondes et son rouge à lèvres, Amin, son théâtre et ses jeux vidéos.

— *Ils m'appelaient madame Lapin.*

Cette fois, c'est Soraya qui parle au passé. Depuis quand n'a-t-elle pas entendu ce surnom ?

— *Madame Lapin ?*

— *Je sautais toujours au cou de tout le monde, comme Guillaume et Louison. Une de mes spécialités.*

— *Tu en avais d'autres ?*

Soraya lève les yeux au ciel.

— *Allez, tu sais que j'ai couru nu sous la lune pendant des années...* lance Max.

— *J'ai gagné un concours de dessin en grains de riz.*

— *Pour de vrai ?*

— *Oui monsieur, je les avais même peints. Je devais avoir huit ans. J'ai assemblé des centaines et des centaines de grains de riz pour dessiner un chameau. Tu pourras le dire à ta mère ! Le papier devait faire un mètre sur deux. J'y ai passé des journées, des soirées, à tremper mes grains dans la peinture et à les coller. Personne n'a reconnu le chameau.*

Des paris ont été ouverts entre parents pour deviner de quel animal il s'agissait. Quand mon père me l'a avoué, des années plus tard, il en avait encore les larmes aux yeux à force de rire. Je suis nullissime en dessin. C'est la vie. Mais ma patience a été louée par notre maîtresse. J'ai gagné le troisième prix, un paquet de dattes. Régulièrement, Amin, Noura et Ibtihal m'ont balancé des grains de riz dessus en se marrant.

Les yeux de Max prouvent qu'il a envie de les imiter.

— *Je sais aussi faire, ou plutôt, je savais faire la roue à une main. Mon oncle, le mari d'Ibtissam, m'a appris une année, pendant les vacances. Quand je suis retournée à l'école, Amin était mort de jalousie. Il a voulu m'imiter dans la cour. Et bien sûr, il est tombé comme une pierre. Il n'avait pas compris que tout était dans l'élan. J'ai donc aussi été baptisée « la roue de l'enfer ». Amin, lui, était devenu « le caillou ».*

Max rit et sa voix ricoche contre la montagne.

— *J'ai monté un spectacle de marionnettes dont les personnages principaux étaient des éléphants cousus dans des chaussettes. Mon père était fan. Ibtihal a fait les costumes avec des chutes de tissu. Et bien plus tard, nous avons monté un groupe de musique urbaine qui a vécu trois jours. Il s'appelait : Les Rouleaux compresseurs. La mère de Noura nous a interdit de continuer. On jouait des percussions sur des poubelles et des casseroles, c'était merveilleux. Les voisins de Noura se sont plaints et ont menacé d'appeler la police.*

— *Ils ont l'air sympas, tous.*

Guillaume surgit entre eux et leur tend des couvertures.

— *Merci. Il a raison, on peut vite se rafraîchir*, note Max.

Soraya a déjà froid. Froid d'avoir pensé à sa mère, à son père, à son oncle, à Amin, Noura, Ibtihal. À sa rue. À Alep réduite à des pans de murs écroulés, à de la poussière et des cadavres par milliers.

— *Il est plus de minuit. Si tu veux, on termine cette patate, on boit un peu d'eau, et on redescend ?*

Soraya hoche la tête. La magie s'est dissipée. L'air glacé la fait frissonner.

Le retour est moins difficile que ce que Soraya imaginait mais elle reste sur ses gardes. Elle fatigue, a déjà dérapé plusieurs fois.

Eddy a serré Soraya contre lui en marmonnant un : « *good luck* » empâté, la chaleur s'est atténuée, la musique évaporée. La montagne les a aspirés dans ses entrailles, les voici replongés au cœur de l'obscurité, sous le couvert des arbres muets.

La chaussure de Soraya heurte une racine qui affleure et elle bascule en avant. Elle tombe, rebondit sur le sentier. Max l'aide à se relever, inspecte ses paumes de mains sanguinolentes incrustées de poussière. Soraya les époussette sans y prêter attention.

— *On aurait dû partir plus tôt,* marmonne-t-il.

Il lui tend la main.

— *Le sentier est trop étroit pour que tu t'appuies sur moi, mais si tu bascules à nouveau, je te retiens, d'accord ?*

Elle acquiesce et ils reprennent leur descente ainsi enchaînés. Lorsque le pied de Soraya se coince une fois de plus, Max lève le bras et tractée, elle reste debout.

— *Merci.*

— *Je ne t'ai pas fait mal ?*

— *Non.*

— *Il reste de l'eau, tu en veux ?*

Le monde noir et blanc dans leurs lampes gesticule. Soraya éclaire un sommet de conifères en vidant la gourde.

— *Termine si tu en as envie, je n'ai pas soif,* dit Max.

Il range la gourde et ils poursuivent à pas précautionneux sur la pente raide.

— *Supposons,* commence Max à voix basse. *Tu as tes papiers. Tu fais quoi ?*

Elle aime qu'il parle doucement. Avec Ibtissam aussi, elles parlaient moins fort, la nuit.

— *Je ne sais pas. Je vis au jour le jour.*

— *Mais tu as un désir ?*

— *Retrouver ma famille. Terminer mes études.*

Max serre sa main un peu plus fort alors qu'ils s'engagent dans un virage pentu.

— *Et après ?*

— *Pourquoi tu me demandes ça ?*

— *Parce que je crois que c'est important de garder des rêves. Moi je ne sais pas encore trop, mais pour l'instant, j'apprends et j'attends les hirondelles. Ça me suffit.*

— *Moi aussi, j'aimerais voir les hirondelles.*

— *Tu verras, c'est magnifique. Surtout les premières.*

Il a dit : « Tu verras ». Elle écoute ses mots, les retient dans le creux de ses mains comme un trésor fragile. Le rythme de leur pas est une berceuse. Une promesse.

— *Elles arrivent quand ?*

— *En mars et en avril. Mais il y en a de moins en moins.*

— *L'homme détruit tout ce qu'il touche.*

Max se tait. La montagne aussi.

— *J'ai envie d'apprendre la céramique,* reprend Soraya après un moment. *C'est un métier, n'est-ce pas ?*

— *Oui.*

L'air qui sort de leurs bouches s'envole en volutes évanescentes.

— *Ce serait une façon de m'intégrer, mais aussi de faire quelque chose de transposable, tu vois ?*

— *Je crois oui, oh !*

Il freine en lui broyant la main et tend l'autre vers les troncs enchevêtrés. Les faisceaux de leurs lampes éclairent le pelage fauve d'une biche qui disparaît.

Soraya lui sourit mais Max aveuglé plisse les yeux en grimaçant. Elle éteint sa lampe, la retire de son front.

— *C'est plus prudent de la laisser, tu ne crois pas ?* demande Max.

— *Je n'en ai pas besoin.*

— *Comment ça ?*

Elle repart. Elle a lâché sa main.

— *J'ai marché des semaines, des mois pendant la nuit.*

La forêt faussement morte est grise. L'obscurité fendue par la lampe de Max est ramassée. Il suit Soraya sans un mot, puis :

— *Tu préfères que j'éteigne ?*

— *Oui.*

Noir.

Max s'est immobilisé. La nuit les cerne. Les pupilles de Soraya s'agrandissent. Des lueurs pâles, des aplats, de la densité apparaissent. Elle s'éveille. C'est elle qui prend la main de Max, qui se laisse faire.

Bientôt, Soraya est sûre que ses yeux aussi s'habituent. Les mélèzes dénudés ne filtrent pas beaucoup la lumière. Le ciel les inonde de sa clarté profonde. Sans les lampes, les autres sens s'installent, pilotent. Les oreilles se concentrent – brise ténue, craquement sur la droite, les pieds sont plus conscients des aspérités, ils se déroulent, évaluent, la peau goûte l'air, les narines dilatées démêlent l'odeur de la terre humide de celle des plantes, soufflent la présence de champignons, de baies. Et l'odeur de Max, que Soraya reconnaît.

— *Il commence à neiger,* elle chuchote.

Elle entend le sourire de Max. Le monde autour d'eux n'est plus réduit par le halo blanc, pas divisé entre lumière et obscurité. Il les englobe et s'étire, devient vaste et eux, minuscules.

Soraya marche sans poursuivants. Elle marche pour rentrer se coucher chez Astrid. Dans son lit.

Quand ils arrivent enfin, le hameau dort. Aucune fenêtre éclairée, un léger parfum de fumée, vestige des feux de cheminées. Le chemin est couvert d'une fine poudre blanche et la neige continue de s'amonceler. Les flocons ne sont pas gros et lourds comme lorsque Soraya marchait avec Ibtissam. Ils sont légers, vifs, dansent dans le vent doux. Max est garé au bord de la route. Il insiste pour descendre avec elle jusqu'à la maison.

Ils s'arrêtent devant la porte d'Astrid. Le silence est renversant.

— *Merci...* redit Soraya tout bas.

— *De rien.*

Elle attrape la clef dans sa poche, la glisse dans la serrure, ouvre sans bruit. Une bouffée de chaleur s'enfuit de la maison. Soraya se retourne, se hisse sur la pointe des pieds, ses lèvres effleurent la joue de Max. Déjà, elle plonge dans le couloir. Elle se retourne, il lui fait signe et s'en va.

Soraya fait mine de fermer la porte, mais ne la claque pas. Elle ôte ses chaussures, attend quelques instants, penche la tête dehors.

Max n'a pas rallumé sa lampe frontale. Il marche à grands pas dans la nuit qu'ils ont partagée, éclairé par les flocons de neige.

« Que vivants nous soyons morts,
Mon cœur le sut près de ta tombe.
Lui qui est mort est-il vivant[1] ? »

Kathleen Raine

Stella s'époumone. Astrid fait chauffer le biberon dans la lumière barbotante de la lampe de chevet, ravive les braises, vérifie l'heure. Stella a tenu quatre heures.

Astrid se traîne jusqu'à la salle de bains, s'en remet à la douche pour chasser la pesanteur du corps, la fatigue qui tiraille chaque pore de sa peau et alourdit la tête. Stella se tord au pied de la baignoire, geint en poussant, vermisseau tremblant. Astrid se sèche vite, saute dans ses vêtements, le froid est vénéneux. Elle pose Stella devant la cheminée de la chambre, redescend avec biberons, tétines, langes, chauffe-biberon, remonte la chercher.

La fatigue est un poison.

« J'en peux plus. »
« Demain, je me lève. »

1. Kathleen Raine, « Sur un rivage désert », *Le Royaume invisible*, La Différence, 1991.

« Tu ne peux pas lui donner le sein. »
« Tire ton lait ! Tu dépéris à vue d'œil ! »
« J'ai juste besoin d'une sieste. Sécuriser deux heures. »
« J'ai mon séminaire, Astre, c'est compliqué. »
« Tu parles d'un congé paternité… vous êtes pépères, les mecs. »
« Je suis désolé. »
Kamal hésite avant d'ajouter :
« Je pourrais demander à ma mère de venir te relayer. »
« Elle sait tout mieux que moi, tout. Je ne suis pas en état de le supporter. Je ne veux pas qu'on me vole ma maternité, qu'on me juge, qu'on me conseille avec un index savant pointé sur mes maladresses. C'est mon premier, je suis nulle, je vais apprendre. J'ai surtout besoin de dormir. »
« Bon, je vais poser des jours. »
« Tu es sûr ? »
« Oui. »

Astrid regardait la neige brillante de l'autre côté de la fenêtre, elle s'est presque endormie sur la table de la cuisine. Il fait grand jour, pourtant, le paysage est monochrome. Astrid va se shooter à la vitamine C. Et puis, il faudrait remplir frigo et congélateur pendant que les routes sont encore praticables.

En ouvrant les volets ce matin, elle a pris le temps de montrer à Stella la grande étendue blanche arrivée sans bruit cette nuit dans ses bottes duveteuses. Stella avait faim, et rien à faire de la neige.

— Mais tu es née un jour de neige !

Astrid rallume son téléphone, trouve le message de Max :

« Super soirée, je crois. Soraya a dansé, mangé, bu (peu), et ri. Tout le monde l'a adorée. »

Soraya peut-elle renouer avec le rivage de la jeunesse, l'insouciance, la liberté, l'immortalité ? Elle est allée si loin au large. Astrid avise une page de carnet déchirée posée sur un coin de la table. Elle est si épuisée qu'elle ne l'a pas remarquée.

« Cette soirée m'a fait du bien, ils étaient tous gentils. Max dit qu'ils m'emmènent à Nice pour faire ma demande la semaine prochaine ! Merci pour tout Astrid, merci. Soraya. »

Le nom est aussi écrit en arabe. Dessous, elle a ajouté :

« Pour Astrid » puis un autre *« Astrid »* est suivi d'une flèche et de sa transcription en arabe.

Une brasse de rien du tout, un petit mètre gagné.

Stella s'agite dans son couffin, cramoisie, concentrée, vagit, gagne en puissance.

— Oui, on y va, la voiture te fera du bien. J'emporte trois biberons et hop.

Astrid prépare le sac avec des gestes vifs, enfile ses chaussures.

Sa tasse à moitié pleine reste sur la table.

En ouvrant les yeux, Soraya entend la *chose* qui pleure en bas. Elle a dormi sans médicament. La marche sans doute, la danse, le chaud, le froid, l'alcool peut-être.

La porte d'entrée claque, puis le silence. Soraya paresse quelques instants sous la couette chaude. Le froid se presse autour d'elle. Elle s'habille et enfile une grosse paire de chaussettes. Quand elle arrive dans la cuisine, la pièce est déserte. Un mot trône sur la table :

« Partie à la pharmacie avec Stella. Je ferai aussi des grosses courses pour remplir les placards. Je reviens vite ! »

La signature d'Astrid est suivie par une tentative appliquée d'écrire son prénom en arabe. Soraya sourit. Le café est encore chaud. Elle se sert une grande tasse et coupe une tranche de pain.

Elle aime la maison vide. Elle peut penser. Lorsque la *chose* est là, Soraya la guette.

Par la fenêtre, elle observe le monde blanc. La neige est épaisse maintenant. Elle prend ses quartiers d'hiver et s'installe pour de bon. Pas de pierres précieuses aujourd'hui, le ciel est trop gris. Soraya pense à Ibtissam ensevelie jusqu'à la fin de l'hiver.

Ding.

Elle n'a pas rêvé, elle vient d'entendre un *DING*.

Ding.

Encore.

Soraya lâche la tartine et se lève si brusquement que sa chaise tombe à la renverse, elle se précipite sans la remettre d'aplomb, cavale jusqu'à sa chambre.

Ding.

Elle se jette en travers du lit et attrape le téléphone sur le carton qui lui sert de table de nuit.

« Madame Lapin ! »

« Madame Lapin ?! »

« Soraya, es-tu là ? C'est Noura. Réponds-moi ! »

Sa main tremble si fort qu'elle n'arrive pas à taper sa réponse. Elle est obligée de recommencer plusieurs fois.

« Je suis là. »

« Tu es là, tu es vivante, *habibti* ! Où es-tu ? »

Pas le temps de répondre :

« Moi, je suis à Londres chez mon oncle ! »

Soraya pleure et rit en même temps.

« Il pleut ! Les maisons sont en brique, il y a des bus rouges et des guirlandes ! J'ai vu la Tamise ! Et toi ? »

« Je suis en France ! Je vais bientôt faire ma demande pour être accueillie ! Tu es avec ta famille ? »

Soraya attend longtemps avant d'avoir sa réponse.

« Mon père est mort dans un bombardement… Mon pauvre papa, il me manque tellement, madame Lapin, il nous manque chaque seconde. C'était horrible, horrible, il a fallu trois jours pour retrouver son corps. Mon oncle a payé des passeurs pour qu'on le rejoigne. On a eu beaucoup de chance, il nous a fait parvenir des passeports – je ne sais même pas s'ils étaient vrais –, des billets, et on a pris l'avion en Allemagne. Je me suis fait pipi dessus au moment de l'embarquement. J'avais si peur. Je suis avec maman et les filles. Maman est très triste, c'est difficile, mais on est ensemble. Et toi ? »

Soraya s'assoit sur son lit, prend le temps de respirer.

« Je suis seule. J'ai quitté mes parents en Bulgarie, aucune nouvelle. Partie avec Ibtissam, morte sur la route, dans la montagne. »

« Oh, Soraya de mon cœur, comme j'aimerais te prendre dans mes bras, je suis même prête à te réciter des poèmes, *ya 'omri* ! Puissent tes parents se porter bien et te rejoindre bientôt ! »

« Sherine aussi. Morte. En Bulgarie. »

« J'essaie de t'appeler mais je n'y arrive pas. Tu as le wifi ? »

« Mon téléphone est trop vieux. Attends, je regarde si ça marcherait avec celui d'Ibtissam. »

Soraya trifouille, s'énerve.

« Je dois faire une mise à jour ! »

« Soraya chérie ! Mon oncle nous emmène rencontrer des gens pour nos papiers, je reviens vite ! »

Noura envoie quelques cœurs.

Plus rien.

Soraya reste assise, le téléphone muet dans la main.

Le père de Noura, le sien, ses sœurs, la sienne, Soraya se lève d'un coup, ouvre les volets qui claquent contre la façade. Personne à perte de vue. Seulement la neige, des formes moelleuses, et la montagne dans ses habits de glace et d'innocence.

Elle remet les collants de la veille, le sous-pull, le pull, le jean qui forment un tas au pied de son lit, et elle descend l'escalier quatre à quatre. Astrid a pris les chaussures de montagne, Soraya enfile ses bottes en caoutchouc qui grincent sur les grosses chaussettes.

L'air froid est un coup de fouet sur ses joues. Soraya marche vite, son souffle nuageux se perd dans la blancheur. Elle se dirige vers le ruisseau en contrebas. Elle n'ira pas loin, seulement là où elles ont planté les fleurs.

La neige fraîche crisse sous ses semelles, Soraya fait de grandes enjambées pour se dégager. Elle y arrive mieux sans son ventre énorme. Sans ses baskets détrempées. La pente l'aide. Elle aurait pu chercher les raquettes d'Astrid mais elle les a sûrement emportées pour regagner la voiture, et puis Soraya ne fera que quelques mètres.

Noura est à Londres. Sa mère est vivante, ses sœurs. Elle a réussi. Saine et sauve.

Les flocons tournoient, se déposent sur les manches de Soraya, son nez. Déjà son corps s'échauffe, elle se contracte, s'extirpe de la couche de neige qui l'absorbe.

Noura n'a pas l'air d'avoir encore de papiers, mais si son oncle l'aide, la situation devrait vite s'arranger.

La montagne est déserte. Les vaches ont disparu. Soraya ne voit pas assez loin pour savoir si les cheminées fument.

Elle pourrait presque se croire seule au monde.

Encore quelques pas et elle y est. Les fleurs ont disparu, avalées par la neige. Le ruisseau, lui, coule toujours. Deux minces plaques de glace sont amarrées le long de ses berges, arrondies et irrégulières. L'eau grise continue d'ondoyer au centre et danse contre les galets ronds.

Elle n'a même pas eu le temps de demander à Noura si elle avait des nouvelles d'Amin ou d'Ibtihal. Soraya a envie de lui envoyer des milliers de messages. Sont-ils vivants, si oui, où ? Et leurs voisins, leurs professeurs ? Où vit-elle ? Dans quelles conditions ? Quel quartier ? Est-elle retournée en classe ?

Soraya s'approche du ruisseau. Tout est immobile sauf lui. Ou plutôt, ils sont deux, lui et elle, à remuer. Le reste du paysage est un tableau. De la pointe de sa botte, elle appuie sur une plaque de glace qui craque, Soraya presse plus fort, la plaque résiste, s'enfonce à peine puis se brise net. Le morceau se détache et suit le courant en se cognant de chaque côté à intervalles irréguliers.

Soraya reverra-t-elle Noura ? Son oncle pourrait-il la faire venir ? Si elle se souvient bien, c'est le frère de sa mère. Il tient un restaurant. Soraya s'accroupit, touche la glace du bout des doigts. Elle est fragile, Soraya peut la casser, mais elle est forte aussi, née en une nuit. Elle aime sa translucidité. L'eau circule dessous et des bulles la font parfois changer de couleur. Les doigts de Soraya sont rouges.

Oh, comme elle aimerait aller là-bas ! Elles iraient au lycée ensemble, et si ses parents sont vivants, ses frères, ils les rejoindraient, ils habiteraient peut-être un appartement minuscule – la vie est chère à Londres, mais qu'importe. Soraya préfère dormir et vivre dans une seule pièce avec toute sa famille plutôt que sans eux ici, sans eux partout.

Une seconde, elle pense à Max et...

— Bonjour.

Elle sursaute tellement qu'elle perd l'équilibre, chute en avant, ses mains, ses avant-bras entrent dans l'eau glaciale, elle essaie de se retenir mais sa figure frappe la surface, heurte les cailloux au fond, puis elle est tirée en arrière, soulevée dans les airs, reprend pied.

Devant elle, un homme en tenue de camouflage, fusil en bandoulière.

Il dit quelque chose et Soraya reconnaît sa voix, c'est lui qui est entré sans frapper chez Astrid. Ange. Ses yeux s'enfoncent sous des sourcils trop fins.

Elle est frigorifiée, ne le comprend pas, essuie sa main sur son pantalon, son pull et son blouson sont trempés. Elle grelotte.

Il parle à nouveau, fronce ses maigres sourcils. Aux pieds, il a les mêmes raquettes qu'Astrid.

— *I don't speak French*, tente Soraya.

Elle essaie de respirer malgré son souffle coupé, regarde alentour, personne, Astrid est-elle rentrée ? L'homme grogne quelque chose comme « *where you* » et elle hausse les épaules. Il recommence, plus fort cette fois. Son visage s'est fermé.

— *Where you ? You country ?* articule-t-il en la pointant du doigt.

Soraya est seule avec un homme armé qui la toise, l'interroge, lui bloque le passage, et une vague monte en elle, irrépressible, ça ne va pas recommencer, non, plutôt mourir, ses muscles se tendent, elle serre les dents, les poings, le dévisage alors qu'il continue avec son accent ridicule et son index fâché :

— *You not from France ? Where ? Arab ?*

Il fait un pas et saisit sa manche, et comme un élastique trop tendu, le corps de Soraya riposte, déflagration, ses deux paumes se jettent en avant et elle le cogne de toutes ses forces. Elle l'atteint en plein visage, il tombe à la renverse et elle s'élance.

Elle saute par-dessus le corps avachi dans la neige et court pour remonter la pente, sa gorge brûle, elle s'enfonce, s'extrait, repart, lourde mais portée par une rage et une peur enracinées au plus profond de son être, il va la mettre en joue, la tirer comme les animaux qu'il aime tuer, peut-être pense-t-il qu'elle en est un, d'animal, Soraya fuit, persuadée qu'elle va s'affaler dans la neige traîtresse mais son corps résiste, rebondit à chaque pas pour la hisser et progresser vers la maison d'Astrid qui grandit.

Des hurlements derrière elle se répercutent en échos grondants, mais ils restent vagues parce que Soraya respire, elle bouge, court. Sa botte gauche reste coincée dans la neige et elle pousse un cri quand son pied plonge dans la neige gelée mais elle ne s'arrête pas, se dégage.

Elle se retourne en haut du pré.

Le chasseur s'est relevé. Il se tient debout, immobile. Il l'observe dans ses jumelles.

Soraya file chez Astrid et ferme la porte à double tour, les doigts tremblants.

« Écouter ce que dit la pluie
quand un instant elle fait halte
et cesse l'espace de trois mesures
de tambouriner ses doigts d'eau
sur le toit et sur les carreaux[1] »

Claude Roy

Astrid a emporté un sac plein à craquer de couches et de biberons. Trois d'entre eux sont emballés dans de l'aluminium. Elle espère qu'ils resteront au moins tièdes.

Premier objectif, un garagiste qui lui installe des pneus neige. Elle aurait dû s'en préoccuper depuis longtemps.

Astrid conduit à vingt à l'heure. Le chauffage de l'Étrangère est à fond. Du jazz conjure le froid extérieur. Astrid a oublié son câble de chargement. Sa batterie est en train de rendre l'âme. Elle reconnaît Coltrane, fredonne comme une casserole.

1. Claude Roy, « L'Écoute-Silence », *À la lisière du temps*, © Éditions Gallimard, 1984.

Le garagiste refuse, trop de demandes, planning surchargé, avise Stella.

— Vous avez un bébé !

— C'est bien pour ça que j'ai besoin de pneus neige. Je suis arrivée dans la région il y a peu, je suis désolée, je n'ai pas anticipé.

J'héberge aussi une jeune Syrienne sans-papiers, je la nourris et m'occupe de sa fille, deux paramètres inattendus et assez chronophages qui ont entravé ma réflexion concernant les pneus, aimerait-elle ajouter.

— Allez vous mettre au chaud dans le bureau, je m'en occupe tout de suite.

Astrid remercie vivement, repart une heure plus tard.

La neige reste discrète dans la vallée, comme si elle avait peur de déranger. Mais la couche doit s'épaissir à vue d'œil là-haut.

Astrid nourrit Stella sur un parking de supermarché, la ceint dans l'écharpe, part à l'affût de pyjamas douillets. Elle lui en choisit un vert, s'en achète un en flanelle, un autre pour Soraya, à grands carreaux écossais. Elle lui prend aussi quelques t-shirts, un sweat doublé.

Elle dévore un sandwich, fait tomber un peu de sauce sur le crâne de Stella, rit toute seule.

L'épicerie bio est immense. Bien plus que l'habituelle. Stella est réveillée. Astrid lui parle tout bas dans les rayons. Elle a d'abord attrapé un panier en plastique rouge, lui a préféré un caddie. Elle ravitaille pour deux et pour longtemps, avec des extras au cas où Max se joindrait à elles.

Elle enrichit ses achats d'un lait hydratant pour Soraya parfumé à la rose de Damas.

La libraire la reconnaît, désormais.

— Oh, quel adorable petit bout !

— Voici Stella. Je cherche des livres pour elle. Il est trop tôt, bien sûr, mais…

— Il n'est jamais trop tôt pour les livres. Je viens d'en recevoir pour les tout-petits, cartonnés et solides.

Astrid avale son pouce dans sa main, poing serré, et s'approche du rayon « littérature jeunesse » comme s'il abritait un serpent. Stella rote bruyamment, la libraire fait semblant de rien.

Astrid serre le sac en papier, le coince dans le coffre.

Elle a de nouveaux poèmes, des livres carrés multicolores.

Sur la route du retour, les essuie-glaces grincent de trop battre la mesure. Astrid avise un chemin sur le bas-côté, s'y gare. Elle attrape Stella dans son couffin derrière, l'assoit dos à son ventre, face au pare-brise.

— Regarde toute cette belle nature !

Elle l'emmitoufle dans la nouvelle combinaison, arrache l'étiquette du bonnet en polaire muni d'oreilles d'ours, l'enfile sur la petite tête hirsute. Elle sort des après-ski d'une boîte en carton, les chausse. Et claque la portière en plissant les yeux pour éviter les flocons pressants.

— Une petite balade de rien du tout, histoire de dire qu'on a rendu visite à la neige.

Astrid s'enfonce sous le couvert de sapins sombres, le ventre réchauffé par Stella.

Lorsqu'elles regagnent la voiture, Astrid ne sent plus le bout de son nez. Le dernier biberon est à peine tiède, mais Stella se jette dessus sans avoir l'air d'y trouver à redire. Astrid branche le câble USB acheté le matin même, redonne vie à son téléphone.

Le biberon se vide lentement.

Le téléphone se rallume.

Entrer son code, puis le code pin.

Le fond d'écran avec les visages rieurs de Tom, Jibril et Kamal se matérialise.

Du lait coule à la commissure des lèvres de Stella. Astrid l'essuie d'un coup de bavoir.

Cinq appels de Soraya.

Neuf appels d'Amanda.

Astrid fronce les sourcils, commence par Soraya.

Le téléphone sonne dans le vide.

Elle recommence trois, quatre, cinq, treize fois.

La messagerie s'enclenche encore, et encore.

Astrid se résout à appeler Amanda, mains tremblantes.

Soraya s'appuie sur le mur de l'entrée, elle voudrait enlever sa botte en caoutchouc mais à la place, elle vomit. Elle retire la botte, la lance plus loin, se réfugie dans la cuisine. Mauvaise idée, le chasseur pourrait faire le tour de la maison, coller son nez à la vitre, tirer dedans peut-être. Elle rebrousse chemin, gravit l'escalier, ferme la porte de sa chambre.

Elle attend. Que quelqu'un tambourine à la porte.

Elle respire par petits à-coups pour mieux écouter, tendue vers le tapage qui ne manquera pas d'arriver. Personne ne vient. Elle attend encore, marche de long en large, n'ose pas regarder par la fenêtre. Elle appelle Astrid, tombe sur boîte vocale. Elle hésite mais ne laisse pas de message, réessaie.

L'homme n'est toujours pas là. L'urgence se dissipe. Ses épaules se relâchent mais elle attend encore. Assise sur son lit, elle ne bouge pas. Aucun son. Ni à la porte, ni derrière. Les flocons tombent, petits, serrés les uns contre les autres.

Elle se lève, se coule jusqu'à la salle de bains où elle se rince la figure, la bouche, se lave les dents, les mains. Elle retourne dans sa chambre à pas feutrés, la porte entrouverte pour entendre ce qui se passe au rez-de-chaussée. Elle enlève ses vêtements mouillés, se change.

Elle attend depuis une bonne demi-heure, maintenant.

Alors elle risque un coup d'œil par la fenêtre. L'homme n'est plus là. Soraya se rapproche de la vitre, se colle à elle. Le pré qui s'étend devant la maison est blanc, rien n'y bouge.

L'homme n'est pas non plus devant la porte. Aucune trace de pas récents à part ceux de Soraya. Il ne l'a pas suivie. Il est parti.

Soraya descend, déniche une serpillière sous l'évier, remplit un seau d'eau, y verse une goutte de détergent. Elle nettoie son méfait, essore, vide le seau dans les toilettes. La tartine et le café sont toujours sur la table, elle les jette, range la tasse d'Astrid.

La cuisine est propre, Soraya remonte. Elle est au milieu de l'escalier quand la sonnerie la transperce. Grêle. Insistante. Soraya se recroqueville contre les marches. Ressac, Ibtissam haletante dans la forêt, *fais-toi petite, chut, pas de bruit,* fuite, silence, prier, espérer.

Nouveau *drrriiiinnng* comme un couteau qui fend l'air. Soraya rampe jusqu'à l'étage, se redresse à moitié. Courbée en deux, elle se coule sur la pointe des pieds vers sa chambre, se hisse jusqu'à la fenêtre à genoux.

Des voix masculines. Deux hommes en habit bleu marine. L'un d'eux lève les yeux, Soraya s'aplatit trop tard. Il l'a vue. À côté de lui, il y a le chasseur.

La sonnerie retentit de longues secondes dans l'entrée vide.

Soraya reste à plat ventre sur le plancher froid. Quand elle colle son oreille au bois, elle entend son cœur comme un marteau-piqueur, *bam bam bam bam bam bam.* Si elle ferme les yeux, elle est à Alep et les mortiers pleuvent.

Ils ont fichu le camp.

Soraya appelle Astrid.

Boîte vocale.

C'était la police, elle en est sûre. Le chasseur a appelé la police.

— *Ça va ?*

Max a la voix pâteuse.

— *J'ai besoin de toi.*

— *Qu'est-ce qui se passe ?*

— *Astrid n'est pas là et je suis sortie et j'ai rencontré le chasseur et il a voulu m'attraper alors je l'ai repoussé et...*

Soraya reprend son souffle, sa gorge lui fait mal.

— *Je m'habille, raconte-moi.*

Soraya s'exécute.

— *J'arrive. Prends ton acte de naissance, on va déposer ta demande aujourd'hui. Ils seraient capables de revenir te chercher avec un mandat. N'ouvre à personne.*

— *D'accord.*

— *Prépare tes affaires, je suis là dans une vingtaine de minutes.*

— *OK.*

— *Tu n'ouvres à personne !*

Soraya saute dans la douche, elle veut être présentable s'ils la questionnent, faire bonne impression, cheveux propres, vêtements simples. Elle laisse la porte de la salle de bains ouverte pour écouter. La police française a-t-elle le droit d'enfoncer une porte ? Le shampoing oscille dans sa main. Ses gestes sont saccadés.

Elle va déposer sa demande.

Terrée dans sa chambre pour ne pas risquer d'être aperçue, Soraya a encore essayé de joindre Astrid mais rien à faire. Elle se ronge les ongles jusqu'au sang. Max l'appelle, il est en bas. Elle court lui ouvrir.

— *Tu as ton acte de naissance ?*

— *Oui.*

Il neige toujours. Les flocons s'épaississent. Soraya trottine à côté de Max qui lui prend la main pour l'entraîner. Il a des raquettes, elle s'enfonce parfois jusqu'à la cheville.

— *Ça va ? Toujours aucune nouvelle d'Astrid ?*

— *Non.*

Soraya lui a laissé un mot sur son lit.

« Je suis partie déposer ma demande à Nice avec Max, la police est venue. Je suis désolée, je n'ai pas fait exprès. Pardon. xxx Soraya »

Elle a écrit sur la dernière page d'un de ses recueils de poésie, n'avait pas son carnet sous la main.

— *J'espère que je ne vais pas lui causer de problèmes.*

— *Ne t'inquiète pas pour elle. On gérera en temps voulu.*

Ils passent le refuge endormi sous son duvet blanc. Au loin, Soraya essoufflée distingue le pont. Les voitures sont garées juste à côté. Celle de Max, rouge, est l'unique tâche de couleur du paysage. Les autres sont couvertes d'une croûte blanche.

La voici à nouveau dans le Grand Blanc Éternel.

— *J'ai appelé Amanda, elle va nous rejoindre à Nice. Elle s'occupe de prévenir l'avocate qui travaille avec nous. Avec un peu de chance, elles seront là toutes les deux.*

Soraya hoche la tête, concentrée pour se maintenir à sa hauteur.

— *Tu crois vraiment qu'ils peuvent revenir ? Les policiers ?*

— *Peut-être pas aujourd'hui. Là, il neige fort, je pense qu'ils restent au chaud mais on ne sait jamais.*

Le torrent s'ébroue sous le pont, invincible. Les flocons se noient dans son jaillissement. Soraya le dépasse le plus vite possible.

— *Je me cache ?*

— *Je n'ai rien emporté, il n'y a que ma glacière et des vieilles pompes dans la voiture.*

Max part à petites foulées. Il se dandine, s'appuie sur le toit de la voiture, se débarrasse de ses raquettes, les jette dans le coffre. Soraya le rattrape, ouvre la portière. Une main aux doigts crochus a empoigné son cœur et l'écrase sans pitié.

— *Ils n'étaient que deux ?* demande Max en s'installant.

— *Oui.*

— *Plus le chasseur ?*

Elle opine. La voiture démarre, chauffage à fond, les essuie-glaces balaient le pare-brise à toute allure pour écarter la trombe de flocons. Soraya boucle sa ceinture.

— *Quel connard. Il... il t'a fait mal ?*

Elle lui raconte les détails, Noura, l'altercation avec le chasseur. Max s'engage sur la route. Elle n'est pas dégagée et la neige s'y amoncelle. Les articulations de Max blanchissent sur le volant, ses mâchoires se contractent.

— *Il ne va pas vous lâcher.*

— *Je suis désolée, j'ai eu peur, c'était un réflexe.*

— *Ce n'est pas ta faute.*

Max passe une vitesse, les yeux rivés à la route. Les flocons sont si denses désormais qu'ils forment un rideau de dentelle. Tata Fatima avait ce genre de rideaux chez elle, confectionnés au crochet. Soraya ne comprenait pas ce choix : on voyait au travers. Quel intérêt ? Les rideaux sont faits pour dissimuler, non ? Elle le lui avait fait remarquer, un jour : « *Ha, ma chérie, mais je m'en fiche, je les trouve jolis ! C'est ma maman qui les a fabriqués, tu te rends compte ? Avec ses aiguilles. Deux petites aiguilles de rien. Grandes comme ça. Et regarde, ils montent jusqu'au plafond ! Toutes ces heures passées, des semaines, des nuits pour un rideau qui ne sert à rien. C'est trop beau. Je ne pourrai jamais m'en séparer.* »

Envolées dans les décombres, les heures, les semaines, les nuits de travail. Déchiquetés, les rideaux.

La route descend, et malgré la vitesse toute relative de Max, Soraya penche dans les virages.

— *Ça va prendre un temps fou...* grommelle-t-il.

— *Ce sera fermé ?*

— *Il est bientôt midi, ça va aller.*

— *On est loin ?*

— *Une centaine de kilomètres.*

La voiture baigne dans une purée blanche, les flocons sont si nombreux maintenant qu'ils éteignent les contours, les aspirent. Plus rien n'existe à part le déluge cotonneux continu.

Des phares surgissent au loin. Deux petites billes de lumières entourées de halos grandissants.

— *C'est peut-être Astrid !* s'écrie Max.

Soraya se redresse sur son siège. Il ralentit. L'autre véhicule aussi. Les flocons floutent le monde.

C'est une camionnette blanche.

— *Merde !* crache Max.

Ils croisent le fourgon à vitesse réduite, comme dans un film à effets spéciaux, dans un ralenti surréaliste. Soraya détourne le visage trop tard. Sur le siège passager, un homme la détaille. Le policier qui était devant la porte d'Astrid avec le chasseur. Et elle lit dans ses yeux qu'il l'a reconnue.

Max accélère, les pneus crissent et patinent un instant mais la voiture repart. Soraya surveille le rétroviseur. La camionnette s'est arrêtée. Max prend de la vitesse.

Soraya ne peut s'empêcher de se retourner. Elle ne distingue plus les lumières rouges à l'arrière du fourgon.

— *Avec un peu de chance, le temps qu'ils fassent demi-tour, on sera loin,* marmonne Max.

Soraya ne va pas y arriver, ils vont l'attraper, la rejeter de l'autre côté de la ligne sur la carte. Elle sera seule en Italie, terrain de jeu des « trafiquants d'êtres humains ». Les larmes montent. Dans un virage, l'arrière de la voiture traîne sur le côté et se rétablit.

— *On prend de l'avance... ça va le faire,* murmure Max.

Le bitume est enseveli. Le chemin laiteux se déploie mètre après mètre.

— *Dès qu'on aura rejoint un axe plus important, la route sera déblayée.*

Le Grand Blanc Éternel attendait Soraya. Il ne l'a pas eue la dernière fois, il n'a pas renoncé. Laisse-moi voir les hirondelles, Grand Blanc Éternel, que j'aie au moins *une chance.*

Elle les entend avant de les voir.

Le son s'étire, faible d'abord, étouffé par la neige qui l'engloutit dans son épais manteau, il s'évanouit, Soraya croit avoir rêvé, mais la sirène reparaît avant un virage, comme un cri de guerre, « tu ne m'échapperas pas. »

— *Ils sont là.*

Deux phares s'encadrent dans le rétroviseur, un requin géant dans les profondeurs, un prédateur. Soraya est le poisson. Un gyrophare bleu clignote dans la neige acharnée.

— *Max...*

— *Ça va le faire.*

Nouveau virage serré, elle est projetée sur le côté et la voiture dérape, Max accélère et la voiture mord sur le bas-côté.

— *Mais si ça ne le fait pas, comme tu dis ? Si...*

— *Je ne te laisserai pas, je te promets.*

Un sanglot étrangle Soraya.

— *Je viendrai te chercher. Je me débrouillerai. Je ne te laisserai pas, Soraya, je te jure. Astrid non plus.*

Max accélère encore.

— *Essaie de l'appeler. Il faut prévenir quelqu'un.*

Boîte vocale. Max lui tend son téléphone :

— *Appelle Amanda !*

Elle décroche au bout de la troisième sonnerie, Soraya valdingue sur le côté et se retient à la poignée.

— Tout va bien, Max ?

— *C'est Soraya,* elle croasse en anglais, *la police est derrière nous !*

— *Vous êtes en voiture ?*

— *Oui ! On descend.*

— *Allô ? Allô ! Soraya !*

— *Amanda, tu m'entends ?*

Soraya se cogne contre la vitre, baladée d'un côté et de l'autre au gré des virages que Max prend de plus en plus serrés au fur et à mesure que le fourgon se rapproche. Elle n'a pas le temps de comprendre pourquoi elle distingue du mouvement à la fenêtre, un *pan !* éclate.

— *Ils nous tirent dessus !*

— *Putain mais ils sont malades !*

— *Arrête-toi, Max, arrête-toi !*

— *Tu plaisantes ? Si je m'arrête, qu'est-ce qu'ils sont capables de faire ?*

L'Albanie fuse dans un jaillissement sanglant, Soraya dans la cabane, le béton froid sous les fesses, elle suffoque, il est si lourd, répugnant, atroce, dégueulasse, pars, dégage, meurs, lâche-moi, je veux mourir, je veux mourir, je veux mourir, elle est plaquée contre le siège alors que Max passe une vitesse et accélère encore. Nouveau coup de feu, le pare-brise arrière explose dans un boucan ahurissant et la neige s'engouffre dans la voiture, le froid saisit Soraya à la gorge, raz-de-marée, le souffle glacial et tonitruant soulève leurs cheveux et le vent hurle à son tour.

Le ruban blanc se déplie devant eux, mince ligne droite, Soraya se retourne pour entendre le moteur du fourgon rugir derrière eux. Un bras sombre sort de la fenêtre.

— *Attention !* elle glapit.

Max fait une embardée et elle croit un instant que le virage va les sauver, ça va passer, ça va le faire comme il dit, mais la voiture chasse sur la droite, ricoche sur la roche et se propulse en diagonale. Soraya s'accroche à la poignée de porte, elle a le temps de remarquer leur trajectoire en suspension, Max qui grogne et agrippe le volant qui n'obéit plus.

La voiture sort de la route, elle s'élance et un instant encore ils sont sur la terre ferme.

Coup de frein inutile.

La voiture continue.

Ils restent en lévitation, Soraya flotte dans le Grand Blanc Éternel. Elle pourrait presque croire qu'elle va s'envoler.

« Ne méprisez jamais les dons que font les morts
ils n'ont pas autre chose
Le choix n'est pas si grand quand on est loin du port
et jamais ne repose[1]. »

Claude Roy

Astrid tient fermement la petite main dans la sienne. Le flux de voyageurs se déverse, marée de têtes, corps, claquements de chaussures, roulements de valises qui se chevauchent dans un tintamarre pressé.

— C'est cette dame ?

— Non.

L'index semé de fossettes pointe une autre silhouette en hâte.

— Cette dame ?

— Non plus.

— Alors cette dame ?

— Non, tata Vanessa est plus grande.

— Très grande ?

— Pas mal, oui.

— C'est pour ça qu'elle te défend ?

1. Claude Roy, « Bestiaire des animaux que nous envoient les morts », *Poésies*, © Éditions Gallimard, 1970.

Astrid attire Stella contre sa jambe.

— À l'endroit où elle va me défendre, au tribunal, on peut être très fort sans être grande. Mais tata Vanessa est très forte *et* grande. C'est pratique, non ?

— Praticle, oui, très praticle.

— Tiens, regarde !

Vanessa est en larmes avant d'atteindre Astrid, elle l'étouffe sous ses bras musclés. Puis elle se détache et s'agenouille au milieu du flot continu.

— Tu dois être Stella ?

— Oui.

— J'aime beaucoup ta robe.

— J'aime beaucoup tes yeux.

Elles se joignent à la marée, sortent de la gare.

— Tu es prête ? demande Vanessa.

— Et toi ?

— Je suis prête, opine Vanessa décidée.

La poitrine d'Astrid se dégonfle.

— J'ai peur, chuchote-t-elle à l'oreille de Vanessa. Pas de finir en prison. De laisser Stella, qu'elle soit placée, ou...

Astrid ouvre les portes de la voiture, hisse la grenouille sur son siège, fait basculer la valise de Vanessa dans le coffre.

— Je serai là. Ma plaidoirie est solide. Et en cas de... ce qui n'arrivera pas, j'assurerai tes arrières. Stella fera un séjour à Paris le temps qu'il faudra.

— Promis ?

— Sur leur tête.

Astrid s'engouffre dans la circulation.

Les palmiers s'échevellent sous le ciel bleu.

— Ida a monté un comité de soutien avec plusieurs associations, dont celle d'Amanda. Les parents de Max ont été merveilleux. Tout le monde sera là.

La petite voix de Stella monte derrière elles, en sinusoïdes maladroites. La mélodie est méconnaissable. Elle aussi, chante faux.

Vanessa se tourne vers la vitre.
Astrid jette des coups d'œil à Stella dans le rétroviseur.
Zones commerciales, pavillons.
La ville s'estompe.
Elles s'enfoncent dans le silence et les terres.
Astrid respire.

— Tu aurais repris contact ? S'il n'y avait pas eu cette accusation d'aide à l'entrée ?

— Tu as eu mes lettres, Van. Elles dataient d'avant.

— Tu as mis tellement de temps avant de me donner ne serait-ce que ton adresse.

— Je te demande pardon.

— Je te pardonne, j'étais inquiète, c'est tout. Tu as trouvé un cabinet, alors ?

— Oui, pas très loin, je m'y remets en septembre, quand Stella entrera à l'école.

— On a toujours besoin de kinés.

Vanessa se retourne :

— Tu es contente d'aller à l'école ?

— Oui, je vais dessiner un dauphin.

— Ah, super.

— Stella aime beaucoup les dauphins.

— Maman a dit qu'on irait en voir mais dans la mer parce qu'ils seront dans la liberté.

— Oh ! Je pourrai venir avec vous ?

— C'est pas une blague, intervient Astrid. Il y a des dauphins en Bretagne et en Méditerranée.

— Je ne plaisante pas, j'aimerais en être.

— J'ai un maillot de bain rose.

— J'en prendrai un rose aussi !

— Mais je dois apprendre à nager.

— C'est mieux.

— Ida viendra dîner avec nous ce soir, OK ?

— On va voir tata Ida ?
— Oui, elle est rentrée de ses vacances.
— Alors j'aurai mes deux tatas.
Astrid roule avec prudence.
Des voitures la doublent.
L'Étrangère est encore vaillante.

« Je suis désolé. Cette histoire est tragique, abominable. Une honte. »
Astrid hoche la tête.
Le pédiatre plisse la bouche.
« Vraiment désolé. »
Astrid prend une grande inspiration.
« Je veux la garder. »
« L'enfant ? »
« Oui. »
« Ah. »
Elle dévisage le pédiatre.
« Ça vous embête ? »
« C'est… forcément plus compliqué. Je ne vois pas trop comment vous aider. »
Astrid se gratte le cou, sous l'oreille, refoule l'envie de s'arracher la peau, le cuir chevelu.
« Mon mari et mes deux enfants de huit et onze ans sont morts dans un accident de voiture en rentrant de chez mes beaux-parents, à Noël dernier. »
Le pédiatre s'est figé.
« Le 27 décembre 2014. »
Astrid lutte contre la vague, puissante, louvoyante. Elle y a tant réfléchi. Elle a tant soupesé – trahison, manipulation, opportunité, délivrance.
« Stella est née fin septembre. Neuf mois plus tard. Pile. »
Le pédiatre plisse les yeux.
Blêmit soudain.

Se redresse.
« Et pour le suivi ? »
« Il n'y en a pas eu. Déni de grossesse. »
« Traumatisée à l'idée que vous puissiez porter l'enfant de votre compagnon disparu, vous avez accouché seule chez vous. Et n'êtes venue me consulter que plusieurs semaines après, quand vous avez réussi à faire face et commencé à digérer l'impensable. »
« Voilà. »
Astrid attend.
« Il me faudrait un témoin… » lance le pédiatre.
« J'en ai un. »
Le médecin se mord l'intérieur de la lèvre.
« OK. »

Stella s'est endormie.

La montagne les accueille, leur ouvre ses flancs noirs et moutonneux. Les arbres frisent, des fleurs irisent l'herbe sur le bas-côté. Au loin, un rapace cercle, effleurant une croûte de nuages étincelants du bout de ses grandes ailes digitées.

— C'est magnifique, souffle Vanessa.

— Oui.

— Kamal aurait adoré.

Vanessa prend la main d'Astrid et la serre quelques secondes.

— C'était son pays secret, murmure Astrid.

Lorsqu'elles arrivent enfin au petit pont de pierre, Astrid est épuisée. Elle s'enfonce sur le chemin chaotique dont elle connaît chaque dénivelé, chaque ornière désormais. Des touristes sirotent des bières à la terrasse du refuge. Un couple marchant sur le bas-côté s'arrête et lui fait signe quand il la reconnaît.

— Ce sont les nouveaux. Ils ont acheté la maison d'Ange.

Astrid les dépasse en agitant la main.

Des bruants fous ondulent devant la voiture et volent se réfugier dans un buisson. Astrid tremble, inspire pour se calmer. Vanessa se tourne vers elle.

— Je ne veux pas vendre la peau de l'ours, mais j'ai un bon pressentiment pour demain. Je suis au taquet. Il va y avoir du monde au tribunal, qui te soutiendra. Je te promets que…

— J'ai complètement confiance en toi, Van.

Astrid ralentit.

— C'est là ?

— Oui. Le bout de la route. Mon domaine. Notre domaine.

Elle aide Vanessa à récupérer sa grosse valise, lui tend les clefs de la maison, se penche sur Stella, dépose un baiser sur sa joue brune.

— Coucou… Stella ? On est arrivées, ma petite hirondelle.

La fillette l'enlace. Les cailloux impriment leurs formes sous les semelles des sandales d'Astrid. Elle entre dans la maison courtaude, sa fille serrée contre elle.

Postface

« “Un enfant qui fuit la guerre ne peut mourir en Belgique d’une balle de la police. Pas chez nous, pas sur notre sol”, écrit *Le Soir* dans son éditorial du 23 mai.

C’est pourtant ce qu’il s’est passé dans la nuit du 16 au 17 mai entre deux et trois heures du matin quand la police a tiré sur une camionnette transportant une trentaine de migrants vers le Royaume-Uni. La petite Mawda Shawri, deux ans, a reçu une balle dans la tête. Ses parents ont été arrêtés et n’ont pas pu l’accompagner dans l’ambulance, où elle est décédée peu après, rapporte la chaîne publique VRT NWS. »

Courrier international, 23 mai 2018.

Remerciements

Merci à Roxane Edouard et Claire Nozières, mes agentes, qui m'ont soutenue pendant l'écriture houleuse de ce roman.

Merci à Sarah Rigaud et à l'équipe des Escales d'avoir cru en Astrid et Soraya.

Merci à tous ceux que j'ai rencontrés, qui m'ont parlé des exilés, ont témoigné, m'ont donné accès à des films, des livres, des documentaires. Merci tout particulier à Michel Pesce pour ses histoires du Mercantour.

Merci à la librairie Tschann, à Paris, pour ses précieux conseils. Elle m'a fait découvrir, entre autres, Kathleen Raine.

Merci à Nordine Drici, directeur du cabinet d'expertise et de conseil ND Consultance et ancien juge assesseur à la Cour nationale du droit d'asile, pour sa relecture.

Merci à Stéphane.

Dernières parutions

Sarah Alderson
Week-end entre filles

M. J. Arlidge
Quand le chat n'est pas là...

Catherine Bardon
Une femme debout

Harold Cobert
Le Rouge et le Blanc

Frédéric Couderc
Hors d'atteinte

Jonathan Dee
Sugar Street

Laura El Makki
Combien de lunes

Lou Eve
Sous les strates

Honorée Fanonne Jeffers
Les Chants d'amour de Wood Place

Dominique Fouchard
La Foire aux fiancés

David Gibbins
L'Héritage d'Atlantis

Emilia Hart
La Maison aux sortilèges

Elin Hilderbrand
L'Hôtel Nantucket

Victoria Hislop
La Statuette

Rebecca Makkai
J'ai quelques questions à vous poser

Charlotte Mendelson
Accrochages

Lydia Millet
De l'espoir et autres créatures ailées

Grégory Nicolas
Mes sœurs, n'aimez pas les marins

Heather O'Neill
Perdre la tête

Daphne Palasi Andreades
Les Filles comme nous

Valérie Paturaud
La Cuisinière des Kennedy

Roland Perez
Ma mère, Dieu et Litzie

Alexis Schaitkin
Autre part

Cat Shook
Les Magnolias de Myrtle Lane

Catherine Steadman
Jeux en famille

Emma Straub
Demain, même heure

Akli Tadjer
De ruines et de gloire

Rosa Ventrella
Les Enfants de Haretz

Alice Winn
Les Ardents

Achevé d'imprimer par
Normandie Roto Impression s.a.s.
N° d'impression : 2502367
Imprimé en France